그네 타는
사람들

그네 타는 사람들 제1권

펴 낸 날 2018년 7월 2일

지 은 이 _홍성순
펴 낸 이 _최지숙
편집주간 _이기성
편집팀장 _이윤숙
기획편집 _이민선, 최유윤, 정은지
표지디자인 _이민선
책임마케팅 _임용섭
펴 낸 곳 _도서출판 생각나눔
출판등록 _제 2008-000008호
주　　소 _서울 마포구 동교로 18길 41, 한경빌딩 2층
전　　화 _02-325-5100
팩　　스 _02-325-5101
홈페이지 _www.생각나눔.kr
이 메 일 _bookmain@think-book.com

• 책값은 표지 뒷면에 표기되어 있습니다.
  ISBN 978-89-6489-865-9 04810

• 이 도서의 국립중앙도서관 출판 시 도서목록(CIP)은 서지정보유통지원시스템 홈페이지
(http://seoji.nl.go.kr)와 국가자료공동목록시스템(http://www.nl.go.kr/kolisnet)에서 이
용하실 수 있습니다(CIP제어번호: CIP2018017957).

그네 타는 사람들

1

홍성순 · 장편소설

생각나눔

목
차

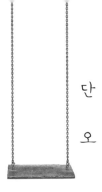

단

오

오늘은 단오입니다. 추운 겨울이 지나가고 봄이 오는가 싶더니 어느새 여름, 얼마 전까지만 해도 뒤란 담벼락에 송골송골 맺혔던 아카시아 꽃망울이 짙은 향기를 내뿜으며 활짝 피어올랐습니다.

삐죽이 열린 미닫이문 안으로 몰려드는 바람 또한 싱그럽습니다. 마치 올해 아홉 살배기 내 남동생 같습니다. 얇은 호청 이불을 제치고 방을 나와, 다짜고짜 대청마루 끝으로 향하는 나의 치마를 들치고는 쪼르르 풋살구가 올망졸망 맺힌 나뭇가지를 흔들며 달아납니다.

뒤란 감나무 가지에 아직 햇살이 들지 않은 것으로 보아 이제 겨우 일곱 시가 조금 넘은 것 같습니다. 돌화덕에 걸어놓은 시루에선 어느새 모락모락 올라오는 김과 함께 구수한 냄새가 진동을 합니다.

며칠 전부터 맷돌에 팥을 타서 불리고, 디딜방아에 쌀가루를 찧어 준비한 시루떡입니다. 집안 대소사나 명절이면 어김없이 등장하는 떡입니다. 이미 여러 차례 지켜본 터라 힘들이지 않아도 만드는 과정이 머릿속에 선히 그려집니다.

돌화덕에 걸린 시루에 떡을 안치는 일은 언제나 엄마의 몫입니다. 방앗간에서 하얗게 빻아온 쌀가루에 적당량의 물을 뿌려 한참을 비벼 고운 체에 내린 후, 한 양푼 떠서 시루에 깔고 그 위에

껍질 벗겨 익힌 하얀 팥고물을 뿌리고 다시 쌀가루와 팥고물을 반복해서 몇 차례 안칩니다. 그리고는 누런 보리쌀겨가루를 반죽해서 시루와 양은솥 사이를 꼼꼼히 막습니다.

마치, 열여덟 꽃다운 나이에 시집와서 어쩌구! 하면서 마구 터져 나오려는 넋두리를 틀어막기라도 하듯 꾹꾹, 힘을 주어 눌러 막습니다. 육 남매의 둘째 아들에게 시집와 생색 없는 며느리 노릇 삼십 년간 남은 것은 울화병이요, 관절병인 듯합니다. 양은솥과 시루 사이에서 김이 새어 나오지 않도록 꾹꾹, 틈새를 막는 엄마의 손끝에서 우두둑거리는 손가락 관절 소리가 오늘따라 유독 크게 들립니다. 꽃다운 시절 서울에서 유학하던 아버지를 쫓아 이곳으로 시집와선 이제껏 손에 물 마를 날 없이 살았으니 그 몸이 버텨낼 재간이 없겠지요. 어쩌자고 그 좋은 서울을 등지고 아버지를 쫓아 이곳으로 시집을 왔는지 알 수 없지만, 까만 교복을 차려입은 아버지 옆에서 함박웃음을 웃는 엄마의 젊은 날 사진을 보면 절로 웃음이 나고 즐거워집니다. 아마도 오십 리 안은 내 땅 아닌 땅을 밟아본 적이 없었다는 아버지의 외조부 덕분이 아닌가 싶습니다. 아무리 서로 좋아하는 사이라도 눈에 넣어도 아프지 않을 고명딸을 강촌에 시집보내기란 쉽지 않았을 터이니 말입니다. 아니, 어쩌면 하나밖에 없는 아들을 정든 고향집을 떠나 낯선 서울 생활을 하게 한 할머니의 선택이 더 대단한 것인지도 모릅니다. 어쩌면 친정조카들에게 뒤지지 않게 키우려는 할머니의 욕심이 만들어낸 결과인지도 모릅니다. 아무리 공부가 좋고 출세가 좋기로 겨우 열두 살 난 아이를 낯설고 물선 서울 땅으로 보내기란 그리 쉽지만은 않았을 텐데 말입니다. 그래서 동네 사람들이 할머니를 그토록 무서워한 것일까요. 할머니 얘기만 나오면 지금도 혀를 날름 내밀며 사정없이 머리를 흔드는 기순 할머니를 생각하면 절로 웃음이 납니다. 친정집 세도를 믿고 그랬을까요. 자기보다 두어 살 위인 기순 할머니를 불러다가 호통 치던 할머니의 모습이 지금도 어렴풋하게 떠오릅니다.

아침부터 앞마당에서 뒤란으로, 뒤란에서 다시 바깥마당으로 왔다 갔다 분주한 아버지의 모습을 보면 절로 미소가 번집니다. 금방이라도 와자지껄 떠드는 사람들의 목소리와 함께 획획, 바람 소리를 내며 그네를 타는 동네 사람들의 모습이 보이는 듯합니다.

어제저녁 아버진 여느 때보다 두어 시간 일찍 삼밭에서 돌아오셨습니다. 돌아와선 부리나케 부엌 앞 두레샘가에서 흙먼지를 씻곤 몇몇 동네 아저씨들과 함께 성황당으로 달려가셨습니다. 그리고는 성황당 헛간 가득 쌓인 볏짚을 한 아름씩 안고 나와 새끼를 꼬았습니다. 새끼를 꼬아 성황당 나무꼭대기에 묶어놓고 세 사람이 한 갈래씩 나누어 쥐곤 서로 밀었다가 당겼다가 짚을 먹여가며 돌덩이처럼 단단한 그넷줄을 만들었습니다. 비록 내 작은 손아귀로 움켜쥐기엔 턱없이 굵고 단단한 그넷줄이지만, 신명 나는 구령 소리와 함께 떠들며 웃으며 즐겁게 그넷줄을 만들었습니다.

"왜? 학교 갈 시간 멀었는데 좀 더 자지 않고?"

굵고 튼튼한 나무막대기에 새끼줄을 엮어 그네 발판을 만드느라 분주한 아버지가 잠시 고개를 들어 그윽한 눈길로 나를 올려다보며 말을 걸어옵니다. 그러고 보니 오늘도 학교를 가야 합니다. 오늘 하루 마음 놓고 단오명절을 보냈으면 좋으련만 어쩔 수가 없습니다. 가서 지루한 산수 문제도 풀어야 하고, 문장 나누기도 해야 합니다. 추석 명절에도 쉬고, 설 명절에도 쉬었건만 유독 이 단오명절만은 학교에 가야 하니 우리 반 말썽꾸러기 수열이의 말마따나 도대체 이 나라 교육이 왜 이 모양인지 모르겠습니다. 자라나는 어린이들을 오늘 하루 신나게 그네나 타면서 놀게 하면 어디가 잘못되기라도 한답니까. 이럴 줄 알았으면 늦잠이라도 자는 건데, 공연스레 들떠 자리를 박차고 나왔으니 다시 들어가 자려니 자존심이 허락지 않고, 대체 이 무슨 운명의 장난이란 말입니까?

아! 운명의 장난이란 말을 하니 문득 지난 가을 추석 명절 열렸던 신파극이 생각납니다. 이수일과 심순애의 안타까운 사랑 얘기를 다룬 신파극으로 우리 아버지가 심순애 역할을 맡았고 뒷집 수열이 아버지가 이수일 역할을 맡아 삼 일 동안 그야말로 대 성황리에 막을 내렸던 신파극입니다. 이수일 역할을 맡았던 수열이 아버지도 잘했지만 볏짚에 숯을 칠해 만든 가발에 곱게 화장까지 한 아버지의 심순애 연기는 참으로 훌륭했습니다. "가거라! 김중배의 다이아몬드가 그렇게도 탐이 나더란 말이-냐냐냐." 하며 과장된 몸짓으로 돌아서는 수열 아버지의 바짓가랑이를 낚아채고는 "수일 씨! 용서해 주시와-요요요. 구곡간장 서린 한을 수일 씨에게 남기고 이렇듯 정처도 없이 떠나야 하는 저를 불쌍히 여겨 주시와-요요요." 하면서 흑흑거리는 모습이란 참으로 그럴 듯했습니다. 뭐랄까요. 이럴 수도 없고, 저럴 수도 없는 운명의 갈림길에서 방황하는 여자의 감정을 너무도 잘 표현했다고나 할까요. 아무튼 일 년이 지난 지금에도 동네 사람들은 모였다 하면 그때 일을 떠올리곤 저마다 찬사를 늘어놓습니다. "뼈대 있는 가문 어쩌구!" 무엇보다 채면을 중시하던 아버지가 어째서 순순히 심순애 역을 허락하셨

느지는 알 수 없지만 평소 "아휴, 김 씨 고집이라면 이젠 그만 몸서리쳐진다."며 머리를 흔들던 엄마마저도 비시시 미소로 대신하는 걸 보면 과히 수준급이었던 것은 확실합니다.

매사에 단순하고 활동적이시며 사람들과 어울리기를 좋아하시는 엄마와 달리 아버진 다소 소극적이시며 조용한 분으로 유난히 책을 좋아하십니다. 해서 그 바쁜 농사철에도 불구하고 언제나 아버지 곁엔 책이 떠나지 않습니다. 마치 한 줄 독서로 세상을 정복시키려는 듯 언제 어디서나 책을 펼치십니다. 이런 아버지의 모습을 고모 친구들 몇몇은 사색적이라느니 지적이라느니 하면서 호들갑을 떠는 모양입니다만 엄마는 언제나 탐탁치 않아 하십니다. 아니, 탐탁치가 않는 차원을 넘어서 진저리를 치십니다. 칠 남매의 둘째인 아버지에게 시집와 맏며느리인 큰어머니를 제치고 숱한 시집살이와 집안 대소사로 고생하는 엄마와 달리, 아버진 사는데 별로 도움 안 되는 책이나 뒤적거리느라 농사일을 게을리하니 그럴 법도 합니다. 그러나 나는 아버지가 좋습니다. 결코 만만찮은 독서량도 좋고, 깊고 섬세하고 사색적인 눈빛도 좋고. 뭐랄까, 속이 꽈악 찬 배추 같다고나 할까요? 아무튼, 그런 아버지의 내면을 나는 참 좋아합니다. 그런 아버지의 은근하고 따뜻한 눈길을 받고 있노라면 언제나 한 뼘씩 키가 자라나는 것만 같습니다. 아니, 키만 아니라 마음도 조금씩 넓어지는 것 같습니다. 해서 다른 형제들과는 달리 아버지의 웬만한 잔소리나 야단쯤은 끄떡도 하지 않습니다.

그러나 이런 나의 모습까지 엄마께선 그리 탐탁치 않으신 모양입니다. 아니, 내가 탐탁치 않은 것인지, 아버지를 닮아 유난히도 책을 좋아하는 나의 독서 습관이 탐탁치 않은 것인지는 불분명합니다. 다만 "아휴, 씨도둑질은 못한다더니 어찌 저리도 갑갑할까?" 하며 틈만 나면 나의 범상치 않은 독서습관을 타박합니다. 그도 그럴 것이 이제 겨우 열한 살밖에 되지 않는 계집애가 눈에 넣어도 아프지 않을 제 오빠를 제치고, 번번히 집안의 보고나 다름없는 뒷방을 들락거리며 제 아버지 사랑을 독차지하고 있으니 마냥 유쾌하지만은 않았을 테지요.

아니, 어쩌면 엄마에게 나는 처음부터 환영받지 못한 존재였는지 모릅니다. 위로 언니 셋을 줄줄이 낳았다는 이유로 소박당하기 일보 직전에 낳은 오빠는 엄마에게는 그야말로 구원의 빛과도 같은 존재였습니다. 그런 오빠를 겨우 팔 개월 만에 밀어내고 기를 쓰고 엄마의 자궁 속으로 기어든 내가 그리 곱지만은 않았을 테지요. 설상가상으로 삼 년 뒤에 태어난 남동생의 존재는 더욱 나의 존립을 위태롭게 했습니다. 해서 나는 일찍부터 아버지의 그늘에 파리처럼 납작 엎드려 살살 손을 비벼대며 사는 법을 배웠습니다. 제아무리 거센 비바람일지라도 일단 그렇게 엎드리기만 하면 산다는 것을 알아버렸으니까요.

집안 대소사는 물론, 모든 경제권까지 거머쥔 아버지의 힘이란 참으로 대단한 것이었습니다. 엄마의 아들 사랑이 병적인 것이라면 나에 대한 아버지 사랑 또한 어쩌면 병적인 것인지도 모릅니다. 아버지는 엄마와 서로 시새우기라도 하듯 나의 역성을 듭니다. 아니, 마치 수호신처럼 엄마의 병적인 두 아들 사랑과 이를 무조건적으로 지지하는 언니들의 분별없는 행동에서 나를 지켜줍니다.

"일어났으면 얼른 학교 갈 준비는 않고, 뭘 꾸물거리고 있어?"

그네 발판을 만들기에 분주한 아버지를 지나 막 뒤란으로 들어서려는데, 긴 꼬챙이로 김이 폴폴 나는 시루 한복판을 깊게 찌르던 엄마의 목소리가 나의 귓전을 때립니다. 무미건조한 말투나 목소리로 보아 역시 나의 출현이 그리 반갑지 않은 모양입니다. 눈도 마주치지 않고 불쑥 말부터 내뱉는 엄마의 표정은 무덤덤하기만 합니다. 아빠의 말대로 아직 학교에 갈 시간이 많이 남았건만 도무지 무슨 걱정인지 모르겠습니다.

"와! 맛있겠다!"

그러나 나는 개의치 않습니다. 비록 조금은 떨어졌지만 열린 방문과 방문 사이로 연신 나를 힐끔거리시는 아버지의 모습이 보이니까요. 해서 생글거리며 다가가 얼른 장작 한 개비를 집어 돌화덕 안으로 쑤욱, 밀어 넣으며 호들갑을 떱니다. 엄마가 찍어 올린 나무꼬챙이에 생쌀가루가 묻어나는 것으로 보아 아직 떡이 다 되지 않은 모양이니 장작을 더 지펴야 하는 건 당연한 일일 테니까요. 아니나 다를까. 나의 눈치 빠른 행동이 대견했던 것인지 마당에서 그네 발판을 만들던 아버지가 분주하던 손을 잠시 멈추곤 나를 바라보며 씨익, 미소를 짓습니다. 아버지의 미소에 힘입어 또다시 장작 한 개비를 주워 돌화덕에 밀어 넣습니다.

"석호는 아직 자니?"

엄마 또한 나의 행동이 그리 싫지는 않았던 모양입니다. 비로소 표정을 풀며 부드러운 목소리로 묻습니다. 아니, 어쩌면 막내아들인 석호가 자는 모습을 상상했던 것인지도 모릅니다. 김석호 이름 석 자만 떠올려도 금방 만면에 웃음을 짓는 엄마의 아들 사랑은 참으로 못 말립니다. 나 또한 붉은 모란꽃 무늬가 다문다문 날염

된 홑이불을 돌돌 말아 가슴과 다리 사이에 끼워놓고 마치 금방이라도 뽕나무 위로 뛰어오르는 청개구리처럼 잠을 자는 석호의 우스꽝스러운 모습을 상상하면 절로 미소가 번집니다.

"가서 깨울까?"

생가루가 묻어난 긴 막대기를 내려놓고 다시 양은솥뚜껑을 덮는 엄마를 향해 조심스럽게 묻습니다. 그러나 엄마는 대답이 없습니다. 다만 불쏘시개로 장작을 뒤적거리는 나를 밀어내곤 돌화덕 속에 장작을 밀어넣고 급히 부엌 쪽으로 사라집니다. 어쩌면 들로 산으로 정신없이 돌아치느라 고단한 동생을 깨우려니 안타까운 마음에 속이 편치 않으셨던 건지도 모르겠습니다.

크고 둥근 두레상에 온 가족이 옹기종기 모여앉아 아침밥을 먹습니다. 단옷날이라 특별히 준비한 밥상입니다. 보기만 해도 입 안 가득 군침이 도는 것이 여간 먹음직스럽지 않습니다. 그러나 동생은 영 입맛이 없는 모양입니다. 그 귀한 생선살을 발라 밥숟가락 위에 올려놓는 엄마의 수고에도 불구하고 여전히 뽀로통합니다. 무려 여남은 번은 깨운 후에야 겨우 일어나 세수도 않은 채 밥상에 앉아선 도대체 무슨 배짱인지 모르겠습니다. 이쯤 되면 한바탕 호통이라도 치셨을 법한 아버지께서도 아직은 별 반응 없으십니다. 모처럼 맞이하는 좋은 명절날 공연스레 얼굴 붉히고 싶지 않은 까닭이겠지요.

"와! 맛있다! 우째 이래도 맛있나! 석호야! 니 이 시루떡 좀 먹어 봐라!"

보다 못한 둘째 언니가 젓가락으로 떼어 석호에게 내밀며 호들갑을 떱니다. 육 형제 중 가장 인정 많고 엄마의 마음을 잘 살필 줄 아는 언니입니다. 학교 가기 싫어 밥투정하는 동생을 달래며 연신 엄마의 기분을 살피는 모양이 어쩌면 딸이라기보다는 엄마의 언니나 연인처럼 애달픕니다. 지나친 아들 사랑에도 불구하고 도대체 속도 없는 것인지, 둘째 언니의 엄마 사랑은 언제나 한결 같습니다.

"그래! 한 번만 먹어 봐라! 달콤하고 구수하니 맛이 그만하다."

둘째 언니의 말에 힘입은 엄마가 너스레를 떨며 다시 한 번 석호에게 떡을 권합니다. 그러나 한일자로 꾹 다문 입술로 완강하게 고개만 내저을 뿐 동생의 고집은 변함이 없습니다. 보다 못한 아버지의 눈이 왕방울만 해집니다. 금방이라도 호통을 치실 기세입니다.

"아버지 이것 좀 떼어 주세요."

순간 나는 잽싸게 시루떡 접시에 젓가락을 대고 끙끙거립니다. 폭파 직전에 있는 아버지의 화를 다스려줄 자식이 있다면 단연 나라는 걸 너무도 잘 알고 있는 까닭입니다. 크고 두툼한 아버지의 손에서 한 입 크기로 떼어 건넨 시루떡은 참으로 맛이 있습니다.

"한데 올해도 또 동고사(洞告祀)는 안 잡수신답니까? 벌써 두 해째잖아요."

"운대가 안 맞는다니 별 수 없지."

"그건 그렇지만…. 한데 괜찮을까요?"

"그럼 괜찮지 않고. 그냥 재미로 하는 거지. 다 늙어 쓰러져 가는 고목나무가 뭘 안다고."

그러나 아버진 별로 탐탁찮으신 모양입니다. 엄마의 근심 어린 물음에 시큰둥한 대답을 하십니다. 나 또한 늙고 병든 방동 소나무가 무슨 힘이 있기에 돼지머리며 떡이며 놓고 절을 하는 것인지 이해가 되지 않습니다. 아버지의 시큰둥한 대답에 엄마가 다시 동생 밥그릇에서 밥을 한 숟가락 퍼서 놓곤 그 위에 가시 발린 생선을 올려놓습니다.

"도대체 언제까지 그렇게 떠먹일 생각이오?"

보다 못한 아버지가 못마땅한 엄마를 향해 불만을 털어놓습니다.

"학교에 가면 온종일 들고 뛸 텐데 이 더위에 허기라도 지면 어쩌나 해서요."

"그래도 할 수 없지. 그리고 사내자식이란 모름지기 속으로 사랑하며 키워야지. 그렇게 안절부절못하고 키워선 나약해져서 아무 짝에도 못쓴단 말이지. 쯧쯧!"

도대체 누구 말이 옳은 건지 모르겠습니다. 다만 허기질까 봐 걱정하는 엄마나, 약해질까만 걱정하는 아버지나 다 자식 사랑하는 마음인 것만은 확실합니다. 그러나 조금만 더하면 말다툼으로 이어질 게 뻔합니다. 셋째 언니 또한 마음이 편치 않은 모양입니다. 엉거주춤 앉아 연신 둘째 언니의 눈치를 살핍니다. 아니, 어쩌면 이 어색한 자리를 박차고 일어나야 할지, 말아야 할지, 망설이고 이는 듯도 합니다.

"아이고! 벌써 아침상 끝난 거 아니래유? 오늘따라 늦잠 자느라…."

그때 누군가 중얼거리며 대문간을 들어서는 소리가 들립니다. 바로 용안이 엄마입니다. 학무늬가 그려진 쟁반에 펄펄 끓는 국 한 대접을 받쳐 들고 대문간을 들어서는 모습이 몹시도 다급해 보입니다. 단옷날이라 특별히 몸치장을 한 것인지 용안이 엄마의 머리엔 누런 수건 대신 둥글고 커다란 꽃핀이 꽂혀 있습니다.

용안이 아버진 용안이 나이 겨우 여섯 살 되던 해 성황당 그네에서 떨어져 돌아가셨습니다. 아니, 그네에서 떨어져서 그리된 것인지 이미 죽을병에 걸려 그리된 것인지는 분명치 않지만, 그네에서 떨어진 후 시름시름 앓다가 돌아가신 것만은 확실한 모양입니다. 해서 작년 단오 때만 해도 끙끙 앓아 용안이를 슬프게 했습니다. 그런 용안이 엄마가 올 단오엔 어찌 된 일인지 한껏 몸치장까지 하고 나타난 것입니다.

"아휴! 이 귀한 걸… 한데 누구와 그래 떠들었나? 밖에 누가 있나?"

생선 가시를 바르던 손을 급히 앞치마에 닦으며 일어서서 쟁반을 받아 들며 묻는 엄마의 얼굴이 호기심으로 가득합니다. 엄마의 물음에 용안 엄마가 삐쭉이 입을 내밀곤 대문간을 가리킵니다. 용안이 엄마 입이 가리키는 대문간에는 어디서 주워 쓴 것인지 다 떨어진 모자에 누더기 옷을 걸친 거렁뱅이가 서 있습니다.

"다 먹고 살자고 하는 짓이니 나무랄 수야 없지유!"

아버지 또한 잠깐 찌푸렸던 미간을 펴며 엄마를 향해 눈짓을 합니다. 어서 있는 대로 챙겨주라는 신호이겠지요. 아버지의 눈짓에 노란 양푼에 이것저것 음식을 챙겨 대문간으로 향하는 엄마의 걸음걸이는 그 어느 때보다 빠릅니다. 보기 싫으니 빨리 줘서 보내려는 것인지, 아니면 배고픈 사람 조금이라도 빨리 음식을 주려는 것인지, 엄마의 빠른 걸음을 보니 조금은 알쏭달쏭합니다. 엄마가 건넨 음식을 꾸벅, 목례를 하며 찌그러진 깡통에 쏟아붓곤 줄행랑치는 거렁뱅이의 바짓가랑이는 어느새 이슬에 흠뻑 젖어 있습니다. 도대체 이 이른 아침에 어디를 쏘다니다가 온 것인지 모르겠습니다.

"아이고 한데 올갱이는 어디서 이래 잡았나? 토실토실 제법 살집도 있고 참 맛나겠다."

거렁뱅이 달아나자 비로소 숟가락으로 냄비를 휘휘 저으며 신기한 듯 말하는 엄마의 얼굴은 그 어느 때보다 환합니다.

"해마다 단오떡은 잘 얻어먹었는데 줄 건 없고… 올갱이가 어찌나 많던지. 숫제 이래 끌어 담았지 않았나."

마치 무용이라도 하듯 허공에 대고 팔을 허우적거리며 올갱이 잡는 시늉을 하는 용안이 엄마의 얼굴은 마냥 행복하기만 합니다.

해마다 이맘때면 들로 산으로 냇가로 돌아다니며 분주하게 올갱이며 나물을 뜯어 읍내 장터에 내다가 파는 용안이 엄마입니다. 올해에도 어김없이 올갱이를 잡아다가 판 모양입니다. 짭짤한 수입이라도 올린 듯 생전 몸치장이라고는 모르던 용안이 엄마가 고운 핀까지 사서 꽂고 웃는 모습은 보기에도 참 행복해 보입니다.

용안이 엄마가 올갱이를 잡는 모습은 아주 특별합니다.

먼저 까만 고무신과 웃옷을 훌훌 벗어 바위 위에 가지런히 올려 놓습니다. 그런 다음 준비한 종다래끼를 허리인지 엉덩이인지 구별이 잘 안 되는 두루뭉술한 몸 중간쯤에 질끈 동여맵니다. 그리곤 "아이, 차거! 아이, 차거!" 하면서 다짜고짜 시냇물로 들어갑니다. 차가운 물 속에 들어갈 땐 충분히 준비운동하고, 심장에서 먼 부분서부터 차례로 적시며 들어가야 한다는 물놀이 안전수칙에도 불구하고 도무지 막무가내로 물속으로 뛰어듭니다. 정말 그러다가 심장마비라도 걸리면 어쩌려고 그러는지 번번이 걱정됩니다. 용안이에게 번번이 지적을 받아도 도무지 고쳐지지가 않나 봅니다.

아무튼 그렇게 시작한 올갱이 잡이는 참으로 그 끝을 알 수가 없습니다. 끝까지 지켜보리라 다짐해 보지만 번번이 돌아서고 맙니다. 해가 져서 어둑어둑한 뒤에도 도무지 물속에서 나올 줄 모르니 어쩔 수가 없습니다. 아니, 올갱이를 잡는 것인지 아니면 멀리 앞산 너머에 두둥실 떠가는 구름을 감상하고 있는 것인지. 이도저도 아니면 잠시 먼 산을 기어오르는 용안이 아버지의 혼령이라도 본 것인지 도무지 분간이 되지 않습니다. 다만 풍선처럼 물 위로 두둥실 부풀어 오르는 월남 치맛자락을 움켜쥘 생각도 않고, 마냥 허공을 응시한 채 연신 손바닥으로 바위 밑을 더듬어 올갱이를 잡습니다.

"고맙긴 무슨, 아무튼 잘 왔다! 이따 갈 때 떡 한 대접 가지고 가그라! 줄라고 담아놨는데 뭐가 그리 바쁜지……."

"아이구! 주믄 고맙게 먹지유! 한데 아직 못 들었슈? 저 아랫녘 큰 기와집 큰며느리 얘기?"

한동안 호들갑스럽게 올갱이 잡는 흉내를 하던 용안 엄마가 엄마의 말에 대충 대답을 하고는 갑자기 묻습니다. 그러고 보니 아침부터 올갱잇국을 들고 우리 집을 방문한 이유를 알 것도 같습니다. 뭔가 대단한 소식을 물고 온 듯합니다.

"왜요? 큰 기와집 큰며느리에게 무슨 일이라도 생겼대요?"

엄마 또한 몹시도 흥미로운 모양입니다. 두 귀를 쫑긋 세우곤 눈을 반짝입니다. 남의 말이라면 자다가도 벌떡 일어난다고 핀잔을 하시던 아버지의 말씀이 공연한 트집이 아닌 모양입니다. 꼭 호랑이 발소리에 귀를 세우는 암사슴만 같습니다. 참으로 못 말립니다.

"흠흠……."

그때 아버지가 두어 번 큰 기침을 합니다. 용안이 엄마의 말에 지나치게 반응하는 엄마에게 주의를 주려는 의도인 것 같습니다.

"글쎄요! 꼭 무슨 일이 생겼다기 보담두……."

아버지 헛기침소리의 의도를 눈치챘던 것인지, 아니면 무슨 말이 나올까 잔뜩 기대에 들뜬 눈으로 또랑또랑 바라보는 우리를 의식한 것인지 용안이 엄마가 머뭇거리며 성급히 말을 주워 담습니다.

"아이구! 내 정신 좀 봐! 아직 아침 식사 전이면 이리 와서 한술 떠보세요. 내 급히 수저 씻어 올 테니."

그러나 엄만 포기할 생각이 전혀 없는 모양입니다. 아버지 몰래 용안이 엄마를 향해 찡긋, 눈짓을 보내며 조르르 부엌으로 사라집니다. 엄마를 따라 용안이 엄마 또한 조르르 부엌으로 사라집니다.

"쯧쯧……."

성급히 부엌 쪽으로 사라지는 두 사람의 행동을 지켜보던 아버지가 한심하다는 듯 혀를 끌끌 찹니다. 나 또한 공연한 입방아로 말썽이나 생기지 않을지 은근히 걱정이 됩니다.

엄마가 사라지자 아버지의 눈치를 유심히 살피던 동생이 마지못해 밥공기를 비우곤 자리를 툭툭 털고 일어섭니다. 누울 자리 보고 다릴 뻗으랬다고 응석을 받아줄 엄마가 사라지니 영 재미가 없는 모양입니다.

빨강 노랑 하양의 각종 꽃이 흐드러지게 핀 마을길을 따라 학교로 향하는 나의 발걸음은 천근만근만 같습니다. 한껏 엉덩이를 빼고 마치 밭갈이에 끌려가는 소처럼 어기적어기적 걷는 남동생 또한 여전히 마음이 편찮은 모양입니다. 애꿎은 돌부리를 걷어차며 화풀이를 하는 것만으로는 성에 차지 않은 것인지 마을길을 돌아 동구 밖을 벗어나는 동안, "누나 꼭 가야 해?"를 몇 번이나 반복합니다. 그러나 나는 단호합니다. 아빠처럼 눈을 부라리며 세차게 고개를 내젓습니다. 나 또한 체면이고 뭐고 다 뿌리치고 성황당으로 달려가 신명 나는 그넷줄에 오르고 싶지만 어쩔 수 없습니다. 그러나 석호는 이미 결단을 내린 모양입니다. 나를 따라오며 내내 심통을 부리더니 어느새 휙, 돌아서서 오던 길을 향해 쏜살같이 달아납니다. 아무리 소리쳐 불러도 소용이 없습니다. 마치 지난 봄 큰언니 혼수 자금으로 팔려간 누렁이 새끼 얼룩이 놈만 같습니다. 워워, 이랴 낄낄, 같은 가장 기초적인 명령 하나 제대로 수행하지 못하고 날뛰는 꼴이란 참으로 가관이었지요. 도무지 고집 세고 제멋대로인 데다가 겁까지 먹었으니 오죽이나 할까요. 천지 분간도 못하고 날뛰는 얼룩에게 온 봄내 끌려다니던 아버지의 모습은 참으로 안타까웠습니다. 아니, 어쩌면 아버지의 서툰 쟁기질 탓도 조금은 있는 것 같습니다. 무려 이십여 년 동안이나 아버지 곁에서 농사일을 거들던 만수 아저씨와 상노인 내외가 한 달 간격으로 집을 나가고, 앙칼진 석순 언니의 손에 이끌려 석환 오빠마저 집을 나가는 바람에 난생처음 해보는 쟁기질이었습니다. 평소 아버지에게 순종적이시던 엄마가 진저리를 치며 "김 씨 가진 성 몸서리가 나." 어쩌구 하며 투덜거리기 시작한 것도 아마 그때부터였던 같습니다.

마을길을 지나고 연초록 시무나무 숲이 무성한 오솔길을 따라 혼자서 타박타박 걷노라니 마음이 더욱 싱숭생숭합니다. 이럴 줄 알았으면 미친 척하고 동생을 따라갈 걸 그랬단 어이없는 생각마저 듭니다. 사실 하루쯤 수업을 빼먹는다고 해도 그리 문제될 건 없습니다. 산수 면적 나누기나, 국어 글의 대강이나 전체 줄거리 요약은 이미 눈감고도 척척 해낼 수 있으니까요. 그러나 "교육의 목적은 기계를 만드는 것에 있는 것이 아니라 사람을 만드는 것에 있다."라고 하신 장쟈크 루소 할아버지의 말씀이 생각납니다. 지식보다 더 중요한 건 인간성이나 사회성이란 얘기겠지요. 아무리 공부를 잘해도 길수처럼 아이들이나 두들겨 패고 말썽이나 부리면 다 헛일이니까요. 생각이 여기까지 미치자 나는 나 자신이 대견해 으쓱, 어깨가 올라갑니다. 어쩌면 이 모든 게 다 나의 대단한 독서량 때문인지 모르겠습니다. 그런데 엄마는 어째서 나를 그렇게도 못마땅하게 생각하시는지 모르겠습니다. 비록 『사서삼경』이나 『명심보감』은 아니더라도 한국역사소설이나 근대소설은 물론, 하다 못해 전래동화까지 이미 다 꿰고 있는 나의 대단한 독서량을 동네 사람들에게 은근히 자랑하면서도 한사코 나를 못마땅하게 생각하시는 엄마의 이중적인 모습은 도대체 누굴 닮은 것일까요.

시무나무 숲이 우거진 오솔길을 지나 상여집 근처에 다다르니 은근히 무서움증이 일어납니다. 일명 빗자루 귀신이나 달걀귀신들이 모여 산다는 저 상여집을 언젠가는 내 눈으로 확인해 봐야겠단 생각을 하면서도 여전히 두려워서 머리끝이 삐쭉삐쭉 서는 건 또 무슨 모순일까요.

아니, 어쩌면 지난봄 터무니없는 소동으로부터 생긴 불안증인지도 모르겠습니다.

그날 나는 난데없는 늦잠으로 시작종이 울리고도 한참 후, 잔뜩 주눅 든 모습으로 간신히 교실 안으로 들어설 수 있었고, 나의 지각에도 불구하고 전혀 눈길을 주지 않는 아이들과 선생님으로 인해 뭔가 석연찮은 일이 벌어지고 있음을 직감할 수 있었습니다. 그것은 다름 아닌 귀신 소동, 술에 취해 돌아오던 동네 머슴 하나가 이곳 상여집을 지나가다가 귀신에게 붙잡혀 거반 죽다가 살아났다는 소문이었습니다. 처음에 그저 아이들의 터무니없는 공포심이 불러온 상상력이거니 대수롭지 않게 여기던 선생님은 마지못해 사태파악에 나섰고, 결국 그 소문이 낭설이라는 판명이 난 후에도 불구하고 아이들의 공포는 좀체 수그러들지 않아 무려 한 달이라는 긴 기간을 담임 선생님의 호위를 받으며 집으로 돌아왔습니다. 참으로 그때의 고충을 생각하면 지금도 참을 수가 없습니다. 선생님의 구령에 맞춰 따분하고 지루하게 통일조국이란 구호를 반복적으로 외치며 삼십 분이면 족한 길을 무려 두 시간 이상 걸어서 집으로 돌아와야 했으니까요. 참으로 어이없고 갑갑한 한 때였습니다.

그러나 지금은 차라리 그때가 그립습니다. 왜냐하면, 바람에 이는 잎새, 솔솔 콧속을 파고드는 꽃향기에도 공포감이 일기 때문입니다. 도대체 어쩌자고 이곳에 상여집은 지어 놓았던 것인지. 아니, 도대체 이 멀건 대낮에 무슨 귀신이 있다고 자꾸만 두려워지는 것인지 참으로 약이 오릅니다. 약이 올라 길가에 핀 아카시아 꽃을 한주먹 거칠게 낚아챕니다.

"저쪽 산 너머에도 동네가 있어요?"

그때였습니다. 잔뜩 겁먹은 얼굴로 눈을 내리감고 걷는 나의 앞을 누군가 가로막으며 말을 붙여옵니다. 반가움에 눈을 뜹니다. 그러나 다음 순간 나는 진저리를 치며 두 손으로 얼굴을 가립니다. 마치 도깨비처럼 큰 키, 곱슬곱슬하고 누런 머리에 이곳저곳에 물집이 잡힌 흉한 얼굴의 아저씨가 나의 앞을 가로막는 것입니다.

"미안해요! 저쪽 너머 동네가 있어요?"

그러나 아저씬 다시 조용조용 묻습니다. 비록 처음 말을 배우는 어린아이처럼 어눌하지만, 도깨비 같은 외모와는 달리 퍽이나 부드럽고 친절해 보이는 아저씨입니다.

"저쪽 산 너머에도 동네가 있어요?"

또다시 물어 옵니다. 여전히 산 너머가 궁금한 모양입니다. 순간, '문둥이다!' 하는 생각과 함께 나의 입은 두려움으로 굳어버려 도무지 말을 할 수가 없습니다. 아니, 입뿐 아니라 온몸이 얼어붙은 듯 옴짝할 수가 없습니다. 해서 잔뜩 겁먹은 얼굴로 아저씨의 얼굴만 뚫어져라 바라봅니다.

"⋯⋯?"

한동안 내게서 무슨 대답이라도 나올까 기다리던 아저씨가 드디어 중얼거리며 비틀비틀 사라집니다. 빼곡히 들어선 나무숲 사이 사람 하나 간신히 지나다닐 수 있는 오솔길 너머에 사람이 살고 있다는 것이 도무지 믿어지지 않는 모양입니다.

숨이 턱에 차오르도록 산모퉁이를 돌아 학교에 다다르니 운동장 한가운데서 왼쪽, 오른쪽 편을 갈라 공을 차는 남자애들이 보입니다. 운동장을 둘러싸고 서 있는 나무 그늘 의자에 모여 앉은 몇몇 여자애들은 한창 단오절 얘기로 꽃을 피우고 있습니다. 그러나 애들의 이야기는 통 관심이 없습니다. 아니, 애들 이야기뿐 아니라 성황당에 매어 있는 그네 이야기도, 김이 모락모락 나는 맛있는 단오떡도 다 잊어버린 듯 서둘러 두레샘으로 달려갑니다. 달려가선 두레박으로 우물물을 길어 벌컥벌컥 들어 마십니다. 도무지 간이 떨리고 다리가 후들거려 견딜 수가 없기 때문입니다.

"아침부터 웬 물을 그리 들이키나? 니 오늘 명일이라고 엔간히도 많이 먹었나 보네."

아이들과 모여앉아 도란도란 이야기꽃을 피우던 경숙이 참견을 합니다. 비록 나보다 두 살 더 많은 나이지만, 키로 보나 성적으로 보나 나에게 한 수 아래이면서 번번이 언니 행세를 하려 듭니다. 가난한 집안에 맏딸로 태어난 탓인지 유난히 먹는 데에 집착을 보이기도 합니다.

그러나 나는 대답 대신 묵묵히 교실로 발걸음을 떼어 놓습니다. 아이들과 어울려 잡담을 하기엔 아직 두근거리는 심장이 가라앉질 않은 까닭입니다. 대체 아이까지 잡아먹는다는 문둥이가 어째서 동네에 나타난 것인지 모르겠습니다.

"재수 없어!"

경숙의 말에 반응하는 내가 눈꼴시었던지 옆에 있던 미자가 입을 삐죽거리며 표독스럽게 쏘아붙입니다.

"맞아. 지가 무슨 신사임당이라도 돼. 만날 고상한 척만 하고……."

여기저기서 미자의 말에 동조하는 소리가 들립니다. 아마도 미자의 비위를 맞추기 위한 행동일 테지요. 아니, 어쩌면 나의 지나친 독서 습관을 빗대어 하는 말인지도 모릅니다. 왁자지껄 떠드는 아이들 곁에서 조용히 책을 펴드는 나를 언제나 못마땅하게 생각해 왔으니까요.

수업 시간이 다가오자 학교 운동장에서 들개처럼 뛰어놀던 아이들이 속속 교실로 들어섭니다. 마치 불의에 항의하는 독립투사처럼 비장한 얼굴로 들어서는 길상을 둘러싸고 몇몇 아이들 또한 교실로 들어섭니다. 옷은 물론, 얼굴이나 몸 곳곳에 흙이 묻어 있는 것으로 보아 아마도 패싸움이라도 벌인 모양입니다. 그냥 여느 아이들처럼 학교 운동장에서 공이나 차면서 놀 것이지 무엇 때문에 비싼 밥 먹고 싸움질은 해대는 것인지 정말 모르겠습니다.

"니들 꼬라지가 그게 뭐냐? 또 패싸움했나? 이 좋은 명일에 참말로 무슨 짓들이나?"

아이들이 들어서는 모양을 한심스러운 듯 바라보던 경숙이 역시 참지 못하고 참견을 합니다. 마치 개구쟁이 막내 동생들이라도 나무라는 듯합니다.

"그래! 싸웠다. 왜?"

경숙의 태도가 가소로운 듯 양돈이가 눈을 부라리며 말대꾸합니다. 그러나 금세 풀이 죽습니다. 경숙의 잔소리에도 묵묵히 책상 앞으로 다가가 앉는 길상의 눈치를 보는 듯합니다.

경숙이와 마찬가지로 길상이 또한 육 형제를 둔 가난한 집 아들입니다. 경숙과는 달리 누나 덕분으로 먹고사는 데 큰 어려움은 없지만은 마음 한구석엔 언제나 서울 부잣집에 식모살이 간 누나에 대한 그리움으로 가득 찬 아이입니다. 해서 그런지 유난히 경숙이에게 관대합니다. 공휴일이나 방학이면 종종 남의 집 아이를 둘러업고 잔심부름을 하는 경숙의 모습을 보면서 아마도 길순 언니의 모습을 떠올리는 듯합니다.

길상 패거리에 이어 학교 운동장에서 공놀이하던 아이들마저 들어서자 교실은 참으로 아수라장이 됩니다. 긴 막대 걸레를 들고 기타를 치는 흉내를 내는 아이, 반쯤 내려간 반바지 허리를 붙잡고 엉덩이춤을 추는 아이, 책상 가득 산수책과 전과를 펴 놓고 뒤늦게 숙제를 하느라 분주한 아이, 책상에 동그란 금을 그어놓고 핀치기를 하는 아이, 와글와글 모두들 희수네 양계장 오리 새끼들 같습니다. 그때 누군가 자리에서 벌떡 일어나 책상을 탕탕 칩니다. 아이들이 놀라 일제히 소리 나는 쪽을 바라봅니다.

"내가 이렇게 책상을 쳐서 너희들을 주목시키는 건, 오늘이 무슨 날이냐? 바로 단오 아니냐. 단오가 뭐냐 참, 그네나 타면서, 이래 떡이나 나눠 먹으면서 참 이웃 간에 오순도순 천렵이나 하면서 노는 날이 아니냐. 한데 우린 갑갑하게 이게 뭐냐. 오늘 같은 날도 꼭 이렇게 교실에 나와서 죽치고 앉아 있어야 하나? 도대체 이 나라가 언제부터 이렇게 됐나 말이다."

역시 말썽꾸러기 수열이입니다. 제 아버지를 닮아 걸핏하면 이 나라, 이 민족을 들먹이며 시부렁거립니다. 도대체 단오와 나라가 무슨 상관관계가 있는 것인지 모르겠습니다.

"그럼 어떡해야 하는데?"

역시 놀기 좋아하는 경숙이 귀를 쫑긋 모으곤 다가섭니다. 무슨 일이든 명령만 내리면 금방이라도 발 벗고 나설 태세입니다. 참으로 그대로 두었다간 무슨 일을 저지를지 도무지 조마조마해서 견딜 수가 없습니다.

"왜? 또 무슨 짓을 할려구?"

참다못한 내가 수열이를 향해 버럭 소리를 지릅니다. 한동네 산다는 이유 하나만으로 번번이 신경을 써야 하니 정말 내가 못 살겠습니다.

"무슨 일이든 해야 하지 않나. 명절에 학교 오라고 하니 불만이 많다."

그러나 수열이는 필사적입니다. 양미간에 잔뜩 힘이 들어가 있는 것으로 보아 사고를 쳐도 아주 크게 칠 기세입니다. 이쯤 되면 나로서도 달리 방법이 없습니다. 구태여 매를 벌겠다고 나서는 데에는 도리가 없습니다. 하는 수 없이 수열이에게 향했던 눈을 돌려 오늘 첫 시간에 수업할 국어책을 펼칩니다.

그때 드르륵 교실 앞문이 열립니다.

"차렷! 담임선생님께 일동 경롓!"

선생님께서 교단 위로 올라서자, 반장 용안이의 구령에 따라 우리는 일제히 일어나 머리를 숙입니다. 양발 사이에 단단히 박은 긴 막대 자를 두 손으로 모아 쥔 선생님의 얼굴은 오늘도 여전합니다. 양미간 밑으로 부릅뜬 눈 하며 어금니가 문드러지도록 꽉 다문 입술은 바라만 봐도 오금이 저려 옵니다. 지난 중간고사 성적발표 이후 더더욱 험악해진 얼굴입니다. 자칫 잘못 건드렸다간 금방이라도 원자폭탄처럼 터질 것만 같습니다. 순간 나는 본능적으로 수열을 향해 고개가 확, 돌려집니다. 언제 어느 때 어떤 도발적인 행동으로 일을 저지를지 정말 불안합니다.

"저! 선생님 드릴 말씀이 있습니다."

아니나 다를까. 양미간을 잔뜩 찌푸리던 수열이 어느새 코까지 벌렁거리며 일어섭니다. 순간 나의 머릿속에 오만가지 생각이 빠르게 지나갑니다. 물론 앞뒤 분간도 못하고 불쑥 일을 저질러놓고 보는 수열이 혼나는 거야 상관이 없지만 요즘 선생님의 기분 상태로 보아 단순히 수열이 선에서 일이 끝날 것 같지 않습니다. 단오라고 일찍 집으로 돌려 보내주기는커녕, 오히려 전체기합이나 받지 않으면 다행입니다. 이 좋은 날 놀기는커녕 귀를 잡고 토끼뜀으로 운동장을 돌 일을 생각하니 눈앞이 아찔해집니다. 생각다 못해 자리에서 벌떡 일어납니다.

"네! 선생님 저 또한 드릴 말씀이 있습니다."

순간 불안한 눈길로 수열이를 향하던 반 아이들의 눈길이 일제히 내게로 행합니다. 도대체 무슨 말을 하려는 것인지 도무지 모르겠단 표정들입니다. 아니, 어쩌면 잔뜩 기대감으로 들떠 다음 말을 기다리는 것도 같습니다.

"그래! 기인아 무슨 일이냐? 말해봐라!"

수열이로 인해 잔뜩 찌푸렸던 선생님의 얼굴이 조금씩 펴집니다. 역시 선생들이란 공부 잘하는 아이들에겐 한없이 약한 법인가 봅니다. 내 입에서 무슨 이야기가 나오든 다 수용하고 들어주겠다는 표정입니다.

"다름이 아니라 지난 중간고사 성적으로 선생님께 걱정을 끼친바 깊이 반성하는 뜻으로, 오늘 명절임에도 불구하고 저희 반 학생이 모두 남아 틀린 시험 답안지를 푸는 것이 어떨까 생각합니다."

마치 독립선언문이라도 낭독하듯 낭랑한 목소리로 말하는 나의 행동에 잔뜩 기대감으로 들떴던 반 아이들의 얼굴이 사색으로 변합니다. 도대체 어찌 감당하려고 저 모양인가 기가 막히는 모양입니다. 그러나 적을 알고 나를 아는 싸움에서 패배란 없습니다. 평소 근대화 물결에 떠밀려 점점 사라져 가는 '전통문화 어쩌구!' 입만 열었다 하면 말하던 선생님입니다. 특별히 마음을 건드리지 않는 한 나머지 공부란 없을 것입니다. 확신합니다.

역시나 조금씩 펴지던 선생님의 양미간이 드디어 활짝 펴집니다. 미간뿐 아니라, 한일자로 다물었던 입꼬리 또한 한층 치켜 올라간 듯합니다. 아니, 어쩌면 '그동안 공들여 교육한 보람이 있구나.' 감탄을 하고 있는 것인지 모릅니다. 얼굴에 잔잔한 미소까지 번집니다.

"그래! 다들 그동안의 나태함을 깊이 반성들 하고 있다니 고맙다. 사실 그동안 나는 너희들의 부진한 시험성적으로 많은 고민을 했었다. 그러나 오늘 너희들의 바른 정신 상태를 보니 몹시도 기쁘다. 해서 오늘 수업은 이것으로 마무리 지을까 한다. 그러니 모처럼 좋은 명절에 많은 걸 보고 느끼고 간직하길 바란다. 왜냐하면, 오늘 너희들이 보고 듣고 경험한 모든 것들은 후대 전통문화 유산의 발전에 꼭 필요한 자산이 되리라 믿기 때문이다."

아니나 다를까 부챗살처럼 환한 얼굴로 한동안 우리를 둘러보시던 선생님께서 드디어 비장한 결단을 내린 듯 목에 힘을 주며 말합니다. 그러나 아이들은 선생님의 말이 영 믿어지지 않는단 표정입니다. 모두들 눈을 휘둥그렇게 뜨고 서로를 힐끔거립니다. 아니, 혹시라도 잘못 듣지 않았나? 귀를 의심하는 듯도 합니다.

"왜? 선생님의 말에 무슨 문제가 있나? 법정 휴일은 아니지만 담임의 재량권으로 하는 말이니 걱정 마라. 너희들이 구태여 수업하겠다고 우긴다면 할 수 없지만 말이다."

"아, 아닙니다. 돌아가겠습니다."

선생님의 말에 놀란 아이들이 비로소 정신을 차린 모양입니다. 이곳저곳에서 아우성을 치며 난리들입니다. 참으로 미련한 종자들입니다. 벌써 이 년째 같은 선생님께 수업을 받았으면서 왜 그렇게 바보처럼 구는지 모르겠습니다.

"자! 모두들 일어나 선생님께 인사한다. 전체 일어섯!"

그래도 반장 용안이가 좀 났습니다. 금방 사태를 파악하고 일어나 구령을 붙입니다.

"차렷! 선생님께 경례!"

"선생님 감사합니다."

용안이의 구령 소리에 우리는 일제히 일어나 우렁차게 선생님께 인사를 합니다. 오늘은 정말 신나는 날입니다.

"엄마–아!"

쏜살같이 마을길을 달려 대문을 들어서기가 바쁘게 엄마를 부릅니다. 뜻하지 않는 선생님의 배려로 오늘 하루 신나게 놀 생각을 하니 마음이 한없이 들뜬 까닭입니다. 그러나 감나무 가지와 헛간 지붕 사이로 연결된 빨랫줄에 가득 빨래를 널어놓고 돌아서는 엄마는 별 반응이 없습니다. 내가 부르는 소리를 듣지 못한 것인지, 아니면 듣고도 못 들은 척 시치미를 떼고 있는 것인지 도무지 분간할 수가 없습니다. 다만 연신 앞치마에 손을 닦으며 세숫대야를 우물가에 내려놓곤 급히 뒤란 쪽으로 향합니다.

"엄마–아!"

그러나 개의치 않습니다. 다시 한 번 큰 소리로 불러봅니다. 비로소 뒤란 쪽으로 향하던 엄마가 발걸음을 멈추고 나를 돌아봅니다. 그러나 썩 기분 좋은 얼굴이 아닙니다. 엄마 얼굴을 보자 불현듯 석호의 얼굴이 떠오릅니다.

"석혼? 엄마 석호 왔어?"

엄마의 눈치를 살피며 묻습니다. 그러나 엄마는 대답도 않은 채이내 쑤욱, 부엌 안으로 들어가 버리고 맙니다. 역시 석호 일로 마음이 몹시도 상한 모양입니다. 어쩌면 석호를 사이에 놓고 또 아버지와 말다툼이라도 벌인 것인지 모릅니다.

"미안해요! 갑자기 달아나는 바람에 잡을 수가 없었어요."

순간 나도 모르게 부엌을 향해 변명을 합니다.

"덥지? 마셔라!"

그러나 부엌으로 들어간 엄마 손엔 청빛 완자 무늬가 새겨진 하얀 사기 대접과 접시가 들려져 있습니다. 바로 앵두 화채와 시루떡입니다. 하얀 팥고물이 고루 펴져 있는 거피팥시루떡도 맛있지만, 하얀 사기 대접에 들어있는 빨간 앵두 화채는 참으로 일품입니다. 한입 쭉, 들이키면 새콤달콤한 그 맛이 참으로 짝짝 입에 달라붙습니다.

"엄마, 석호는?"

걱정스러운 얼굴로 또다시 묻습니다. 어쩌면 이 모든 일이 다 나 때문에 생겨난 일이 아닌가 싶어 개운치가 않습니다.

"성황당에 그네 타러 갔다. 이렇게 일찍 끝내줄 거면서 공연히 오라 해서 애를 혼나게 만드는구나!"

동생의 무단결석보다 명절날 공연히 등교를 시킨 선생님들에 대한 야속함이 더 큰 모양입니다. 어느새 그렁그렁 눈시울까지 붉어집니다. 엄마의 젖은 눈시울을 보니 나도 모르게 포옥, 한숨이 새어 나옵니다. 학교 가다가 도망쳐 온 석호로 인해 아버지와 엄마가 또 한바탕 다툰 모양입니다. 자식, 특별히 사내자식은 속으로만 사랑해야 한다는 아버지와 불면 날아갈까 앉으면 꺼질까 노심초사하는 엄마 사이에서 방황하고 불안해하는 이 딸의 마음은 안중에도 없는 것인지 참으로 서운합니다.

"그러게 청상이 된 며느리 붙잡아 앉혀 무슨 영화를 보겠다고 그렇게 고집을 부리는지 원!"

"다 욕심 때문이 아닌가. 병든 아들 부득불 장가보낼 때부터 알
아봤다!"

그때, 뒤란 마루에서 도란도란 아줌마들 떠드는 소리가 들립니
다. 순간 성황당으로 향하려던 나의 발걸음이 자연히 뒤란 쪽으로
옮겨집니다.

각종 단오 음식이 가득 담긴 양은쟁반을 사이에 두고 빙— 둘러앉
은 아줌마들의 손엔 저마다 맛깔스러운 음식이 하나씩 들려져 있습
니다. 그러나 음식에는 도무지 관심이 없는 듯 기순 엄마의 입에서
쏟아질 다음 얘기에 정신이 집중된 듯합니다. 토끼처럼 귀를 쫑긋
세우고 눈을 반짝이는 모습이 퍽이나 진지합니다. 아침에 말하던
큰 기와집 며느리 이야기인 모양입니다. 바로 작년 가을 결혼한 새
댁아줌마입니다. 아름답게 장식한 꽃가마에서 내려 수줍은 듯 대청
마루를 오르던 새댁의 모습이 아직도 눈에 선합니다. 비록 결혼한
지 채 석 달도 되지 않아 남편을 떠나보내고 말았지만 바지런하면서
도 싹싹해서 동네 사람들의 입에서 칭찬의 말이 떠나지 않습니다.
그런 새댁이 어째서 아줌마들의 입방아에 오르내리는 건지 모르겠
습니다.

"문제는 그 새댁에 있다. 죽어도 그 집 귀신 되겠다며 한사코 거
부하는 거라."

"왜 안 그러겠나. 신혼의 단꿈도 꾸기 전에 그렇게 됐으니 얼마
나 아쉬움이 크겠나."

"그렇다고 이제 겨우 갓 스물 넘은 새댁을 저리 늙힐 수야 없지
않나. 이왕 새 출발을 할 거면 빠를수록 낫지 않겠나. 새댁 친정
오빠도 그래서 찾아온 거고 말이다."

"그러게 말이다. 큰 기와집 어른이야, 자기 욕심 채우기 위해 붙잡는다지만 새댁은 웬 고집이냐? 못 이기는 척 따라나서면 끝까지 말리지는 못할 텐데 말이다."

"그러니 하는 말이다. 결국 끝까지 삼종지의를 지키겠다, 이거라."

"아이고야 삼종지의는 무슨 삼종지의냐. 슬하에 자식 하나 없는 청상과부가 쯧쯧……."

옆에서 보다 못한 수열이 엄마가 끼어듭니다. 혀를 끌끌 차는 모습이 몹시도 안타까운 모양입니다.

"다 먹었으면 이제 그만 성황으로 가, 언니들한테 그네 태워 달래라. 다 거기로 갔다."

무심코 부엌에서 나오던 엄마가 뒤란 마루로 향하는 나의 발걸음을 가로막습니다. 아마도 내가 들어서는 곤란한 이야기라도 되는 모양입니다.

언덕 위에 올라 성황당 쪽을 바라봅니다. 오늘 아침까지만 해도 푸르던 그곳이 어느새 울긋불긋 마치 아름다운 꽃들이 피어나기라도 한 듯 어른에서 조무래기들까지 온통 사람들로 북적거립니다.

커다란 방동 소나무에 매여 있는 그네 위엔 휙휙, 바람을 가르며 그네를 타는 여자의 모습이 보입니다. 바로 읍내에서 떡 방앗간을 하는 아줌마입니다. 하얀색에 남색 끝동을 단 반회장저고리와 푸른색 치마를 입고, 마치 물 찬 제비처럼 사뿐사뿐 무릎을 구르고 엉덩이로 밀어서 그네를 탑니다. 평소와는 달리 한껏 모양을 내고 나온 것이 참 보기에도 좋습니다.

그네 지나가는 소리에 맞춰 휙휙, 좌우로 고개를 돌리며 감탄사를 연발하는 사람들의 모습 또한 몹시도 들떠 있습니다. 그러고 보니 낯익은 얼굴보다 낯선 얼굴들이 더 많은 것 같습니다. 해마다 열리는 그네타기 대회가 올해에는 우리 동네에서 열린다는 소리를 들은 것도 같습니다. 대회의 공정성을 위해서 동네마다 돌아가며 열리는 이 대회는 무려 열다섯 마을이 참가하는 비교적 큰 행사입니다. 일등엔 드레스 미싱, 이등, 삼등, 사등, 오등엔 각각 크고 작은 무쇠 솥이 걸려 있습니다. 이제 겨우 열 시가 조금 넘었건만 그네 한쪽에 비스듬하게 세워진 칠판엔 이미 많은 참가 동네 이름이 적혀 있습니다.

서 있는 사람들의 사이로 동생의 손을 잡고 선 둘째 언니의 모습도 보입니다. 지난번 엄마가 사준 지지미 원피스를 입고 있습니다. 흰색 바탕에 물방울무늬, 목과 팔에 달린 레이스가 몹시도 예쁜 옷입니다. 삼순이 언니와 길순 언니가 나란히 서울로 돈벌이 떠나고 친구처럼 의지하던 큰언니마저 시집을 가 버렸으니 그 외로움이 오죽할까! 혀를 끌끌 차며 콩 한 말을 이고 십오 리 길을 걸어 읍내 장터에서 엄마가 사주신 옷입니다. 비록 셋째 언니의 시샘으로 마음 편히 입지는 못하지만, 디자인 면에서나 색상 면에서나 손색이 없는 옷으로 둘째 언니가 가장 아끼는 옷입니다.

큰언니나 둘째 언니와 달리 셋째 언니는 고집이 세고 유난히 시샘이 많습니다. 두 언니를 낳고 연이어 낳은 딸이라 태어나면서부터 할머니의 구박을 많이 받았다고 합니다. 해서 마치 독립투사라도 된 듯 할머니께 대들어서 번번이 아버지께 꾸지람을 듣습니다. 그런 언니가 유독 엄마에게만큼은 고분고분하고 순종적이니 도무지 무슨 까닭인지 모르겠습니다. 아마도 딸을 많이 낳았다는 이유로 할머니께 구박받은 엄마에게 죄의식 같은 걸 느끼고 있는 것인지도 모릅니다. 아니, 셋째 언니뿐 아니라 큰언니도 둘째 언니도 모두들 하나같이 엄마를 잘 따릅니다. 엄마를 기쁘게 하는 일이면 무엇이든 가리지 않습니다. 오빠와 석호를 지나치게 챙기는 것도 아마 이 때문이지 않나 생각합니다. 그것이 아들이라면 죽고 못 사는 엄마를 기쁘시게 하는 일이라 생각하니까요.

동생의 손을 붙잡고 서서 차례를 기다리는 둘째 언니의 모습을 보니 발걸음이 더욱 날아갈 듯 가볍습니다. 해서 부리나케 달려 성황당으로 달려갑니다.

"우리 똑순이도 그네 타러 왔나? 아이고! 저 뽀오얀 얼굴 좀 보래이! 이삐기도 하지!"

내가 다가서자 기순이 할머니가 쪼글쪼글한 얼굴 가득 미소를 지으며 반깁니다. 기순이 할머니 앞에 서면 나는 언제나 긴장이 됩니다. 혹시라도 머리나 옷의 모양이 흐트러지지나 않았을까 단속하고, 또 단속합니다. 나만 보면 과분하게 칭찬을 하는 귀순 할머니에게 잘 보이고 싶은 까닭입니다. 이미 구십을 바라보는 연세로 어떻게 이곳까지 올라온 것인지 참으로 알 수 없습니다. 아니, 울퉁불퉁 불편한 자리가 편평해지고 가마니까지 깔려 있는 것으로 보아 어쩌면 효자 아들로 소문난 기순 아버지가 할머니를 들쳐업고 이곳까지 올라오신 건지도 모릅니다. 구십이 가까운 연세에도 불구하고 꼬장꼬장한 말투와 총기로 칠십이 넘은 아들을 호령하는 모습이 퍽이나 인상적인 할머니입니다.

"내 말이유! 어째 그렇게 아저씨를 쏙 닮았는지, 정말 씨도둑질은 못 한다니께유!"

기순이 할머니 말에 무열이 삼촌이 말을 보탭니다. 올해에도 또 그네타기 대회 진행을 맡은 모양인지 두툼한 뱃살 위엔 붉은색 목 줄을 매단 호루라기가 덜렁거립니다. 무열이 삼촌 손에 이끌려 사 람들의 맨 뒤로 가서 섭니다.

"니 왜 인제 오나. 난 하마 아까 왔다."

한 줄로 늘어선 사람들 사이로 수열이 빠끔 얼굴을 내밀곤 알 은체합니다. 어깨에 책보가 둘러져 있는 것으로 보아 아마 집에도 들리지 않고 학교에서 바로 이리로 달려온 모양입니다. 역시 놀기 좋아하는 수열인 못 말립니다.

"와아—!"

그때 갑자기 우렁찬 함성이 들립니다. 올려다보니 빨간 구치베니 를 바른 아줌마의 뽀얀 얼굴이 온통 청솔가지로 뒤덮여 있습니다. 무열이 삼촌이 깃발을 높이 들며 "지화자!" 하고 외치자, 덕삼이 아재가 아줌마의 이름자 밑에 숫자 이자에서 삼자로 바뀝니다. 삼 점이면 결선진출은 무난히 통과할 수 있을 듯합니다.

"와! 정말 잘 타시네. 마치 하늘에서 선녀가 하강하는 것 같구 만. 올 대회에도 일등은 따 놓은 당상이여 당상이라고. 아, 그냥 내리지 말구 이 박봉팔이랑 쌍그네 한판 안 뛸라우?"

그때 어디서 나타났는지 삼순 아버지가 취기 가득한 얼굴로 비틀 거리며 다가와 그넷줄을 잡습니다. 일 년 삼백육십오 일 술에 안 취 한 날이 없는 삼순 아버지입니다. 삼순이 언니가 서울로 돈벌이하러 가는 날도 진종일 술에 취해 비틀거리며 마을길을 헤매고 다녔습니 다. 어려운 가정형편으로 겨우 초등학교를 졸업한 삼순이 언니는 무 려 오 년 동안이나 큰 기와집에서 잔심부름을 했었습니다.

"거 작작 떠벌이고 그만 가 보소. 모두들 가마터로 갔는데 뭐 한다고 아직 이곳에서 얼쩡거리나."

보다 못한 기순이 할머니가 야단을 칩니다. 삼순 할머니 살아생전 둘도 없는 단짝 친구로 지낸 정 때문인지, 아니면 삼순 아버지가 태어날 때 산바라지를 했다는 이유 때문인지 마치 아들처럼 챙기며 잔소리를 합니다.

"아이구, 어머이! 걱정 마소. 내 이 각시랑 쌍그네 한번 탈랍니다. 주둥이까지 빨간 것이 참 이뻬시네."

하지만 삼순 아버지는 개의치 않습니다. 오히려 더욱 익살을 떨며 비틀비틀 그네를 타겠다고 설칩니다.

"에구머니 왜 이러신대유! 술을 자시려면 좀 곱게 자셔야지유!"

삼순 아버지의 익살에 놀라 얼굴을 붉히며 달아나는 젊은 아줌마가 소리칩니다.

"그만 좀 해라! 꼴에 사내라고 왜 그리 주접을 떨어쌌노."

"아이고, 형님 또 왜 이러신대유! 지금 가마터에선 돼지 잡아서 푸짐하게 점심준비 하던데 형님이 빠져서야 쓰겠어유!"

기순 할머니의 호령에 보다 못한 무열이 삼촌이 삼순이 아버지의 팔을 잡아끌며 덕삼이 아제를 향해 눈짓을 합니다.

"그래유! 저랑 같이 가시지유! 아저씨들이 얼른 모시고 오라네유!"

"그랴? 그렇다면 이 박봉팔이 또 빠질 수 없지. 어서 가세!"

덕삼이 아재 말에 삼순 아버지가 비로소 횡설수설하며 돌아섭니다.

길게 늘어선 사람들 사이에 쪼그리고 앉아 벌써 두 시간째 차례가 되기를 기다리는 일은 참으로 따분합니다. 기다리다가 지쳐 보채던 석호는 이미 언니의 손을 잡고 집으로 돌아간 지 오래입니다. 맨 꼭대기에 있는 소나무를 목표점으로 정하고 그것을 발로 차면 득점이 되는 시합이지만 정한 시간이 지났음에도 불구하고 막무가내로 시간을 끄는 통에 도무지 차례가 돌아오지 않습니다.

"니 언제까지 있을거나? 난 이만 갈란다. 이 좋은 명절에 그네 한 번 마음대로 못 타고, 우째 나라가 이 모양이냐."

참다못한 수열이 불만 가득한 얼굴로 투덜거립니다. 그네 타는 거랑 나라가 도대체 무슨 상관이라고 또 나라 타령입니다. 그러나 오늘만큼은 수열이 투덜거림이 크게 잘못되었다고는 생각지 않습니다.

"자! 오늘 오전 시합은 이것으로 마무리하기로 하고, 모두들 가마터로 가시어 조촐하게 마련된 식사를 하시고 점심 식사 후, 정확히 한 시 사십 분까지 다시 오시기 바랍니다. 오후 두 시에 다시 시합을 재기하도록 하겠습니다. 감사합니다."

그때 요란한 호루라기 소리와 함께 무열이 삼촌의 우렁찬 목소리가 들립니다. 순간 수열이 귀가 번쩍 뜨이는 모양입니다. 투덜거리며 성황당을 내려가던 발길을 화들짝 돌립니다.

"와아~!"

어른들의 발길이 하나둘 가마터로 향하자 환호성을 지르며 서로 먼저 타겠다고 우기는 아이들의 아우성 소리로 그네 터는 금방 아비규환이 됩니다.

"야! 서두르지 말고 모두들 차례를 지켜라! 차례!"

수열이 삼촌을 대신해 질서유지에 나서던 덕삼이 아재가 보다 못해 소리를 버럭 지릅니다. 무열이 삼촌과 마찬가지로 덕삼이 아재 또한 올백으로 빗어 넘긴 머리에 포마드를 발랐습니다. 동네 아줌마들의 말처럼 명절에나 읍내 장에 갈 때 바르던 포마드를 요즘은 시도 때도 없이 바르는 걸 보니 정말로 수상하긴 합니다.

가까스로 그넷줄에 올라 정확한 타이밍을 맞춰 힘껏 무릎을 굴러봅니다. 자유 진동에 의해 일정한 시간 동안을 힘없이 오가던 그넷줄에 탄력이 생기자 나의 몸은 마치 하늘을 나는 새와 같이 즐겁습니다. 가슴 가득 안겨드는 바람과 은빛 햇살, 눈이 부시도록 파란 하늘 두둥실 피어오른 구름은 신선하다 못해 향기롭게까지 합니다. 이대로 새처럼 날아올라 푸른 하늘 속으로 들어가 보고 싶습니다.

그넷줄에서 내려다본 동네 또한 옹기종기 참으로 아름답습니다. 새마을운동의 일환으로 볏짚에서 슬레이트로 지붕이 바뀐 데다가 울긋불긋 페인트칠까지 해 놓은 까닭입니다.

옹기종기 모인 집들을 지나 실개천이 흐르고 누렇게 익은 보리 이삭이 보입니다. 바람이 불 때마다 황금 물결로 일렁이는 모양이 마치 한 폭의 그림만 같습니다. 들녘 어디선가 계집 죽고, 자식 죽고 하면서 처량 맞게 우는 구구새의 울음소리가 들립니다. 도대체 무슨 사연이 담긴 새이기에 오늘 같은 날에도 저리 구슬프게 우는 것일까요. 구구새의 울음소릴 들으면 나는 언제나 용안이 엄마의 얼굴이 떠오릅니다. 용안이 아버지가 생각나는 까닭인지 구구새의 울음소리에 번번이 슬픈 얼굴이 되곤 하던 용안이 엄마입니다.

구구새가 우는 들녘 너머, 언뜻언뜻 가마터가 보입니다. 가마니 위에 빙, 둘러앉아 점심 식사 하는 사람들의 모습이 보입니다. 추석이나 설날에나 잡던 돼지를 잡았으니 오죽이나 신이 날까요. 각종 채소와 고사리를 가득 넣고 끓인 선짓국을 생각하니 갑자기 입안에 침이 고이고 배가 고파 옵니다. 그러고 보니 서로 먼저 타겠다고 아우성치던 아이들도 어느새 하나둘 가마터로 향하고 있습니다.

동
고
사

"남표 집에 있나?"

잠결에 어렴풋이 아버지를 부르는 소리가 들립니다. 수열이 아버집니다. 오늘도 어김없이 잠자리에서 일어나자마자 우리 집부터 찾은 것입니다. 어제 밤늦도록 마신 술 탓인지 목소리가 털털거리며 천지사방으로 갈라집니다.

"아이구구! 저 양반은 잠두 없나. 식전 댓바람부터 또 웬 마실이래!"

엄마가 잔뜩 짜증 섞인 목소리로 투덜거리며 마지못해 일어나 주섬주섬 포플린블라우스와 월남치마를 걸칩니다. 유행 지난 엄마의 한복을 뜯어서 만든 옷입니다. 바로 둘째 언니가 들들들 드레스 미싱으로 박아서 만들었습니다. 손바느질로 만든 옷에 비해 박음질이 탄탄하고 모양 또한 고르고 반듯해서 흡사 읍내 장터에서 새로 사 온 옷 같다며 엄마가 몹시도 좋아라 하셨습니다. 첫째 언니가 부엌살림에 달인이라면 둘째 언니는 예쁜 옷 만드는 일에 달인입니다. 아무리 낡고 유행이 지나 볼품없는 옷이라도 자와 가위와 드레스 미싱만 있으면 금방 예쁘고 아름다운 새 옷으로 다시 태어납니다.

"흠흠!"

아버지가 두어 번 큰기침을 하며 엄마를 따라 부스스 일어납니다. 그러나 아버지 또한 번거롭긴 마찬가지인 모양입니다. 다소 짜증이 나는 듯 양미간에 두서너 개의 줄이 생깁니다.

"아휴 오늘은 또 얼마나 사람을 잡으려고 아침부터 이리도 찌는지 모르겠어."

옷옷을 챙겨 입고 방문을 나가는 아버지의 어깨너머로 또다시 수열이 아버지의 털털 갈라지는 목소리가 들려옵니다.

"용케도 일어났군. 속은 좀 괜찮어?"

"괜찮긴. 더부룩한 것이 영 못 견디겠어. 내 평생 토사곽란으로 고생해 보긴 처음이여!"

"그러게 작작 좀 마시지. 내일모레면 벌써 오십 줄일세. 건강 좀 챙기라고."

"그러게 말이여. 그나저나 동고사를 안 잡수셔서 그런지 작년 올핸 왜 이렇게 동네가 시끄러운지 모르겠어."

"무슨 말이여?"

"그냥, 큰 기와집 일도 그렇고, 또 어제 봉팔이 일도……."

아마도 어제 가막터에서 있었던 사고를 말하는 모양입니다. 삼순이 아버지가 드디어 사고를 낸 것입니다. 술에 취해 비틀거리다가 결국 국솥을 넘어뜨려 얼굴과 가슴에 심한 화상을 입은 것입니다. 다행히 국솥에 국이 조금 남아 있었기에 망정이지 하마터면 그 자리에서 즉사할 뻔했습니다. 속이 타는 것인지 말을 하려다가 돌아서선 골연 한 개를 빼어 무는 수열이 아버지의 얼굴은 몹시도 수척해져 있습니다. 열린 문으로 희미하게 동터오는 먼 산은 오늘따라 유독 멀게 느껴집니다.

"그게 어떻게 동고사 탓인가. 다 부주의한 탓이지."

수열 아버지의 말에 아버지가 터무니없다는 듯 대꾸합니다. 도대체 성황당 나무에 제를 올리는 것과 큰 기와집 아들이나 봉팔 아저씨의 사고와 무슨 연관이 있다는 것인지 나 또한 도무지 이해할 수 없습니다.

"이잉, 그런 게 아니래두! 다른 동네에서도 안 드렸다가 할 수 없이 이번 단오에 드렸다던데 우린 왜 그 생각을 못했는지 모르겠어. 봐 당장 일이 생기질 않나."

그러나 수열 아버진 동고사의 위력을 철저하게 믿어버리는 모양입니다. 털털 갈라지는 목소리에 은근히 힘이 들어가 있습니다.

"벌써 마실 오셨네유. 난 어찌나 고단하던지. 이제야 일어났구먼유."

두 사람의 대화를 자르며 또 다른 목소리가 끼어듭니다. 바로 두희 아버지입니다. 온순한 성격과는 달리 몸놀림이 재고 바지런한 아저씨입니다. 어려서부터 남의 집살이하느라 고생을 많이 한 탓인지, 아버지보다 일곱 연하임에도 불구하고 허리가 구부정하니 두서너 살은 더 많아 보입니다. 손에 쇠스랑이 들려져 있는 것으로 보아 어느새 논밭을 한 바퀴 둘러보고 오는 길인 모양입니다.

"그려! 농사일로 뼈가 굳어버린 우리네야 차라리 일하는 게 낫지. 나도 어제 그러고 났더니 몸이 영 시원찮구먼."

"왜 안 그렇겠어유, 그 난리를 겪었으니. 그나저나 봉팔이 동생은 괜찮은가 모르겠네유. 화상에다가 다리까지 부러졌으면 큰일 아니래유?"

"그러게 말일세. 우리도 지금 그 얘기를 하고 있던 중이네. 이제라도 동고사를 드리는 게 어떨까 하고 말이지."

"글쎄유, 저도 잠깐 그 생각을 해봤네유. 작년 올 우리 동네가 아주 죽어라 죽어라 하잖아유? 그게 모두 다 동고사를 지내지 않아서 그렇게 된 건 아닌가 하구유. 그러니 우리 이 문젤 좀 더 진지하게 상의해보는 것이 어떨까 하네유."

수열이 아버지의 말에 두희 아버지가 기다렸다는 듯 쌍수를 듭니다. 아니 오히려 한술 더 뜨는 것 같습니다.

순간 나는 또다시 갑갑증이 몰려옵니다. 도대체 성황당 나무가 무엇을 할 수 있다고 제를 올려야 한다는 건지 도무지 알 수 없습니다. 물론 성황당의 나무가 우리 마을에 아무런 영향을 미치지 않는다고는 볼 수 없습니다. 왜냐하면, 가뭄이나 홍수 시에 나무나 울창한 숲이 미치는 영향을 이미 학교에서 귀가 따갑도록 들어왔으니까요. 그렇다고 나무를 신처럼 섬긴다는 건 참으로 우스꽝스러운 행동이라고 생각합니다. 나무란 단지 사람이 살아가기에 필요한 것일 뿐, 우주를 다스리고 지배할 그 어떤 초인적 힘은 없다고 생각되니까요. 흙이 없고 햇살이 없고 물이 없이는 단 하루도 살 수 없는 나무에게 마구 절을 해댄다고 한들 무엇을 할 수 있을까요.

"이제 와서 뭘 어쩌려구?"

아버지 또한 영 내키지 않으신 모양입니다. 흠흠! 두어 번 큰기침하더니 드디어 따지듯 묻습니다.

"어쩌긴유. 이제라도 의논해서 지내는 방향으로 해야지유!"

"하지만 동고사는 정초에 지내는 것이지, 아무 때나 마음먹는다고 하는 일이 아니질 않는가?"

"그리어두 안 지내는 것보다야 지내는 게 낮지 않겠어유? 다른 동네에서두 하는 수 없이 단옷날 새벽에 드렸다는구먼유. 동네가 시끄러운 것보다야 낫잖을까유?"

두희 아버진 끝까지 고집을 부립니다.

"그려! 그렇지. 그럼 우리 말 나온 김에 큰 기와집 어른을 찾아가 한번 말씀 드려 보자구! 그래도 마을에서 제일 큰 어른이니 먼저 의견부터 들어보는 게 순서가 아닐까 싶네."

"그래유 그람! 쇠뿔도 단김에 빼랬다고 지금 당장 큰 기와집으로 가지유?"

역시 두희 아버지 바지런한 건 알아줘야 하겠습니다. 수열 아버지의 말에 어느새 쇠스랑을 들고 일어섭니다. 그러나 아버진 흠흠 연거푸 큰기침만 하실 뿐 말이 없습니다.

"뭘 가지구 그러신대유?"

그때 무열이 삼촌의 목소리가 들립니다. 이제 겨우 스물여섯 나이로 동네 궂은일을 마다하고 나서서 돕는 공이 인정되어 몇 번 면장 표창까지 받은 적이 있습니다. 삐죽이 열린 문으로 또랑또랑 지켜보는 나를 향해 찡긋 눈인사를 합니다. 아직 젊은 탓인지 반들반들하게 올백으로 빗어 넘긴 머리가 조금은 멋스럽게도 느껴집니다.

"아, 마침 잘 오는구먼. 자넨 젊은 사람이니 뭐가 달라도 다를 테니 물어보겠네. 동고사를 안 잡수셔서 마을이 어수선하니 이제라도 드리자 공론 중인데 어떤가?"

"아휴 어르신 지금이 어느 땐데 그런 말씀들을 하신대유. 싹 다 미신이래유! 성황당 나무가 무슨 힘이 있다구 그런 신통력을 발휘한대유. 성주 단지만 해두 그래유. 불과 몇 년 전까지만 해도 그거 없으면 죽는 줄 알았잖아요. 그런데 봐유. 지금껏 아무 문제가 없잖아유? 더구나 지금이 어느 때래유. 전국이 잘살아보자고 허리띠를 동여메는 때 아니래유. 오죽하믄 대통령 각하께서 미신타파를 외치셨을까유. 이런 비생산적인 일로 대통령 각하께 누를 끼치면 곤란하지유. 안 그래유?"

"글쎄 그게 아니래두 그러네. 그리고 그 뭐여, 미신타파 정책인가 뭔가 해가지고 성주단지 없애구 우리 마을이 잘 된 건 또 뭔가?"

그러나 수열이 아버지는 무열이 삼촌의 말은 들을 필요가 없다는 듯 휘휘 손을 내겼습니다. 평생을 그렇게 믿고 살아온 아저씨의 생각을 하루아침에 뒤집어놓을 방법이란 없는 모양입니다.

"한데 어르신은 왜 아까부터 한 말씀도 없으시대유? 역시 두 분과 같은 생각이신 모양이지유?"

"글쎄, 어떤 관점에서 보느냐가 문젠데, 그러니까 동고사를 단순히 옛날로부터 내려오는 하나의 전통문화로 이해하느냐! 아니면 샤머니즘이나 주술적인 의미나 힘으로 이해하느냐 하는……."

"아, 뭐가 그렇게 어려워! 마을이 무탈하려면 동고사를 지내야 한다는 거여! 말라는 거여!"

그러나 수열이 아버지는 갑갑한 모양입니다. 아버지의 말을 끝까지 들어볼 여유도 없이 휘휘 손을 내두릅니다.

"그러니까 다시 말해서 동고사란 예로부터 내려오는 하나의 풍습으로 그저 재미삼아 하는 것이지, 마을의 안녕과는 아무런 연관도 없단 얘기지. 생각해봐! 성황당 나무가 뭘 안다고 절을 해, 아니 그런가? 그리고 동고사도 다 운때가 맞아야 한다 하지 않았던가!"

"맞지유! 말씀 참 잘하셨네유. 바로 그거지유. 동고사는 그저 재미지 별다른 뜻은 없다니까 그러네유! 그리구 정초에두 지내지 않은 동고사를 단오를 지내놓고 지낸다는 기 가당키나 한가유?"

그러나 아버지의 말에 무열이 삼촌은 자못 의기양양합니다. 도무지 갑갑해서 못 살겠다는 툽니다.

"그거야 적당한 날을 택일해서 지내면 되지 뭘 그러나! 아무려면 안 드리는 것보다야 낫지."

무열이 삼촌 말에 다시 흥분한 수열이 아버지의 목소리가 들립니다. 이쯤 되면 양측의 대립이 그리 단순하지만은 않은 것 같습니다. 이것저것 따지거나 생각할 겨를도 없이 무작정 밀어붙이는 수열 아버지나 미신이라고 펄펄 뛰는 무열이 삼촌이나 모두 만만치가 않습니다. 평소 허허, 웃으며 모든 일에 관대하기만 하던 사람들이 정말 웬일인지 모르겠습니다. 그러나 나는 그 어느 쪽 말에도 선뜻 동의할 수가 없습니다. 왜냐하면, 한낱 놀이문화로 생각하기엔 그 의식과 절차가 너무도 번거롭고, 그렇다고 성황당 나무에 치성을 드리면 뭔가가 달라질 거라 믿는 믿음 또한 터무니없고 미개합니다. 아니, 꼭 한 가지라도 선택해야 한다면 나는 미신이라며 펄펄 뛰는 무열이 삼촌 쪽에 표를 던지겠습니다. 동고사란 전통문화로도, 종교로도 이해할 수 없는 참으로 애매모호함이 있습니다.

"아휴, 어느새 해장국을 끓여 오셨대유. 하여간 아줌니 부지런한 건 알아드려야 한대니까유."

그때 다시 두희 아버지의 목소리가 들립니다. 엄마는 어느새 해장국을 끓여 내는 모양입니다. 구수한 된장국 냄새가 솔솔 방문 틈으로 들어옵니다. 잔뜩 못마땅한 얼굴로 나가선 결국 해장국을 끓여 바치는 엄마의 마음은 참 알다가도 모르겠습니다.

"그러게유! 좌우지간 아주머이 인정 많으신 건 알아드려야 한다니까유."

금방이라도 큰 기와집으로 달려갈 것만 같이 쇠스랑을 들고 일어서던 두희 아버지에 이어 무열이 삼촌 또한 너스레를 떨며 어느새 엉거주춤 대청마루 끝에 걸터앉습니다. 농사철이라 운동량이 많은 까닭인지, 아니면 이제 겨우 스무 살 어린 색시에게 얻어먹는 밥이라 허기가 지는 것인지. 요즘 부쩍 먹는데 집착을 보이는 무열이 삼촌입니다.

"누나 동고사가 뭐야?"

"아아, 그거……."

왁자지껄 떠드는 아저씨들의 목소리에 석호 또한 잠이 깬 모양입니다. 풀풀 입 냄새를 풍기며 내게 물어옵니다. 그러나 나는 석호의 말에 쉽게 대답을 할 수가 없습니다. 왜냐하면, 한낱 그네를 타고 싶어 학교까지 땡땡이치는 석호에게 나무에 돼지머리와 음식을 차려놓고 제사를 지내는 행위를 어찌 설명해야 할지 도무지 모르기 때문입니다.

"한데, 왜 아버진 동고사를 싫어해? 돼지고기랑 떡도 먹고, 또 돈도 벌어서 난 참 좋은데."

"돈을 벌어?"

"응! 새터 동네에서 보니까 아저씨들이 막 돼지 코에 돈을 꽂던걸. 그걸로 맛난 거 사 먹으면 참 좋을 텐데 그치?"

역시 놀기 좋아하고 군것질 좋아하는 석호는 어쩔 수가 없나 봅니다. 유난히 아침잠이 많던 석호가 초롱초롱한 눈빛까지 빛내며 묻습니다. 어쩌면 이 일을 빌미로 또다시 학교를 땡땡이칠 생각을 하고 있는 것인지 모르겠습니다.

"암튼, 이왕지사 말이 나왔으니 큰 기와집 어른부터 찾아보자구!"

왁자지껄 떠드는 소리가 잦아들고 한바탕 후루룩거리며 숟가락 부딪히는 소리가 들리는가 싶더니 수열이 아버지의 컬컬한 목소리가 또다시 들려옵니다. 참으로 끈질긴 구석이 있는 아저씨입니다.

"맞네유! 동네 사람들 목숨이 달린 문젠데 이대로 덮을 순 없지유. 되든 안 되든 일단 노력은 해봐야지유!"

수열 아버지의 말에 두희 아버지 또한 맞장구를 치며 또다시 쇠스랑을 챙겨 듭니다. 어려서부터 치러온 행사로 이미 하나의 신앙으로 굳어버린 습관은 어쩔 수가 없는 모양입니다.

"정이나 마음에 걸린다면 할 수 없지. 그렇게 하세."

아버지 또한 두 사람의 고집을 당해낼 수가 없었던 모양입니다. 마지못해 청마루 기둥에 걸어 놓은 모자를 챙겨 들며 중얼거립니다. 동네 아저씨들이 웅성거리며 대문을 나서자 나는 비로소 미진한 잠을 다시 청합니다. 좀 전까지만 해도 초롱초롱 눈빛을 빛내던 동생 또한 어느새 새근새근 잠이 든 모양입니다. 인상을 찡그렸다가 히죽거렸다가 하는 모양은 참으로 어이가 없습니다. 이제 겨우 새벽 다섯 시가 조금 지났을 뿐인데 찾아와 새벽잠을 깨운 아저씨들의 행동은 참으로 번거롭고 귀찮은 것임에는 틀림이 없습니다.

"차렷! 경례!"
"선생님 안녕하십니까!"
"그래! 덕분에 잘 지냈다. 너희들도 즐겁게 보냈나?"

"네!"

반장의 구령에 따라 아침 인사를 하자 선생님께서는 일장연설 대신 은근한 얼굴로 어제의 안부를 묻습니다. 우리들의 대답 또한 여느 때와는 달리 경쾌하고 힘이 넘칩니다. 평소와는 다른 선생님의 태도에 한껏 고무된 까닭입니다.

"그래! 모두들 잘 보냈다니 나 또한 기쁘다! 그러나 우리는 단오를 그저 먹고 마시고 즐기는 일에서 끝을 내서는 안 된다고 생각한다. 왜냐면 앞으로 20세기, 그러니까 여러분들이 본격적으로 나라를 이끌어갈 쯤에는 급격히 발달된 산업화로 세계는 급속도로 가까워질 것이고, 이에 맞물려 세계경제시장은 지금보다 몇 배는 더 치열해질 것이다. 따라서 우리는 이때를 대비해서 우리나라만의 독특하고 경쟁력 있는 상품개발이 불가피할 것인데, 문화전쟁이란 말이 무색치 않을 정도로 각 나라의 전통문화 또한 세계시장에서 중요한 부분을 차지할 것이다. 다시 말해서 어제 여러분들이 경험한 그네나 씨름 등, 다양한 놀이문화들이 다른 나라 전통놀이문화상품들과 나란히 시장바닥에 펼쳐질 때가 온다는 얘기다. 따라서 우리는 우리나라만의 고유한 유산인 전통문화를 잘 지키고 보존하고 발전시켜 앞으로 올 신세기를 준비해야 할 것이다. 그러기 위해선 어떻게 해야 하겠나. 많이 보고, 느끼고, 경험해야 할 것이다. 그것이 중간고사점수가 엉망인 너희들을 일찍 집으로 보낸 이유다. 알겠나?"

"……."

그러나 힘차게 대답하던 아까와는 달리 아이들은 대답 대신 모두들 뭐 씹은 표정으로 서로 눈치를 살핍니다. 그네뛰기와 씨름이

시장바닥에 깔려 다른 나라와 경쟁하다니 참으로 짐작조차 못하겠단 표정들입니다.

"왜? 내 말이 이해가 잘 안 되나?"

"······?"

선생님이 부리부리한 눈을 초승달 모양으로 뜨고 말하며 다시 한 번 교실을 한 바퀴 휘, 둘러봅니다. 그러나 누구 하나 선뜻 대답을 하는 아이가 없습니다. 역시 열한 살짜리 초등학교 아이들에겐 까마득한 얘기로 쉽게 와닿지가 않는 모양입니다.

"선생님 질문이 있습니다."

그때 수열이가 손을 번쩍 듭니다. 코를 벌렁거리지 않는 것으로 보아 화가 나거나 억울한 것 같진 않고 도대체 무슨 일인지 모르겠습니다.

"그래! 수열아 말해봐라! 도대체 무엇이 궁금한 것이냐?"

선생님 또한 의아하기는 마찬가지인 모양입니다. 도대체 무슨 말을 하려나 호기심 가득한 얼굴로 묻습니다.

"정말 귀신이 있습니까?"

역시 수열이는 못 말립니다. 단세포에 엉뚱하기까지 해서 도대체 물가에 내놓은 어린애처럼 마음을 놓을 수가 없습니다. 어쩌자고 지금 이 시점에서 눈치 없이 귀신 얘기를 꺼내는 건지 모르겠습니다.

"엉뚱하게 무슨 말이냐?"

선생님 또한 실망하신 모양입니다. 드디어 양미간에 자글자글 주름이 생깁니다.

"네! 다름이 아니라, 저희 마을에선 동고사를 드리지 않아서 잘 모르겠는데, 길상이네 동네에선 귀신이 나타나 동고사에 올린 제물을 몽땅 먹고 갔다고 합니다. 정말 귀신이 있습니까?"

"……?"

"네! 맞어유! 우리 동네에도 나타나서 동고사에 올렸던 떡이랑 과일이랑 싹 다 먹고 갔어유!"

수열이 말에 옆에서 잔뜩 겁먹은 얼굴로 듣고 있던 경숙이 다시 끼어듭니다.

"말도 안 돼! 그게 어째서 귀신의 짓이냐? 마을을 지키는 동신님이 드신 거지."

그러나 수열과 경숙의 말이 어이없다는 미자가 말을 받아쳤습니다. 역시 많은 책을 읽어서 그런지 미자는 다른 애들과는 뭔가 좀 다른 구석이 있는 것도 같습니다.

서울 큰 회사에서 경비 일을 하신다는 미자 아버지의 자식 사랑은 좀 유난스럽습니다. 불임으로 고생하다가 늦게 얻은 딸이라 그런지, 아니면 직장관계로 곁에서 살뜰히 보살피지 못하는 죄책감 때문인지 알 수 없지만 철철이 고운 옷에다가 학용품이나 동화책들을 사 주십니다. 미자가 가끔 학교로 들고 오는 『어깨동무』나 『소년조선』 또한 인기폭발입니다. 아이들은 물론, 유난히 말이 없고 지나치게 진지한 반장 용안이까지 책을 보기 위해 미자에게 아부를 떠는 것을 보면 그 재미를 짐작할 수 있습니다. 그러나 나는 그다지 관심이 없습니다. 아버지의 덕분으로 동서고금의 책은 물론, 따끈따끈한 어른들의 사랑 얘기를 담은 소설들까지 모두 읽어치운 내가 한낱 코흘리개 아이들이나 읽는 책에 목이 마를 까닭이 없기 때문입니다.

"맞어! 우리 동네에도 동신님이 나타나셔서 떡이랑 과일이랑 죄다 먹고 갔다!"

"맞어! 우리 동네에도 나타났어."

"맞아요. 저희 동네에도……."

미자의 말에 아이들은 또다시 이구동성으로 떠들어 댑니다. 마치 와글와글 무논에서 우는 개구리 같습니다. 드디어 선생님께서 탕탕! 두 주먹으로 교탁을 치십니다. 꼭 화를 내야 들어먹는 아이들의 마음을 나는 도대체 이해를 할 수가 없습니다.

"자! 이제 그만 떠들고 공부하도록 하자. 그리고 분명히 말하는데 귀신은 없다! 더구나 사람이나 짐승처럼 그렇게 나타나서 무엇인가를 하고 다니지 않는다. 그러니 귀신이니 뭐니 엉뚱한 얘기로 소란 떨지 말고, 좀 전에도 말했듯이 우리나라의 전통문화가 앞으로 세계 속에 경쟁력 있는 문화상품으로 각광을 받을 수 있도록 남다른 관심과 애정으로 지켜보도록 해라! 알겠나?"

"네!"

그러나 아이들은 선생님의 말이 그다지 달갑지 않습니다. 좀 전 유리구슬처럼 반짝반짝 빛나던 눈망울들이 또다시 풀립니다.

"선생님 질문이 있습니다."

"또 뭐냐?"

"그럼 동신님은 정말로 있습니까? 정말로 오셔서 음식들을 잡숫고 가십니까?"

순간 수열이 다시 손을 번쩍 들고 말합니다. 역시 수열에게는 전통이니 문화니 하는 것보다 귀신이나 동신에게 더 관심이 많은 모양입니다. 왕방울만 한 눈이 더욱 커집니다. 드디어 선생님이 눈꼬리를 치켜 올리며 성난 표정을 합니다.

"글쎄, 그건 나도 잘 모른다. 다만 원시시대부터 무언가를 받들고 모시는 걸로 봐서 인간은 동물들과 다르게 신을 인지하고 의지하는 능력과 갈망이 있는 듯하다. 그러니 그 정도로 이해하고 어제 경험한 전통 민속놀이나 음식에 대해서 발표하는 시간을 잠깐 갖도록 하자. 먼저 어제 먹은 음식 중에 가장 맛이 있었던 음식에는 무엇이 있을까 얘기해 보도록 하자. 자! 누가 좋을까?"

"저요! 수리취떡이요."

"저요! 백설기요."

"저요! 마구설기요."

"저요! 저는 술찌개미요."

"술찌개미?"

수열이의 말에 반문하는 선생님의 이마 위에 또다시 자글자글 주름이 잡힙니다. 어제 단오에 먹은 음식을 말하랬는데 무슨 엉뚱한 소린지 나 또한 민망하여 견딜 수가 없습니다.

"네! 술찌개미에 사카린을 타 먹으면 달달하니 그 맛이 아주 기똥찹니다. 특히 추운 겨울에 먹으면 등줄기가 후끈후끈하고 알딸딸하니 아주 좋습니다."

"하하하하……."

수열이의 말에 반 아이들이 일제히 폭소를 터트립니다. 선생님의 이마 위에 또다시 잔주름이 자글자글합니다.

"자! 됐으니 이제 그만하고 국어책을 꺼내 「나이팅게일」을 펴라! 명절에 먹는 음식이나 놀이에 대해선 다음 기회에 또 얘기하도록 하고. 지난번 이어 오늘도 글의 성격과 중심문장이 어디에 있는지 살펴보도록 하겠다. 알겠나?"

선생님의 말에 기가 죽은 듯 초롱초롱 빛나던 아이들의 눈빛이 다시 흐릿해집니다.

그때 누군가 옆구리를 쿡쿡 찌릅니다. 바로 미자입니다. 얼굴 표정이 유난히 굳어있는 것으로 보아 그리 유쾌한 일은 아닌 듯합니다.

"왜 그러는데?"

미자의 심상치 않은 모습에 나 또한 목소리가 한껏 기어들어갑니다.

"이거……."

나의 조심스러운 태도에도 불구하고 미자가 다시 새침한 눈빛으로 쪽지를 나에게 내밉니다. 미자의 심상찮은 눈빛의 정체를 확인하기 위해 서둘러 쪽지를 펼칩니다.

'이따 수업 끝나고 한번 보자! 꼭 할 말이 있다. 용안.'

반장 용안이 보낸 쪽지입니다. 수업 후 면담을 요청하고 있습니다. 평소 말이 없고 지나치게 진지하기만 한 용안이 도대체 무슨 일로 나를 만나고 싶어 하는 것인지 도대체 모르겠습니다. 나는 펼쳤던 쪽지를 다시 접으며 힐끔 반장 용안이 쪽을 바라봅니다. 그러나 용안인 나의 존재 따윈 안중에도 없다는 듯 국어책에 붙박인 도도한 시선을 좀체 떼려 하지 않습니다. 용안이 잘난 건 알고 있었지만 어쩌면 저리도 도도한 것인지 참으로 어이가 없단 생각이 듭니다.

"쬐깐 것들이 무슨 짓이나!"

그때 다시 미자가 매섭게 쏘아보며 투덜거립니다. 매사에 당당하고 자신감 있는 미자가 용안이 문제만큼 유난히 평정심을 잃어버리는 것 같습니다.

"짓이라니? 꼭 왜 그렇게 말해?"

"그럼 여기가 물레방앗간도 아니고, 지금 상황을 뭐라고 말해야 하는데?"

"……."

그러나 미자는 지지 않습니다. 마치 잔뜩 독이 오른 독사처럼 매서운 눈빛을 하고 나를 쏘아봅니다. 순간 나는 금방 기가 죽습니다. 미자의 매서운 눈빛에 맞설 힘이 없습니다.

"니들 대체 무슨 일로 그러나?"

아까부터 우리 쪽을 힐끔거리던 경숙이 드디어 토끼 눈을 뜨고 묻습니다.

"아, 아무것도 아니야!"

그러나 나는 희미한 대답과 함께 성급히 쪽지를 양철필통 속에 집어넣습니다. 무슨 일이든 떠벌이고 부풀리기 좋아하는 경숙이가 알아서 도움이 될 게 없단 판단에서입니다.

"도대체 뭘 가지고 그러나 함 보자!"

그러나 경숙은 생각보다 집요합니다. 나의 어깨너머로 긴 팔을 뻗으며 기어코 양철필통을 낚아챕니다.

쨍그랑!

순간 요란한 소리와 함께, 지우개, 삼각자, 콤파스, 연필, 면도칼 등. 필통이 교실 바닥 위에 나가떨어지면서 필통 속 내용물들이 좌르르 천지사방으로 흩어집니다.

"무슨 일이냐?"

아이들이 책을 펴는 동안 분주하게 칠판에 필서를 하시던 선생님께서 눈을 동그랗게 뜨고 교실을 한 바퀴 둘러보십니다. 황급히 선생님의 눈길을 피하며 쏟아진 학용품들을 주워 담는 나의 마음이 콩알만 해집니다.

"니 용안이하고 연애질하나? 쪼그만 게 무슨 편지질이나?"

그러나 경숙은 학용품을 집어넣는 사이 어느새 쪽지를 주워 펼치며 속삭입니다. 연애라면 됐지. 왜 꼭 '질' 자를 붙여야 직성이 풀리는 것인지 모르겠습니다. 아니, 연애질까지는 그래도 이해가 가는데, 선생질이란 말을 할 때면 정말로 천박하단 생각이 듭니다. 본래 '질' 자란 옳지 못한 일에 붙여 쓰거나, 행동이나 직업을 격하시켜 말할 때 주로 쓰여지는 접미사인데 선생질이란 말은 좀 그렇습니다. 왜냐하면, 선생님은 우리가 존경하고 따라야 할 분이기에 그렇습니다. 그러나 경숙이의 '질' 자 사랑은 참으로 시도 때도 없습니다. 서울에서 중학교 교사로 재직을 한다는 경숙의 이십오대손 오빠의 얘기를 자랑삼아 할 때도 꼭 선생질이라고 말합니다. 아니, 비단 경숙뿐 아니라 이 고장의 아이들이나 어른들의 언어사용은 비교적 저속하고 불량합니다.

"자! 그러면 누가 먼저 본문을 읽어 보면 좋겠다. 자! 누가 읽을까? 기인이 네가 한번 읽어 볼래?"

"네!"

기다렸다는 듯 벌떡 일어나 책을 읽습니다. 어머니와 함께 가로수길 끝에 있는 마을의 가난하고 병든 사람들을 돌보는 나이팅게일의 전기문은 언제 읽어도 흐뭇합니다. 나이팅게일에게는 다람쥐를 만나는 일보다, 진달래꽃을 찾아 산속을 헤매는 일보다 아프고 가난한 사람들을 보살피며 돕는 일이 더 즐거운 일이라고 하니 참으로 본받을 점이 많은 것 같습니다.

"그만······."

나름의 상상력과 감정을 동원해 가며 마치 연기를 하듯 감칠맛나게 책을 읽어 내려가는 내게 갑자기 선생님께서 제동을 걸어옵니다. 왜냐하면 바로 나이팅게일이 간호원으로서 타고난 열정과 고운 심성을 보여주는 중심내용을 이루고 있기 때문입니다. 그러나 나는 선생님이 조금은 야속해지기도 합니다. 어째서 번번이 나의 낭랑한 책읽기를 끝까지 들어주시지 않는 것인지 모르겠습니다.

"자! 여기가 이 단락의 중심내용을 이루는 곳이다. 나이팅게일은 다람쥐를 만나고 노는 일보다 엄마를 따라 가난하고 병든 사람들을 돌보는 일이 더 즐겁다고 한다. 바로 이 부분이 바로 나이팅게일이 간호원으로서 고운 성품을 표현한 부분이다. 한창 뛰어다닐 여러분들만한 나이에 불행한 이웃을 생각하고 살피는 일이 즐겁다고 했다. 여러분들이라면 어땠을까? 우리 잠깐 생각해보는 시간을 갖도록 할까? 자! 누가 한번 얘기해 볼까?"

"······."

그러나 아이들은 서로의 눈치만 살필 뿐 누구 하나 선뜻 대답을 하려 하지 않습니다. 나 또한 어째서 재미있는 놀이 다 두고 병들어 고통스러워하고 인상 찌푸리며 우는 사람들과 함께 하는 것이 즐거운 건지 통 모르겠습니다.

"아무도 없나? 그래! 어쩌면 한창 뛰어다닐 나이에 쉽지 않은 질문인지도 모르겠다. 그러나 우리들 곧 인간에게는 모두 각자 가지고 태어난 자기만의 고유한 성품이 있다. 그것이 어떤 것이든 상관없다. 다만 그것을 갈고 닦고 잘 계발해서 장차 귀한 일이 쓰여지도록 노력하는 마음만은 꼭 필요하다. 알겠나?"

"······."

선뜻 대답이 나오지 않자 선생님은 다시 한 번 쭈욱, 교실을 둘러보며 일장 훈시를 합니다. 그러나 아이들은 여전히 대답이 없습니다. 아니, 아이들의 눈동자가 한껏 풀려 있는 것으로 보아 어쩌면 모두들 귀신에게 홀리기라도 한 것인지도 모릅니다.

"엄마! 우리 동네는 왜 동고사 안 지냈어?"

"갑자기 동고사는 왜?"

느닷없는 나의 질문이 마음에 들지 않으신지 엄마의 대답에 다소의 짜증이 묻어나 있습니다. 아니, 어쩌면 늦어진 저녁 식사 준비 때문인지도 모릅니다. 월남치마를 둘둘 말아 무릎과 배 사이에 끼워 넣고, 연신 엉덩이를 들썩거리며 쌀을 씻는 모양이 몹시도 다급하게 보입니다.

연신 쥐방구리 드나들듯 부엌을 드나들며 찬장에서 떡을 주워 나르던 석호는 어느새 지친 모양입니다. 마치 기도를 하듯 엎드려 청마룻바닥에 코를 박고는 잠이 들었습니다. 종일 산으로 냇가로 분주하게 뛰어다녔으니 피곤도 하겠지요. 산과 들을 두루 다니며 들꽃을 꺾어 꽃병에 꽂아놓는 일을 즐기는 나와는 달리 석호는 주로 가재를 잡거나 개구리를 찾아 냇가로 들로 뛰어다니는 것을 좋아합니다. 가재를 잡아 강아지풀에 꿰거나 개구리를 버들가지에 꿰들곤 무슨 개선장군처럼 나타나선 씨익 웃으면 "아이구, 고것도 사내 꼬투리라고." 하면서 엄만 대견해서 견딜 수 없단 표정이 됩니다. 그러나 나는 그런 석호의 모습이 그리 달갑지만은 않습니다. 강아지풀이나 버들가지에 목이 꿰어 팔딱거리는 가재나 개구리의 징그럽고 불쌍하고 안쓰러워 자꾸만 고개가 돌려집니다. 헌데도 엄만 사내 꼬투리하며 대견해 하니 정말로 이해가 잘 안됩니다.

"어제 길상이네 동네에선 귀신이 와서 동고사에 받쳤던 떡과 과일을 죄다 먹어 치웠다던데. 정말 귀신이 와서 먹었을까?"

"……."

엄마의 표정을 유심히 살피며 다시 묻습니다. 엄마의 달갑잖은 모습에도 불구하고 낮에 용안이 한 말이 자꾸만 마음에 걸려 참을 수 없었기 때문입니다.

그러나 엄만 여전히 대답이 없습니다. 여전히 엉덩이를 들썩거리며 함지박 가득 담긴 쌀을 씻는 일에 열중입니다. 아마도 나의 질문 따윈 안중에도 없는 모양입니다.

"설마 아니겠지?"

"뭐가?"

다 씻은 쌀을 함지박 가득 담고는 일어서며 엄마가 생소한 얼굴로 되묻습니다. 지금껏 힘들여 한 말은 모두 어디로 간 것인지 모르겠습니다. 엄마의 생소한 얼굴을 보자 갑자기 맥이 탁 풀립니다.

"귀신 말이에요. 정말 귀신이 있냐고요?"

서운한 마음 때문인지 목소리에 은근히 힘이 들어갑니다. 그러나 엄만 대답대신 사방을 두리번거리며 황망히 무엇인가를 찾습니다.

"누구? 석호? 석혼 청마루에서 자는데……?"

역시 나는 눈치 빠르기로 소문이 날만도 한 아이인가 봅니다. 눈빛으로도 금세 엄마의 마음을 알아차리는 탁월한 능력은 대체 누굴 닮은 것일까요. 아니, 어쩌면 오랜 반복훈련을 통해서 습득된 씁쓸한 결과인지도 모릅니다. 이미 십 년째나 석호를 향해 애끓는 엄마의 표정을 지켜보았으니 이제는 도가 틀만도 하지요.

"아이구구! 내 새끼가 허기져서 쓰러지는 것도 모르고……."

나의 말이 떨어지기가 무섭게 허겁지겁 청마루 쪽으로 향하던 엄마의 얼굴엔 근심이 가득합니다. 미처 저녁을 챙겨 먹일 사이도 없이 잠이 들어버렸으니 오죽이나 할까요. 마치 자책이라도 하듯 슬픈 얼굴로 중얼거리는 엄마를 보니 더 이상의 질문은 의미가 없을 듯합니다. 엄마의 관심이 온통 석호에게 쏠려 있으니 물어본들 공연히 화만 자초할 뿐이지요. 이럴 줄 알았더라면 낮에 용안이나 만나고 오는 건데 그랬습니다. 대체 무슨 말을 하려고 했던 것인지는 모르겠지만, 매사에 신중하던 용안이가 쪽지까지 건네준 걸 보면 뭔가 긴요한 이야기를 하고 싶었던 것이 확실합니다. 용안이에 대한 미자의 지나친 집착이 아니었던들, 아니, 경숙이의 분별없는 행동이 아니었던들 나는 아마도 용안이를 만났을 것입니다. 공연한 일로 촉각을 곤두세우며 바라보는 아이들의 눈총이 마음 쓰여 돌아선 것이 못내 아쉬운 생각이 듭니다.

"바닥이 차다! 안방에 가서 홑이불 꺼내 덮어줘라!"

한동안 슬픈 얼굴로 석호를 바라보던 엄마가 비로소 생각난 듯 내게 말합니다. 역시나 엄마의 관심은 석호에게 있습니다. 나의 질문 따윈 애초에 안중에도 없습니다. 안방으로 들어가 얇은 홑이불이랑 베개를 들고 나와 자는 석호를 덮어주곤 슬그머니 대문을 나옵니다.

대문을 나와 저녁노을이 붉게 물든 들녘을 바라봅니다. 불과 며칠 전만 해도 연푸르던 벼가 어느새 땅김을 받아 짙은 초록색으로 나풀거립니다. '어허라! 낭차 줄 띄워라! 이 배미 저 배미 다 채워 보자!' 신명 나게 노래를 부르며 모를 심던 동네 아저씨들의 모습이 엊그제만 같은데 어른들의 말처럼 참으로 세월이 빠르긴 빠른 모양입니다.

"니 왜 여기 나와 있나?"

집 앞 채마밭을 지나고 개울을 지나 들녘 어딘가에 있을 아버지를 찾아 부산히 눈망울을 굴리고 서 있는 내게 누군가 말을 건넵니다. 바로 반장 용안입니다. 학교에서 돌아와 어느새 소먹이 풀을 한 짐 가득 베어 지게에 걸머메고 오다가 얼굴 위로 흘러내린 풀 사이로 눈을 깜빡거리며 아는 체를 합니다.

"그냥 나왔다! 한데 니 지게나 좀 내려놓고 말해라! 꼴 다 흘러내린다."

"괜찮다! 한데, 니 아까 왜 그냥 갔나? 나 좀 보자고 한 쪽지 못 봤나?"

"봤다!"

"한데 왜?"

"좀 그렇다……. 한데 무슨 일로 만나자고 했나?"

"아까 아들이 한 얘기 말이다. 요새 세상에 귀신이 어디 있나. 우리 직접 한번 확인해 보러 가자! 어떻나?"

"확인을 하다니 어떻게?"

"밤에 성황당에 가서 제사상 차려 놓고 지켜보면 되지 않겠나. 분명히 사람의 짓이다."

"제상? 우리가 무슨 수로?"

"그건 걱정 마라! 엄마 몰래 이미 감자 한 소쿠리 쪄서 챙겨 놨다!"

"감자? 니 설마 그걸로 제상 차릴라 하나?"

"이 없으면 잇몸이라고 했다. 없는 거보다는 그래도 있는 게 낫지 않겠나. 분명 배고픈 누군가 찾아올 기다."

"하지만 제사상에 누가 찐 감자를 올리나. 귀신이 찐 감자 먹는다는 소린 내 못 들어봤다!"

"귀신 먹으라고 하는 거 아니다. 아까도 말했지만 귀신이 무슨 수로 그 많은 음식을 다 먹어 치웠겠나! 분명 사람이 한 짓이다."

"하긴……! 그런데 우리 둘이선 좀 그렇지 않나. 길상이라도 데려가자!"

"길상이?"

"그래! 아무래도 힘이 센 사람이 필요하지 않겠나."

"안 된다! 공연히 방해만 된다! 정 내키지 않음 마라! 역시 너 같은 여자애에겐 좀 무리다 싶다!"

나의 말에 용안이 금방 짜증이 묻어나는 목소리로 말합니다. 다소 공부는 좀 떨어지지만 그래도 남자답고 용감하고 힘도 센 길상이와 함께 가는 것이 왜 방해가 된다는 것인지 도대체 알 수가 없습니다.

"아, 아니다 간다! 가자! 어디로 몇 시까지 가면 되나?"

자존심이 상한 것일까, 말을 하곤 돌아서는 용안이를 향해 냉큼 허락을 하고 맙니다. 흘러내린 꼴 사이로 잠시 어둡던 용안이의 얼굴이 금방 보름달처럼 환해집니다.

칠흑같이 어두운 마을길을 지나 오솔길로 접어드니 두려움 때문인지 갑자기 으슬으슬 한기가 몰려옵니다. 긴 막대기로 툭툭, 풀숲을 헤치며 앞서 걷는 용안이 또한 무섭긴 마찬가지인 모양입니다. 인기척 소리에 놀라 팔딱거리며 달아나는 개구리들을 따라 불안스레 후레쉬 불을 비춥니다. 비록 길상이처럼 남자다운 기백이나 힘이 세지는 않지만 나름대로 명석한 두뇌와 남다른 지혜와 판단력을 믿고 따라왔는데 다소 경솔했던 건 아닌지 은근히 후회가 됩니다. 아니, '너 같은 여자애 어쩌구!' 하는 소리에 자존심이 상해 냉큼 허락을 해버린 것이 못내 마음에 걸립니다. 매사에 당당하고 자신감 있는 내가 어째서 그 문제만큼은 그리도 자신이 없는 것인지 알 수가 없습니다. 아버지의 전폭적인 지지와 사랑에도 불구하고 순간순간 알 수 없는 고집과 오기로 발끈해져 일을 그르치는 것을 보면 딸 부잣집 넷째 딸이라는 자리가 그리 편한 자리는 아닌 모양입니다.

"니들, 아까 왜 그랬나?"

한동안 이리저리 부산스레 후레쉬 불을 비추며 앞서 걷던 용안이 갑자기 생각이 난 듯 내게 말을 걸어옵니다. 아니, 어쩌면 두려움을 떨쳐버리기 위해 일부러 토해내는 심호흡 같은 것인지도 모릅니다. 불필요하게 큰 목소리가 탁탁, 숨이 막히는 어둠을 뚫고 왕왕 귀속을 뚫고 몰려듭니다.

"뭐가?"

나 또한 불안을 떨쳐 버리려고 불필요하게 큰 목소리로 대답합니다. 그러나 불필요하게 큰 목소리에도 불구하고 자꾸만 머리끝이 당겨 올라가는 듯 공포감이 몰려와 견딜 수가 없습니다.

"아까 경숙이 말이다. 뭣 때문에 그렇게 다투었나?"

"아아, 그거……."

그러나 다음 순간 나는 말을 잇지 못합니다. 용안이와 연애질 어쩌구! 집요하게 다그치던 경숙이 말이 생각나 불현듯 얼굴이 화끈거리는 까닭입니다.

"왜? 내가 알면 안 되는 일이나?"

그러나 용안인 끈질깁니다. 마치 이곳에 온 목적이 온통 그것을 묻기 위한 것은 아닌지 착각마저 들 정도입니다.

"아, 아니다! 그것보다도 정말 열두 시까지 기다리면 누군가 나타날까?"

은근슬쩍 말을 돌립니다. 공연한 말로 가뜩이나 불편한 자리를 더욱 불편하게 만들고 싶지 않은 까닭입니다.

"글쎄, 일단 기다려 보는 수밖에……."

"근데 울 아부지가 찾으면 어쩌나? 괜찮겠지?"

"걱정 마라! 어른들 곤해서 누가 업어 가도 모른다. 그것보다도 니 안 무섭나?"

"무섭다! 왜?"

"정 무서우면 내 손이라도 잡아라!"

"싫다!"

"왜?"

"경숙이가 또 놀린다."

"경숙이가 왜?"

"아, 아니다 아무것도. 가가 원래 좀 엉뚱한 데가 있다."

엉겁결에 튀어나온 말을 수습이라도 하듯 성급히 용안을 밀치며 앞지릅니다. 도대체 이 어색한 상황을 어찌해야 할지 난감합니다.

성황당이 가까워 오자 공포감은 점점 더 고조되어옵니다. 캄캄한 밤, 빠끔히 열린 하늘 아래 덜렁덜렁 매달린 두 개의 그넷줄이 무서움증을 더욱 부추깁니다. 마치 키가 큰 도깨비가 성큼성큼 걸어오는 것만 같습니다.

"괜찮다! 그네다!"

그때 잠잠히 나의 뒤를 따라 걷던 용안이 성큼 나를 앞질러 허공에서 흔들거리는 두 개의 그네 줄을 움켜쥐며 말합니다. 역시 남잔 어디가 달라도 다른 모양입니다. 그래서 엄마가 연신 "작아도 사내 꼬투리" 어쩌구 하셨나 봅니다.

"안다! 한데, 왜 저렇게 덜렁거리나?"

"글쎄! 이 밤중에 누가 와서 타지는 않았을 테고, 아마도 새가 앉았다 날아간 모양이다."

"호 혹시 귀신 아니나? 이럴 줄 알았음 수열이라도 데려올 걸 그랬다. 무섭다!"

또다시 무섬증에 머리끝이 곤두섭니다. 바람이 불거나 비가 오면 나타나서 동네를 휘젓고 다닌다는 그 몽달귀신 얘기가 떠올라 도무지 참을 수가 없습니다.

"야가 또 무슨 말이나! 정 무서우면 여기서 좀 있어라! 내가 가서 상 차려고 올 테니."

"아, 아니다 간다! 우리 같이 가자!"

용안이의 말에 놀라 나도 모르게 목소리가 높아집니다. 용안이를 보내놓고 혼자서는 도저히 칠흑같이 어두운 밤을 감당할 수 없기 때문입니다.

"그래 그럼, 대신 이거라도 잡아라! 여기서 성황당까지는 좀 험하다."

나의 쿵쾅거리는 심장의 고동 소리를 들은 것일까? 용안이 중얼거리며 무엇인가를 찾아 이리저리 후레쉬를 비추더니 작은 나뭇가지 하나를 꺾어 내게 내밉니다. 그러나 나의 손은 이미 용안이의 셔츠 자락을 잔뜩 움켜쥐고 있습니다. 이쯤 되니 체면이고 뭐고 따지고 생각할 여력이 없습니다. 머리끝이 곤두서는 무섬증과 떨리는 두 다리로 정신을 차릴 수가 없습니다.

성황당을 향해 조심조심 발걸음을 옮겨 놓습니다. 그러나 길은 생각보다 험하지도 위험하지도 않습니다. 풀들은 이미 말끔하게 제거되었고, 좁다란 길을 따라 새끼줄까지 연결되어 있어 길을 잃을 염려 또한 없습니다. 어제까지만 해도 우리들의 키를 훌쩍 뛰어넘던 풀들이 도대체 어디로 간 것인지 모르겠습니다.

"도대체 어떻게 된 일이냐? 혹시 도깨비에 홀리기라도 한 거 아니냐?"

"걱정 마라! 낮에 동네 어른들이 와서 깎아놓고 갔다."

"동네 어른들이 왜?"

"동고사 날짜 잡혔다고 하드라. 사고가 잦아 어쩔 수 없이 지내야 한단다."

용안의 말에 비로소 오늘 새벽 동네 아저씨들의 모습이 떠오릅니다. 동고사를 놓고 한동안 옥신각신하다가 큰 기와집으로 몰려가더니 결국 드리기로 결정을 내린 모양입니다.

성황당 근처에 다다르자 비로소 휴우, 하고 한숨이 나옵니다. 용안이 또한 마음이 놓이는 듯 삐죽이 열린 성황당으로 한걸음에 달려가 덜커덩 문을 열어젖힙니다.

"아악!"

그때 후다닥, 하는 소리와 함께 나는 그만 놀라 덜커덕 성황당 문 앞에 주저앉습니다. 밤이슬을 피해 성황당 추녀 끝에 자리를 틀고 잠을 자던 새 한 마리가 우리들의 출현에 놀라 황급히 달아난 까닭입니다.

"괜찮다! 부엉이다! 자슥, 하필이면 왜 이런 곳에서 잠을 자나."

용안이 후레쉬로 이리저리 성황당 안을 살피며 중얼거립니다. 비록 태연한 척 내숭을 떨지만 불규칙한 숨소리로 미루어 그 또한 몹시도 놀란 듯합니다.

성황당 안으로 들어서자 쿵쾅거리던 가슴이 조금은 진정됩니다. 만약의 경우 꽁꽁 문을 닫아걸면 되니까 걱정이 없겠단 생각이 듭니다. 이럴 줄 알았음 동고사를 지내는 날 찾아올 걸 그랬는지도 모릅니다.

"그래도 절은 해야 않겠나?"

한동안 소쿠리에서 삶은 감자를 꺼내어 제상 위에 차려 놓던 용안이 나를 힐끔 돌아보며 말합니다. 도대체 귀신의 존재도 인정하지 않으면서 절은 무슨 절인지 도대체 알 수가 없습니다.

"절? 누구한테?"

"떡 본 김에 제사 지낸다는 말이 안 있나. 그냥 재미로 한 말이다."

"난 또……."

"그럼 우리 이만 나가자!"

"나가? 어디로?"

용안의 말에 나는 금방 인상이 찡그려집니다. 이제야 겨우 견딜 만한데 또 어딜 가자는 건지 도무지 모르겠습니다.

"어딘 어디나 밖이지. 이곳 출입문이 가장 잘 보이는 곳에 내가 자리를 알아뒀다."

"그냥 여기 있음 안 되나?"

"안 된다! 우리가 있음 아무도 안 온다. 정말 귀신이 와서 먹고 가는지 지켜봐야 하지 않겠나."

"쳇, 잘난 척은……."

그러나 성황당을 나오면서도 나는 여전히 성황당에 대한 미련을 버리지 못해 투덜거립니다. 도대체 이 칠흑 같은 밤에 어디로 가자는 건지 도무지 모르겠습니다.

용안일 따라 성황당 문이 바로 보이는 바위틈 사이에 자리를 잡고 앉습니다. 바위틈은 그런대로 아늑합니다. 사방이 바위로 둘러싸여 있는 데다 용안이 그랬는지 미리 푹신한 볏짚까지 깔아 놓아 그런대로 견딜 만합니다. 집안일 거들랴, 공부하랴 바쁜 시간에 참 대단한 준비성입니다.

"어때? 그런대로 견딜 만하지?"

"글쎄…… 그것보다 정말 귀신이 올까?"

그러나 나는 용안의 물음에 신경을 쓸 여력이 없습니다. 어둠 속 어디선가 금방이라도 귀신이 불쑥 나올 것만 같습니다.

"귀신이 아니라 사람이라고 했다. 도대체 몇 번이나 말해야 되나?"

"아무튼……?"

초조한 마음에 자꾸만 확인이 하고 싶어집니다. 그러나 용안인 이제 나의 궁금증 따위엔 관심이 없는 듯합니다. 나의 물음엔 대답할 생각도 없이 무작정 고개를 제끼고 밤하늘만 응시합니다.

"아아! 별똥별이다!"

그때 별똥별 하나 길게 포물선을 그리며 떨어집니다.

"근데, 넌 소원이 뭐나?"

나의 호들갑스런 행동에도 불구하고 한동안 밤하늘별을 바라보던 용안이 갑자기 생각이라도 난 듯 묻습니다. 그러나 나는 선 뜻 대답을 할 수가 없습니다. 왜냐하면, 신사임당 같은 현모양처가 되고 싶다가도 『나이팅게일 전기문』을 읽으면 간호원이 되고 싶고, 「동백 아가씨」를 들으면 이미자처럼 가수가 되고 싶고, 이광수의 『흙』을 읽으면 소설가 되고 싶고……, 도무지 그때그때 주어진 상황에 따라 변하는 꿈은 종잡을 수가 없습니다.

"그러는 너는 꿈이 뭔데?"

하는 수 없이 되묻습니다. 그러고 보니 그 많은 기회에도 불구하고 용안인 한 번도 꿈에 대해 속을 이야기를 한 적이 없습니다. 용안이 정도면 분명 남들보다 특별한 무엇인가가 있을 법도 한데 도무지 웬일인지 모르겠습니다.

"나? 글쎄……. 내겐 꿈같은 거 없다! 단지 소원이 있을 뿐이다."

"소원? 꿈이나 소원이나 그게 그거 아니나?"

"다르다! 소원은 꿈보다 훨씬 간절하고 애달픈 거다."

"……?"

한참을 골똘히 생각에 잠기던 용안이 알듯 모를 듯 중얼거리며 뚫어져라 밤하늘을 응시합니다. 도대체 어린 것이 무슨 생각이 그리도 많은 건지 모르겠습니다.

"……가끔 혼자서 밤하늘을 지키는 어머니를 훔쳐볼 때가 있다. 그 모습이 어찌나 슬프던지. 떼거리가 없어서 굶고 학교에 갈 때보다도, 기성회비가 없어서 반 아이들 보는 앞에서 손바닥 맞을 때 보다도 난 그것이 더 아프다."

또다시 알 수 없는 말을 중얼거립니다. 꿈을 말하라고 했더니 도대체 무슨 엉뚱한 얘긴지 모르겠습니다.

"기인아! 좀 일어나라!"

나를 부르는 엄마의 목소리가 꿈결인 듯 들려옵니다. 그러나 나는 선뜻 잠자리에서 일어날 수가 없습니다. 일어나려고 하면 할수록 더욱 무거운 무엇인가가 내리누르는 듯 압박감과 긴 악몽에서 깨어난 듯 머리가 지끈거리고 아파 견딜 수가 없습니다.

"아이고, 야가 오늘따라 왜 이러나. 혹시 어디 아픈 거 아니나?"

몇 번의 외침에도 도무지 일어나지 못하는 나를 보자 엄만 드디어 하던 일손을 멈추고 부엌에서 달려와 나의 이마 위에 손을 올려놓으며 근심스런 얼굴로 중얼거립니다. 엄마의 따뜻한 손길을 느끼자 나도 모르게 주르륵, 눈물이 흐릅니다. 지끈거리며 아파 오는 골치도 그렇거니와 어젯밤에 엄마 몰래 방을 나가 헤매고 돌아다닌 죄책감과 함께 어둠 속에서 무려 세 시간 동안이나 공포에 떨었던 것이 새삼스럽게 서러워진 까닭입니다. 아니, 어쩌면 어젯밤 보았던 그 참혹한 광경이 슬퍼서 난 눈물인지도 모르겠습니다. 하나같이 병든 모습으로 누워있던 그들을 생각하면 할수록 가슴이 아려와 견딜 수가 없습니다.

어젯밤 열린 성황당 출입문 안으로 들어와 허겁지겁 삶은 감자를 들고 달아나는 의문의 정체는, 놀랍게도 단옷날 만난 그 키가 큰 문둥이 아저씨였습니다. 희미한 촛불 아래 크고 오뚝한 콧날, 길고 뾰족한 턱, 텁수룩한 머리, 감자를 주섬주섬 망태 속에 집어넣던 모습은 틀림없습니다. 어쩌면 그리도 까맣게 잊고 있었는지, 참으로 단오명절이 좋긴 좋았던 모양입니다.

연신 넘어지고 쓰러지며 아저씨를 따라간 곳은 성황당에서도 한참은 떨어진 동굴이었습니다. 한때 까아만 보석처럼 반짝반짝 빛나는 아연을 캐기 위해 각처에서 모여든 광부들로 시끌벅적하던 곳이 기도 합니다. 폐광한 지 몇 년째, 이제는 흉물스럽게 남아있는 그곳에 그들은 기거하고 있었던 것입니다. 아니, 더더욱 놀라운 건 그를 반기는 대여섯 명 남짓한 사람들이었습니다. 놀랍게도 모두들 나병을 앓고 있었습니다. 여름이라고는 하나 여전히 서늘하고 습한 그곳에 그들은 담요 한 장 없이 누워 키 큰 아저씨의 보살핌을 받고 있었습니다.

"야가 진짜 탈이 나도 단단히 났나 보네. 아이고, 이 열 좀 봐라!"

갑작스런 나의 눈물 때문인지, 아니면 열 때문인지 엄마가 자지러질 듯 놀라며 나를 성급히 등에 들쳐업곤 띠를 두릅니다. 띠를 두르며 둘째 언니에게 아침상을 부탁하곤 부랴부랴 대문을 나섭니다. 좀 있으면 아침 식사하러 아버지가 돌아오실 텐데 급하긴 몹시도 급했던 모양입니다.

집을 나와 좁다란 논길을 걸어서 산등선으로 향하는 것을 보니 아마도 최약국으로 가는 모양입니다. 우리 할아버지가 돌아가신 후 할아버지를 대신해서 우리 동네 사람들의 건강을 책임지고 있는 아저씨입니다. 우리 할아버지께 배운 의술로 그 몫을 톡톡히 해내는 걸 보니 과히 할아버지가 아끼던 수제자답습니다. 더구나 최약국 아저씨의 침과 한약은 우리 할아버지와는 달라서 아프지도, 쓰지도 않아서 좋습니다. 한데도 수열이 아버지는 '돌팔이 의사' 어쩌구, 아저씨를 뜯지 못해 안달입니다. 수열 아버지 또한 우리 할아버지의 제자로 최약국 아저씨와 함께 동문수학했던 사이인데 어찌 그렇게 말하는지 모르겠습니다. 아마도 아저씨에 비해 피부도 하얗고 잘생기고 능력 있는 아저씨를 시기 질투하는 것인지도 모릅니다. 훤칠한 키에 서글서글한 눈매, 얼굴 가득 머금은 미소로 동네 사람들의 사랑을 한몸에 받고 있으니까요. 엄마 또한 가끔은 "아이고 답답한 양반, 왜정 때 서울에서 고등학교까지 나왔으면서 면장 자리 하나 꿰어차지 못하구…." 하면서 은근히 최약국 아저씨를 빗대어 아버지를 타박하곤 합니다. 왜정 때 고등교육까지 받았으면서도 면장 자리 하나 차지하지 못하고 한낱 농사꾼으로 전락한 아버지가 몹시도 갑갑하게 생각되는 모양입니다.

"아이구! 이거 몸살이네. 너 어젯밤 또 늦도록 책 읽었제?"

서둘러 나의 손목을 잡고 맥을 짚어보시던 최약국 아저씨가 드디어 나의 손목에서 손을 떼시며 말합니다.

"아이고, 웬 걸유! 어젯밤 저녁 먹자마자 바로 고스러져 잔 걸유 뭐."

최약국 아저씨 말에 엄마가 정색을 합니다. 용안이 말대로 정말 누가 업어가도 모를 정도로 깊은 잠에 빠졌던 모양입니다. 몰래 방을 나가 무려 세 시간 동안이나 돌아다니다가 들어왔건만 어찌 그리도 몰랐던 것인지 은근히 서운한 생각까지 듭니다.

"네에! 아무튼 약을 지어 드릴 테니 다려 먹여 보세유."

"침은 안 맞아도 될까유?"

아뿔싸! 엄마의 입에서 침이란 말이 나오자 나는 갑자기 오금이 저려 옵니다. 어쩌자고 안 맞아도 좋을 침 얘기는 또 꺼내는 것인지 참으로 야속합니다.

"웬걸유! 비교적 가벼운 증상이라 약만 달여 먹여두 거뜬해질 것 같어유."

침을 맞지 않아도 된다니 비로소 후, 안도의 한숨이 나옵니다.

역시 최약국 아저씨는 명의 중에 명의인 모양입니다.

"한데 남표는 잘 있나유? 요즘도 글을 쓰남유?"

약장에서 한 줌씩 한약 재료를 꺼내어 약을 짓던 아저씨가 문득 뒤를 돌아보며 묻습니다.

"모르지유. 글을 쓰는지, 낙서를 하는지. 지가 뭘 아나유."

"그렇겠지유. 허허…….."

엄마의 말에 최약국 아저씨가 다시 돌아서며 허허! 헛웃음을 웃습니다. 눈만 뜨면 마주치는 부부 사이에 도대체 무엇을 모른다는 것인지, 또 무엇이 그렇다는 것인지 정말로 모르겠습니다.

"그 친구야말로 참 대단한 친군데 워낙 시절을 잘못 타고나다 보니…….."

한 주먹씩 한약을 짓던 아저씨가 다시 안타까운 듯 중얼거립니다.

"시절은요. 다 제가 못난 탓이지요."

천연덕스럽게 사투리를 쓰던 엄마가 갑자기 또렷한 서울말로 대꾸하는 걸 보니 어딘가 잔뜩 가시가 돋쳐 있는 듯합니다. 그도 그럴 것이 멀쩡하게 일 잘하던 아버지가 유독 최약국만 만나고 돌아오면 골방에 숨어들어 밤을 새우곤 하니 바쁜 농사철에 얼마나 엄마의 속이 타겠습니까.

"하긴유. 이런 바쁜 농사철에 글 쓴다는 기 쉽지는 않지유. 더구나 돈이 되는 것두 아니구…….."

엄마의 말에 하는 수 없이 백기를 드는 최약국의 양미간에 살짝 줄이 생깁니다. 정말로 우리 아버지의 재주가 아까워서 하는 소린지. 아니면 딱히 할 말이 없어서 한번 해본 소린지는 모르겠지만, 글 쓰는 일을 무슨 신선 노름쯤으로 알고 있는 엄마에게 실수를 한 것을 분명한 것 같습니다.

"그람 그람유! 할 일이 지천에 널려 있는데 책상머리에나 붙어 앉아 있으믄 우뚱게 한 대유. 그렇잖아유?"

최약국 아저씨의 말에 반색을 하며 "그람유!"를 연발하는 엄마의 얼굴이 비로소 편안해집니다.

"누나! 이거 먹어!"

오후가 되자 학교에서 돌아온 석호가 빵을 들고 근심스런 얼굴로 묻습니다. 바로 학교급식으로 나온 빵입니다. 옥수수 가루에다가 우유 가루까지 들어있어서 맛이 고소하고 달짝지근해서 보기만 해도 군침이 생겨나는 빵입니다.

"누가 줬어?"

그러나 나는 빵을 보자 우선 더럭 걱정부터 앞섭니다. 가난한 집 아이라면 모를까 논도 있고 밭도 있고 라디오는 물론 미싱까지 있는 집에 사는 석호에게 빵을 주었을 리 없으니 분명 약한 아이의 것을 빼앗았거나, 남의 것을 슬쩍 했거나 둘 중 하나일 테니까요.

"응! 용안이 형이 줬어. 누나 갖다 주래!"

"뭐? 용안이가?"

"응! 그리고 이거……."

"이게 뭔데?"

"응! 편지. 빨리 나아서 학교 오라고 주는 거래! 한데 누나 이 빵 내가 먹어도 돼?"

누워있는 내게 편지를 휘익, 던지고는 빵을 싼 종이를 급하게 확, 잡아 뜯습니다. 석호 역시 달콤한 맛에다 우유까지 들어있는 빵의 유혹은 쉽게 떨쳐 버릴 수 없나 봅니다. 불순하게 획득된 빵은 아닌 모양이니 그나마 다행입니다.

"응……."

석호에게서 받은 쪽지를 펼치며 건성으로 대답합니다. 엊그제 밤에 있었던 그 의문의 아저씨에 관한 내용의 쪽지입니다. 우리 동네에서 동고사를 드린다는 소식을 듣고 센터 어른들이 신에게 바친 제물을 훔쳐가는 범인이 누군지 불침번을 서겠다고 하니 어쩌면 좋으냐고 묻는 내용의 편지였습니다. 그들 또한 없어진 제물이 귀신이 아니라 사람의 짓이란 것을 눈치챈 모양입니다.

"근데 용안인 어디 있어?"

"우물터에서 물 먹어."

"알았어!"

용안이를 만나기 위해 성급히 자리에서 일어납니다. 그러나 급한 마음과는 달리 몸이 제대로 움직여지질 않습니다. 마치 방바닥이 울퉁불퉁한 것처럼 굴곡이 져 보이고 현기증이 일어 쉽게 발을 내디딜 수 없습니다.

"왜? 용안이 형한테 가게? 불러다 줘?"

"아! 아니, 괜찮아!"

정신을 차려 다시 한 발 두 발 내디뎌 봅니다. 마음 같아선 이대로 주저앉아 다시 자리에 눕고 싶지만, 상황이 상황이니만큼 두고 볼 수만은 없습니다.

"야가 왜 이러나! 정말 많이 아픈가 보네."

방을 나와 비틀거리며 청마루 끝으로 다가서는 나를 향해 용안이 놀라 달려옵니다.

"그래 넌 어찌 했으면 좋겠나?"

단도직입적으로 묻습니다. 오늘 밤 열두 시에 제를 지낸다면 적어도 오늘 저녁 안으론 아저씨들에게 이 사실을 알려야 할 텐데 도무지 어찌할 요량인지 궁금합니다.

"글쎄, 일단 가서 사실을 알려야 하지 않겠나. 오늘 밤 성황당에 오지 못하게 말이다. 한데 문제는 그기 아니다. 그 제물이라도 없으면 당장 아저씨들이 굶게 되니 그기 더 문제다."

"글쎄다. 우리끼리 해결하긴 좀 그렇고 누군가 어른들이 나서줘야 하지 않겠나."

"문둥병이라면 진저리부터 치는 동네 사람들한테 얘기하믄 분명 아저씨들을 내칠 궁리부터 할 텐데 괜찮겠나?"

"그럼 우똫게 하나? 무슨 다른 방법이라도 있나?"

"아니다. 혹시, 니 아부지한테 부탁 좀 드리면 안 되나?"

"우리 아부지?"

"그래! 이 동네에선 그래도 니 아부지가 가장 이해심 많고 인정 또한 많다! 한번 부탁해 봐라!"

"글쎄, 일단 오늘 밤은 피하고 보자! 얼른 가서 절대 성황당에 나타나면 안 된다고 전해라!"

"알았다. 그리고 미안하다. 아픈 사람한테 도움은 못되고 부담만 줘서……"

말을 하고 돌아서는 용안이의 어깨가 오늘따라 축 처져 보입니다. 공부 잘하고 신중하고 거기다가 인정까지 많으니 용안인 정말 괜찮은 아이인 듯합니다.

희미한 호롱불 아래 옹기종기 모여앉아서 저녁 식사를 합니다. 모처럼 가족들이 한자리에 모여 앉으니 보기에도 좋습니다. 읍내 중학교를 다니기 위해 자취를 하던 오빠와 셋째 언니가 주말을 맞아 집으로 돌아온 까닭입니다.

그러나 엄만 조금도 즐겁지 않은 얼굴입니다. 왜냐하면, 오후가 되어도 펄펄 끓던 나의 열이 저녁이 되어도 내려갈 줄을 모르기 때문입니다. 벌써 약을 세 사발이나 들이켰건만 도대체 어찌 된 것인지 모르겠습니다. 엄마 말대로 정말 침이라도 맞아야 하는 거 아닌지 모르겠습니다.

"일어나 좀 먹어 봐라! 먹어야 얼릉 기운 차리지."

한창 저녁 식사를 하는 가족들 사이로 엄마가 또다시 걱정스런 얼굴을 내밀며 말합니다. 도무지 입이 써서 못 먹겠는 밥을 어찌 먹으라는 건지 모르겠습니다.

"누나 안 먹으면 이거 내가 먹어도 돼?"

그러나 동생 석호는 나의 아픔 따윈 안중에도 없는 모양입니다. 오직 나를 위해 특별히 준비한 계란찜에만 관심이 있는 듯 자꾸만 엄마께 보챕니다.

"넌 이다음 해 주께 좀 참아라! 막내 누나가 많이 아프다."

그러나 오늘만큼은 엄마의 관심이 나에게로 있는 듯합니다. 연신 계란찜을 힐끔거리며 침을 삼키는 석호를 못 본체합니다.

"에이, 나도 아프면 좋겠다!"

이쯤 되면 아버지의 불호령이 떨어질 듯도 합니다. 단지 계란찜 때문에 아프기를 소원하다니 혼이 날만도 합니다. 그러나 아버지 또한 별 내색이 없습니다. 석호와는 상관없이 자꾸만 누워있는 나만 힐끔거립니다.

"아부지! 저도 대학 갈래요. 다음 주부터 진학반에 들어가기로 했어요."

이 무슨 뚱딴지같은 말일까요. 셋째 언니가 무거운 침묵을 깨고 선전포고 같은 말을 합니다. 고등학교 일 학년 때 이미 끝난 얘기를 이제 와서 왜 또 꺼내는 것인지 모르겠습니다.

"그만하면 됐다!"

마치 기다리고 있었다는 듯 아버지가 셋째 언니 말에 쐐기를 박습니다. 누구보다도 인정 많고 이해심 많은 아버지가 어째서 셋째 언니에게만큼은 그리도 냉정하게 구는 것인지 정말로 모르겠습니다. 아니, 어쩌면 할머니처럼 드러내놓고 말은 않지만 언니가 대학 가는 것을 반대하는 마음 저변엔 얼마쯤, 여자란 모름지기 조신하게 살림 배워서 좋은 가문에 시집가는 게 가장 큰 복이란 생각이 깔려 있는 것인지도 모르겠습니다.

"그래! 아부지 말씀대로 졸업하면 네 언니들처럼 살림이나 배워 시집이나 가거라! 몇 년 후면 네 동생 석우도 대학에 들어가야 할 테고……."

엄마 역시 단호합니다. 아마도 만만치 않을 대학 등록금이 걱정되시는 모양입니다. 아니, 어쩌면 언니 때문에 오빠가 대학을 못 가게 될까 그것이 더 걱정스러웠던 모양입니다. 아니나 다를까 묵묵히 앉아 밥을 먹던 오빠가 슬그머니 일어납니다. 셋째 언니의 만만찮은 반발을 예상된 까닭일 테지요.

"등록금만 대 주면 그 다음은 제가 알아서 할 테니 걱정 마시고 보내주세요."

역시 언니의 고집은 대단합니다. 온통 대학을 가는 일에만 신경이 집중되어 있는 듯합니다. 한번 마음먹었다 하면 도무지 포기할 줄 모르는 셋째 언니가 앞으로 자신의 뜻을 관철시키기 위해 어떤 수순을 밟을 것인지 참으로 걱정이 됩니다. 아니, 기대가 됩니다. 왜냐하면 엄마나 아버지와는 달리 나는 언니가 공부해서 당당히 자신의 꿈을 펼칠 수 있었으면 좋겠단 생각이니까요.

"아니, 이 친구 여태 이러고 있음 어쩌나. 벌써 준비 다 됐는데, 얼릉 축문도 쓰고, 서둘러야 한단 말이지."

때마침 수열이 아버지가 삐걱 대문을 밀치며 들어옵니다. 그러고 보니 괘종시계가 벌써 열한 시를 가리키고 있습니다.

"그래? 벌써 시간이 그렇게 됐나?"

수열 아버지 말에 힐끔, 벽에 걸린 괘종시계를 바라보던 아버지가 성급히 자리를 털고 일어나선 바지저고리와 두루마기를 걸칩니다. 낮에 엄마가 숯불 다리미로 정성스럽게 다려 놓은 옷입니다. 아버지에게 깔끔한 옷을 입히기 위해 빨고 밟고 매만지고 다려서 눈처럼 하얗게 손질하는 수고를 마다하지 않는 걸 보니 말과는 달리 정말로 아버지를 아끼시고 사랑하시는 모양입니다.

"아휴! 돼지가 얼마나 살이 쪘는지 토실토실 순전히 비곗덩어리여! 젊은 새댁이 원간이도 부지런히 거두어 먹인 모양이여!"

아침나절부터 꿱꿱거리며 울어대던 큰 기와집 돼지가 결국 비명 속에 죽어간 모양입니다. 죽음의 공포 속에 눈물을 주르륵 흘리며 발악했을 돼지를 생각하니 자꾸만 진저리가 쳐집니다.

"그럴 테지. 젊은 새댁이 참 바지런하고 심성두 곱고……."

한껏 자세를 돋우곤 벽장문을 열어 지필묵 상자를 꺼내던 아버

지가 심드렁 대꾸합니다. 올 이월 마지막 사용하곤 지금껏 넣어두
었다가 꺼내는 것을 보니 그동안 농사 일로 참으로 바쁘긴 바빴던
모양입니다. 엄마가 손질한 바지저고리를 단정하게 입고 앉아 마치
무슨 의식이나 치르듯 붓을 드는 아버지의 모습은 참으로 품격이
있고 고상해 보입니다. 최약국 아저씨의 말대로 정말 대단한 사람
인데 시절을 잘못 만난 탓으로 농사꾼이 된 것인지도 모른단 생각
이 듭니다. 그 옛날 도지사와 글쓰기 내기를 해서 당당히 이겼노
라 틈만 나면 자랑하던 증조할머니나, 삼십 년간이나 서당에서 아
이들을 가르쳤다는 증조할아버지의 피를 이어받았으니 어련하시
겠습니까.

하루라도 책을 읽지 않고 글씨를 쓰지 않으면 소화가 안 된다던 아
버지가 본격적으로 농사일에 뛰어든 것은 역시나 석환이 오빠가 떠
나가고 난 후부터입니다. 발 빠른 산업화의 물결로 진 씨 아저씨 내
외에 이어 석환 오빠마저 도시로 떠나버렸으니 도리가 없었겠지요.

"한데, 너는 왜 이렇게 누워 있나? 우리 수열인 과자 얻어먹겠다
고 벌써 성황당으로 갔다."

마치 돼지 뒷다리라도 만지듯 허공에서 주먹을 허우적대던 수열
아버지가 누워 있는 나를 힐끔 내려다보며 묻습니다.

"아직 제도 올리지 않았는데 과자는 무슨 과자? 풀숲에 뱀이라
도 나오면 어쩌려구!"

수열이 아버지 말에 아버지가 놀라 눈을 동그랗게 뜨고는 수열
아버지를 바라봅니다.

"사내자식이 그만한 거 무서워 피하면 뭐에 쓰나! 아휴 웬 볏가
마니가 아직 이렇게 있어. 역시 부잣집은 틀리구먼."

그러나 수열 아버진 별로 걱정이 되지 않는 모양입니다. 처마 끝에 놓인 볏가마니를 툭툭 치며 수선을 떱니다. 유난히 먹는 것을 탐하는 아들이나, 남의 집 볏가마니까지 탐내는 수열 아버지나 별반 다를 것이 없습니다.

"글쎄유! 감기라는데 열이 도통 내리지 않네유. 큰 병원에라두 가봐야 하는 거 아닌가 모르겠네유."

대수롭지 않게 묻는 수열이 아버지 말에 필요 이상으로 심각해져선 말하는 엄마의 얼굴에 또다시 근심에 쌓입니다.

"큰 병원은유 뭐. 애들이 아프기도 하고 그렇지. 야! 얼릉 일어나 뜨끈한 콩나물국에 고춧가루 한술 크게 떠서 타 먹어. 감기에는 그기 직방이여!"

그러나 엄마의 근심스런 표정에도 불구하고 수열이 아버지는 여전히 대수롭지 않은 표정입니다. 하긴 돌부리에 머리를 다쳐 마구 피를 흘리는 수열이를 보고도 "사내자식이 그만 일에 엄살은……." 하면서 툭툭, 엉겅퀴 한주먹 찧어 상처 부위에 싸매어 주곤 한바탕 너털웃음을 웃어 제끼던 수열이 아버지입니다. 감기쯤은 병으로 생각지도 않겠지요.

"한데 꼭 돼지 머리를 놓고 제를 지내야 하남?"

아버지 또한 마땅치 않으신 모양입니다. 흠흠, 한동안 큰기침을 하시면 붓글씨를 쓰시던 아버지가 서둘러 화제를 돌립니다.

"이 사람 새삼스럽게 무슨 소리여 동고사 한두 번 지내보남?"

"엊그제 잡은 돼지를 또 잡으니 말일세. 이 더위에 상하기라도 하면 어쩌려구!"

"그건 그려! 하지만 돼지머리를 바쳐야 동네를 무탈하게 지켜준다는 데야 도리가 있나. 열 번이라도 잡아야지."

"아휴! 여기서들 뭐 하신대유! 얼른 댁으로 가 보세유! 일 났어유!"

그때 무열이 삼촌이 헐레벌떡 사립문 안으로 뛰어들며 외칩니다. 순간 나는 가슴이 덜커덕 내려앉습니다. 그러잖아도 용안이에게 연락이 없어 걱정하던 참이었는데 혹시 무슨 일이나 생긴 건 아닌지 궁금합니다.

"일이라니?"

"아, 글쎄, 성황당에 차려놓을 음식이 몽땅 없어졌다네유!"

"음식이 없어지다니? 그기 무슨 소리여?"

순간, 텁수룩한 머리 아래 움푹 들어갔던 수열 아버지의 두 눈이 왕방울만 해집니다. 드디어 염려했던 일이 벌어진 모양입니다. 얼른 동굴로 달려가 오늘 밤 성황당에 나타나지 말라고 하겠다더니 도대체 어찌 된 것인지 모르겠습니다.

"무신 소리긴유. 말 그대로지유. 성황당에 차려놓으려고 담아놨던 제물을 대소쿠리 채로 몽땅 가져갔단 말이유!"

"뭐여? 도대체 어느 놈이 감히 겁도 없이 제물에 손을 댔단 말이여? 내 이놈을 당장……."

수열 아버지의 목소리가 다시 높아집니다. 누군지 잡기만 하면 당장이라도 물고를 낼 태셉니다.

"아, 그 흥분만 하지 말고 좀 진정 좀 하게. 남은 음식으로라도 다시 올리면 되지."

어느새 글씨를 다 쓴 것인지 누런 문창호지에 붓과 먹을 둘둘 말아 벽장 속에 넣던 아버지가 수열 아버지를 향해 타이르듯 핀잔을 줍니다.

"남은 음식을 올리긴. 아, 동신님이 뭐 거지인 줄 아는가? 다시 준비해서 올려야지."

그러나 수열 아버진 여전히 화가 나는 모양입니다. 어느새 손끝까지 타들어간 골연을 재떨이에다가 쓱쓱 문질러 끄고는 서둘러 대문을 향합니다. 동고사에 대한 믿음이 확고하던 그로서는 충격이 몹시도 컸던 모양입니다. 수열 아버지를 따라 무열이 삼촌이 나가고 아버지가 다시 서둘러 중절모자를 뒤집어쓰며 대문을 나갑니다.

"쳇, 그럴 줄 알았어. 지금이 어느 때라고 미신을 믿어!"

서둘러 대문을 나가는 세 사람을 힐끔거리던 셋째 언니가 드디어 좋알댑니다. 마치 대학입시문제로 상한 속을 수열이 아버지에게 몽땅 풀어버리기라도 하는 듯합니다. 그러나 나는 언니의 기분 따위에 신경 쓸 여유가 없습니다. 만약에 없어진 제물이 동굴 아저씨들의 짓이라면 어쩌나 하는 조바심이 일어 견딜 수가 없습니다.

"기인아! 같이 가자!"

학교를 파하고 급히 교문을 나서는 나를 부르는 경숙이의 목소리가 교실 쪽으로부터 들려옵니다. 그러나 나는 뒤를 돌아보지도 발을 멈출 수도 없습니다. 아니, 오히려 발걸음을 급히 서두릅니다. 왜냐하면 용안이와 아카시아나무그늘 아래서 만나 아저씨들이 사는 동굴을 찾아가야 하기 때문입니다.

그러나 나를 부르는 경숙이의 목소리는 집요합니다. 아니, 집요하다 못해 필사적입니다. 마치 나와 용안이와의 만남을 눈치채고 있기라도 한 듯 운동장을 가로질러 헐레벌떡 달려옵니다. 순간 나는 휘익, 신작로 옆 채마밭 두렁 밑으로 몸을 날립니다. 몸을 날려 이내 납작 엎드립니다.

"아따! 지집아 빠르기도 하다!"

나의 갑작스런 증발에 어리둥절한 얼굴로 두리번거리던 경숙이 비로소 두툼한 눈꺼풀을 치켜 올리며 투덜거립니다. 오늘도 어김없이 검정 고무신에 푸르딩딩한 무명 책보를 오른쪽 어깨와 왼쪽 겨드랑이 사이에 질끈 동여메고 있습니다. 보통 허리에 메는 여자애들과는 달리, 어찌해서 번번이 어깨와 겨드랑이 사이에 책보를 매는 것인지는 알 수 없지만, 엉덩이를 유난스레 실룩거리며 걷는 경숙에겐 어쩌면 그편이 훨씬 좋을지도 모르겠단 생각도 듭니다.

경숙이 엉덩이를 실룩거리며 걷는 신작로 양옆으론 금잔화. 봉숭아 등, 각종 일년생 꽃들이 난들거립니다. 며칠 전 실과 시간에 우리가 모종한 꽃들입니다. 꽃모종은 매년 봄이면 치러지는 우리학교 사, 오, 육 학년들의 연례행사입니다. 학교가 있는 새터마을에서 양단마을까지 신작로 양옆으로 쭉, 나라비로 서서 땅을 파고 물을 주고 다시 흙을 덮어 꼭꼭 눌러 심었습니다.

경숙이 사라지기를 기다려 쪼그리고 앉습니다. 쪼그리고 앉아 밭둑 위에 앙증맞게 피어난 제비꽃을 뽑아 꽃반지를 만듭니다. 꽃반지를 만들어 하얗고 작은 손가락에 끼우니 갑자기 큰 언니 생각이 나서 눈시울이 뜨거워집니다.

연지곤지 찍고 꽃가마에 올라앉아 훌쩍거리던 큰언니는 시집간지 벌써 다섯 달이나 지났건만 아직 친정 나들이 한번 제대로 하지 못하고 있습니다. 헤어지기가 아쉬워 가마에 오르는 큰언니를 붙잡고 훌쩍거리던 두 언니와 이를 야단치면서도 한사코 눈물을 훔치시던 엄마, 도대체 시집이란 곳이 어떤 곳이기에 보내는 사람도 떠나는 사람도 그토록 슬퍼했던 것인지 잘 이해가 되지 않았는데, 친정 나들이 한번 맘대로 못하는 언니를 보고야 비로소 조금은 알 것 같습니다. 그런데 어른들은 어째서 여자란 모름지기 조신하게 살림 배워서 좋은 가문에 시집가는 게 가장 큰 복이라고 하는지 참 모르겠습니다.

"니 거기서 뭐 하나?"

언니 생각에 한동안 눈시울을 붉히던 나에게 누군가 말을 걸어옵니다. 바로 용안이입니다. 성황당에서 만나자고 해 놓곤 어째서 이곳을 얼쩡거리는 것인지 모르겠습니다.

"왜 여기서 얼쩡거리나? 아들 보면 어쩔라구."

"괜찮다! 벌써 아들 다 가고 없다. 그리고 그 동굴은 여기서 가는 것이 더 쉽다!"

용안인 마치 신대륙이라도 발견한 듯 신이 나서 떠들어댑니다.

"한데, 도대체 동고사 제물은 우똫게 된 일이나? 니 분명 조심시킨다고 하지 않았나."

"아니다! 제사 지내고 남은 음식이라면 모를까. 차려놓은 음식에 손댈 아저씨들이 아니란 말이다."

"하면 대체 누가 그 일을 했단 말이나?"

"글쎄 그건 잘 모르겠다. 분명한 건 아저씨들이 한 짓이 아니란 거다. 니 한 번 생각해 봐라. 그 시간에 거까지 가서 알리 줬는데 우똫게 훔쳐갔겠나."

"하긴……."

용안이 말에 나는 더 이상 할 말이 없습니다. 길가는 길손이나 거인들이라면 모를까 용안이 그토록 당부했는데 또다시 제물에 손을 댔을 리가 없습니다. 순간 조금은 마음이 편안해집니다. 제아무리 문둥이를 싫어해도 하지 않은 일까지 뒤집어씌워 혼을 내지는 않겠지요. 매사에 겸손하고 착해서 동네를 지나치는 나그네는 물론, 한낱 거렁뱅이에게까지 인정을 베푸는 동네 사람들이 어째서 문둥이들한테는 그리도 냉정하게 구니 것인지 참으로 알다가도 모르겠습니다.

"한데 이래 가도 참말로 괜찮겠나? 공연히 그곳을 들락거리다가 누가 볼까 겁난다."

"괜찮다! 개울만 건너면 바로 나무숲이라 아무도 못 본다. 걱정 말고 따라와라!"

용안이 밭둑에서 훌쩍 개울가로 뛰어내리며 고집을 피웁니다. 용안이 고집에 나도 마지못해 밭둑 아래로 훌쩍 뛰어내립니다. 갑작스런 나의 출현에 놀란 개구리들이 후닥닥 천지사방으로 흩어집니다.

"한데 이제 좀 괜찮나? 무슨 감기를 그래 호되게 앓나? 혹시나 해서 많이 걱정했다."

우거진 나무숲에 들어서자 용안이 비로소 나를 휙, 돌아보며 묻습니다. 유난히 미간을 찡그리는 것이 퍽이나 걱정스러웠던 모양입니다.

"혹시나?"

"그래! 혹시나 아저씨들에게서 그 병이라도……."

그러나 용안이는 말을 하려다가 놀란 듯 멈칫, 입을 닫습니다.

"그 병? 혹시 나병이 옮은 건 아니가 걱정했단 말이나?"

"그래! 괜찮나?"

"걱정 마라! 그 병의 잠복기는 최소한 9개월이다. 설사 걸렸다고 해도 벌써 증상이 나타날 리 없다."

"니가 그걸 우뜩게 아나?"

"아버지 몰래 우리골방에서 책 봤다!"

"그래? 그런 책도 다 있나?"

"『동의보감』이라고 허준 할아버지가 쓴 거 있다. 모두 한자로 되어 있어 이해하기는 좀 힘들었지만 그래도 옥편 찾아가며 읽어서 알만큼은 안다."

"닌 좋겠다. 그런 책도 다 읽고……."

용안이 부러운 듯 아득하게 먼 산을 바라보며 중얼거립니다. 아무리 똑똑한 용안이지만 아직 허준이 누구인지 모르고 있었던 모양입니다. 용안이의 말에 으쓱, 자꾸만 어깨가 추켜 올라갑니다.

동굴로 가는 길은 멀다고도 그렇다고 가깝다고도 볼 수 없습니다. 다만, 칠흑같이 어두운 밤 공포 속에 걷던 것과는 달리, 우거진 나무숲 사이로 피어 있는 각종 이름 모를 산꽃들과 나무들의 짙은 향기와 아름다운 자태들을 보고, 맡고, 느끼며 오르니 마치 꿈길을 가는 듯 즐겁습니다. 도대체 어떻게 이런 아름다운 산길은 알게 되었는지 금방이라도 콧노래가 흥얼거리며 튀어나올 것만 같습니다.

"저것은 철쭉꽃, 저것은 파랭이꽃, 저것은 개미딸기꽃……? 한데 저기 저 꽃 이름은 뭐나?"

산길을 따라 즐비하게 피어 있는 꽃들을 향기와 자태에 일일이 반응하며 용안에게 묻습니다. 그러나 묵묵히 앞서 걷던 용안인 말이 없습니다. 아니, 나를 향해 조용하라는 듯 검지 손가락을 입에 대며 신호를 보냅니다. 용안의 시선을 쫓아 우거진 숲을 봅니다. 숲 속 상수리 나뭇가지 위로 사뿐사뿐 꽁지를 흔들며 이 가지에서 저 가지로 분주하게 오가던 청솔모 한 쌍이 우리를 보자 조르르 달려옵니다.

"청솔모 아니나? 한데 어째 사람을 봐도 달아날 생각을 않나? 훠이!"

쾅쾅, 발을 굴러봅니다. 그러나 여전히 또랑또랑한 눈망울로 우리를 바라볼 뿐 도무지 도망갈 생각을 않습니다.

"소용없다! 이미 사람 손을 타 무서워하지 않는다. 이리 온!"

용안이 빙그레 웃으며 손을 내밀자 한동안 또랑또랑 우리를 살피던 청솔모 한 마리 폴짝 손등 위로 뛰어올라 앞발로 사정없이 입을 부빕니다.

"이건 뭐나? 찐 감자 부스러기 아니나? 도대체 사람 하나 지나다니지 않은 숲 속에 누가 청솔모에게 감자를 줬드나?"

청솔모 입에 붙은 하얀 찐 감자 부스러기를 확인하곤 용안이를 향해 묻습니다.

"누군 누구겠나. 아저씨들이지! 아따 그놈들 알뜰히도 먹어 치웠네."

그러나 용안이는 이미 알고 있었다는 듯 빙그레 웃으며 너스레를 떱니다.

"아저씨들 먹을 것도 부족할 텐데 도대체 왜?"

"왜긴, 다 생명을 사랑하는 정 때문이지. 아무튼 닌 여기 좀 있어라. 내가 먼저가 보고 올 테니."

"나도 같이 가자!"

"안 된다! 갑자기 니를 데리고 나타나면 아저씨들이 놀랜다. 미리 양해를 구해야 한다."

나와 숲 속 청솔모들을 뒤로한 채 용안은 급히 말을 남기곤 사라집니다. 용안이 사라진 높고 가파르고 어둑어둑한 산을 보니 갑자기 와락, 무섬증이 몰려옵니다. 무섬증을 떨쳐버리기 위해 나무 밑에 쪼그리고 앉아 꼬옥, 눈을 감습니다.

"기인아! 야가 왜 이러나? 니 어디 아프나?"
얼마를 지났을까요. 아마도 깜빡 잠이 들었던 모양입니다. 누군가 나를 심하게 흔들어 깨웁니다. 바로 용안이입니다. 도대체 이 깊은 산중에서 겁도 없이 어떻게 잠을 잘 수가 있었던 것인지 나조차도 이해할 수가 없습니다. 아마도 무섬증을 피하기 위해 눈을 감았던 것이 원인이었던 것 같습니다.

"아, 아니다. 좀 졸려서 그랬다! 안 아프다!"
그러나 나는 용안의 목소리에 세차게 고개를 흔들며 말합니다. 공연한 일에 놀라 걱정하는 용안일 보자 은근히 미안한 생각이 든 까닭입니다.

"아니면 됐다. 가자!"
나의 말에 비로소 안심이 되었던지 용안이 무작정 손을 잡아끌며 말을 합니다. 마치 신나는 동물원 구경이라도 가자는 듯한 말투입니다.

"나도 가도 되나?"
용안이 나의 손을 잡아끌자 불현듯 불안감이 일어 묻습니다. 얼굴과 손이 사정없이 문드러진 그들이 혹시라도 무슨 나쁜 짓이나 하지 않을까 은근히 겁이 납니다.

"그래! 바로 단옷날 만났던 아라 했더니 반가워 하드라!"
그러나 용안인 끝끝내 나의 마음을 눈치채지 못한 모양입니다.

나의 손을 잡곤 무작정 우거진 나무숲을 헤치며 성큼성큼 앞으로 나아갑니다.

용안이를 따라 당도한 동굴은 생각보다 훨씬 험하고 은밀한 곳에 위치해 있습니다. 도대체 길도 없는 이 깊은 산중에 어떻게 그 아픈 몸들을 이끌고 올라온 것인지 알 수가 없습니다.

"그, 그래도 좀 그렇다. 우리 이만 돌아가자!"

"안 된다. 이미 다 얘기해 놓고 왔다. 가자!"

그러나 용안인 나의 불안 따윈 안중에도 없는 모양입니다. 나의 말에 건성으로 대답하며 성큼성큼 동굴 문을 향해 발걸음을 내딛습니다.

"그 아저씨들 말이다. 좀 무섭다! 우릴 해치기라도 하면 어쩌나?"

그러나 나는 여전히 안심이 되질 않습니다. 금방이라도 성큼성큼 달려와 뒷덜미를 덥석 잡을 것만 같습니다. 해서 자꾸만 도리질을 치며 뒷걸음질을 합니다.

"괜찮다! 그 아저씨들 하나같이 순둥이들이다!"

"한번 보고 우뜿게 아나?"

"니 아픈 동안 쭉 이곳에 와 영어 말도 배우고, 노래도 배우고 했다. 모두 다 착한 아저씨들이다."

"영어 말?"

"그래! 니 아부지한테 한문 배우는 것도 재미있지만 아저씨들에게 영어 말 배우는 건 더 재미있다. 유어 마이 베스트 프렌드……."

"야가 지금 뭐라 하나? 시끄럽다 좀 조용히 해라!"

그러나 나는 용안이의 말에 버럭 소리를 내지릅니다. 왜냐면 읍내에서 학교 다니는 오빠와 셋째 언니가 주말이면 집으로 돌아와 쌀라쌀라 해쌌기에 이미 알만큼은 알고 있습니다. 구태여 이곳까지 올라와서 영어를 배울 까닭이 없기 때문입니다.

"아이고 천하에 기인이도 모르는 게 있나 보네. 니 진짜 이 말 무슨 말인지 모르나?"

하지만 나의 말에 용안이는 한껏 고무된 표정입니다. 나를 향해 씨익, 웃기까지 합니다. 그런 용안이의 모습을 보니 참으로 어이없습니다.

"모르긴 뭘 모른다고 하나. 유어 마이 베스트 프렌드, 니는 나의 최고의 친구다란 뜻 아이나. 잔말 말고 어서 가기나 해라."

참다못해 쏘아붙입니다. 가뜩이나 무서워서 오금이 저리는데 미처 발음도 익히지 못한 솜씨로 누굴 가르치려 드는 것인지 와락 짜증이 납니다.

"알았다. 니는 대체 뭔 말을 못하게 하나."

용안이 드디어 시무룩한 표정으로 나를 앞질러 성큼성큼 올라갑니다. 도무지 화라고는 낼 줄 모르던 용안이도 나의 짜증 앞에선 별 수 없나 봅니다. 아니, 어쩌면 나의 유창한 영어 실력에 자존심이 상한 것인지도 모릅니다. 나를 앞질러 성큼성큼 올라가는 용안이를 보자 또다시 와락 무섬증이 일어납니다.

"자! 이제 다 왔다 저기다!"

나를 앞질러 성큼성큼 올라가던 용안이 비로소 멈춰 서서 숲 속을 가리킵니다. 용안이 가리키는 숲 속 너머로 마치 큰 집채만 한 짐승이 입을 쫘악, 벌리고 앉아 있는 듯한 동굴이 보이고, 동굴 입구에 도란도란 모여 앉아 커다란 걸망을 손질하고 있는 아저씨들이 보입니다.

"아아, 다 왔다! 아저씨! 아저씨! 저 왔어요!"

용안이 팔을 훼훼 내두르며 소리칩니다. 순간 아저씨들의 얼굴이 일제히 우리를 향합니다. 순간 나는 무섬증으로 금방이라도 숨이 멈출 것만 같습니다. 강한 햇살 때문인지 유난히 도드라진 상처와 얼굴 표정은 지난밤 어둠 속에서 보았던 때의 모습보다도 훨씬 더 심각해져 있는 듯합니다. 어쩌다가 저렇게 되었는지 치료는커녕 이 동네 저 동네로 쫓겨 다니기에 급급한 아저씨들이니 오죽이나 하겠습니다.

"어서 와요! 힘들었지요."

한동안 놀란 표정으로 서 있는 나를 향해 키 큰 아저씨가 반갑게 인사를 합니다. 바로 단옷날 만난 그 아저씨입니다. 헝클어진 머리와 우뚝 선 콧날, 다른 아저씨들보다는 비교적 증상이 가벼워 보이긴 하지만 오랫동안 굶주린 탓인지 아저씨 또한 몹시도 초췌해 보입니다.

"그럼 우리는 그만 가 보겠심더. 손님 대접 잘 하시이소."

한동안 경계의 눈짓을 보내던 아저씨들이 비로소 우리를 향해 웃을 듯 말 듯 애매한 표정을 지으며 제각기 큰 걸망 하나씩을 메고 어슬렁거리며 숲 속으로 사라집니다.

"한데 저 아저씨들은 우리가 온 게 싫은가보다! 왜 저러나?"

용안이를 향해 다시 속삭입니다. 무뚝뚝한 아저씨들도 그러하거니와 어두컴컴하고, 습하고, 퀴퀴한 동굴을 보니 도무지 들어가고 싶은 마음이 생겨나지 않기 때문입니다.

"싫은 게 아니라 일하려고 가는 중이다. 산속은 유난히 해가 짧아 일할 시간이 많지 않다. 그래서 서두르는 거다."

"일? 무슨 일?"

"일은 무슨 일이겠나. 나무뿌리도 캐고 산나물을 뜯고 열매도 따고 하지. 아저씨들도 먹고는 살아야 하지 않겠나!"

그러나 용안이는 나의 두려움 따윈 아랑곳하지 않습니다. 아니, 어쩌면 아저씨의 마음이 다칠까 그것이 더 신경이 쓰이는 모양입니다. 야속한 표정을 지으며 연신 눈짓을 합니다.

아저씨를 따라 들어간 동굴은 한낮인데도 햇볕 하나 들지 않습니다. 그러나 생각했던 것처럼 습하지도 추하지도 않습니다. 아니, 오히려 말끔히 정리되어 있어 쾌적하기까지 합니다.

"저쪽으로 가 앉여요."

한동안 어리둥절하게 서 있는 우리를 향해 아저씨가 입구에서 조금 떨어진 곳을 가리킵니다. 바닥이 온통 푹신한 볏짚으로 깔려 있고 그 위에 돗자리가 깔려 있는 것으로 보아 아마도 침실용으로 쓰는 공간인 듯합니다. 도대체 이 깊은 산중에 어디서 볏짚과 돗자리를 구해다가 깔아 놓았던 것인지 모르겠습니다.

"한데. 저건 뭐나? 그때 그 큰 기와집 이불이 아니나?"

한동안 주위를 두리번거리던 내가 섬뜩한 생각이 들어 다시 용안이를 향해 묻습니다. 금방 빨래를 해서 꾸며 놓은 듯 말끔한 이부자리는 바로 큰 기와집 큰아들 장가들 때 새색시가 가지고 온 신행 이불입니다. 아들이 죽자 그 이불을 마당가로 들고 나와 흐느끼던 큰 기와집 할머니의 얼굴이 마치 어제처럼 눈에 선합니다.

"맞다! 지금껏 보자기에 싸서 헛간에 뒀다가 들고 왔다. 아무리 여름이라도 이곳은 많이 춥다."

용안이 다시 자랑스러운 듯 말합니다. 죽은 사람 쓰던 물건은 왜 집에 들이는 거냐고 타박하던 나에게 침묵으로 일관하더니 결국 이런 곳에 쓰려고 했던 모양입니다.

　"맙소사! 죽은 사람 이불을 여태 가지고 있었나? 닌 대체 무섭지도 않나?"

　"무섭긴 뭐가 무섭나? 쓸데없는 소리 말고 앉기나 해라!"

　"싫다! 안 앉는다!"

　"왜? 귀신 붙을까 봐 그러나?"

　"아니다. 그냥 앉기 싫다. 그만 나가자!"

　그러나 나는 용안의 물음에 대답 대신 고개만 내저으며 어서 밖으로 나가기만을 소원합니다. 죽은 사람이 쓰던 이불이 깔려 있는 것도 그러거니와, 혹시라도 병이 옮으면 어쩌나 그것이 더 걱정되기 때문입니다.

　"니는 미처 앉지도 않았는데 우째 가잔 말부터 그래 하나. 일단 앉아라!"

　용안이 급기야 버럭 화를 냅니다. 웬만해선 화를 내지 않던 용안이지만 나의 망설임은 참으로 봐주기가 힘이 드나 봅니다. 용안이의 성화에 마지못해 자리에 앉습니다.

　"그래요. 어서 이거 먹어요."

　우리에게 자리를 안내하곤 한동안 부스럭거리며 동굴 바위틈을 뒤지던 아저씨가 드디어 작은 바구니 하나를 내밉니다. 바구니 안에서 알록달록 예쁜 은종이에 싼 무엇인가가 들어 있습니다.

　"와! 초콜레토다!"

　순간, 용안의 눈이 동그래지며 입 안 가득 고인 침을 삼키며 환호성을 내지릅니다.

"뭐나? 뭐길래 그래 호들갑이나?"

"뭐긴 뭐나 초코레토다! 달콤 쌉쌀하니 맛있다!"

"초코레토?"

"그래! 아저씨가 미국에서 가지고 온 미국 과자다!"

용안이가 아저씨에게 다가가 찌그러진 양푼에서 잽싸게 은종이에 싼 미국 과자를 집어들며 소리칩니다. 그러나 나는 여전히 내키지 않습니다. 볼품없이 찌그러진 양푼도 그렇거니와 예쁜 포장지와는 달리, 마치 염소 똥처럼 까맣고 동글동글한 모양의 과자가 영 께름칙합니다.

"싫다! 안 먹는다."

"왜? 꼴은 이래도 맛은 기가 막히다! 먹어 봐라!"

그러나 용안이는 조금도 불결하지 않은 모양입니다. 까맣고 동글동글한 그것을 쏘옥, 나의 입 속으로 넣으며 연신 히쭉거립니다. 용안의 모습을 물끄러미 바라보던 아저씨가 비로소 얼굴 가득 미소를 짓습니다.

"한데 아저씬 도대체 우리나라에 왜 왔어유? 저 아저씨들과는 도대체 어떤 사이래유? 문둥병은 옮긴다던데 겁나지 않나유? 문둥병은 저 사람들에게서 옮았나유?"

갑갑증에 미처 대답할 틈도 주지 않고 묻습니다. 그러나 아저씬 대답 대신 희미하게 미소를 지으며 나를 내려다봅니다.

"아이고, 야! 좀 천천히 말하고 우선 동고사 제물부터 물어봐야 하지 않겠나."

용안이 못 참겠다는 듯 말하며 손가락으로 나의 옆구리를 꾹 찌릅니다.

"안다. 하지만 아니다. 아저씨들이 한 짓이 아니다."

"니가 그걸 우뚱게 아는데?"

"그 어디에도 흔적이 없다. 잘못 짚었다."

나의 말에 용안이 비로소 동굴 주위를 한 바퀴 휘이, 둘러봅니다. 어둡고 습한 동굴 구석구석엔 각종 풀뿌리와 나물과 열매들이 있을 뿐 어디에도 동고사 제물의 흔적을 발견할 수가 없습니다. 용안의 얼굴이 비로소 환해집니다.

"동–고–사? 어제 말한 그 우상숭배말입니꺼? 나무한테 기도하는?"

동고사란 말에 키 큰 아저씨가 의미심장한 눈빛으로 묻습니다. 비록 말은 어눌하고 서투르지만 말을 알아듣고 이해하는 데는 아무런 문제가 없는 듯 보입니다.

"아, 아니래유. 뭘 잘못 생각한 거 같애유! 그것보다 이 책, 이 책에 써 있는 영어는 뭐래유? 비, 아이, 비……. 비블레?"

성급하게 말을 돌립니다. 가뜩이나 힘들어 보이는 키 큰 아저씨께 공연한 걱정을 끼치고 싶지 않은 마음에서입니다. 나의 말에 용안이 눈을 동그랗게 뜨고는 쳐다봅니다. 나의 순발력도 순발력이지만 알파벳으로 발음을 조합해 낼 줄 아는 능력에 감격이라도 한 모양입니다.

"뭔 책이긴 뭔 책이나 펼쳐봐라! 진짜 재미있는 책이다!"

"재미있는 책? 니가 그걸 우뚱게 아나?"

"어제 와서 배웠다. 영어 말도 배우고 또 노래도 배우고, 하나님이 세상을 만드시고 창조하싰다. 뭐 대충 그런 글이 씌어 있다고 하드라."

"하나님이 천지를 창조하시다니. 대체 무슨 말이냐?"

"무슨 말이긴. 말 그대로 하나님께서 해와 달을 만드시고 온갖 짐승과 사람도 다 만드셨단 말이지. 한번 읽어봐라!"

"하느님이면 혹시 저 하늘 말이냐?"

용안이 말에 동굴 밖 우거진 나무숲 사이로 빠끔히 열려 있는 하늘을 가리킵니다. 지금쯤 산 아래 동네에서는 한창 더위가 기승을 부리고 있을 테지만 서늘한 동굴의 체감 온도 때문인지 이곳에서 바라본 하늘은 마치 초가을처럼 서늘하게 보입니다. 도대체 하늘이 어떻게 해와 달을 만들었단 말인지 참으로 이해가 되지 않습니다.

"하늘이 아니고 하나님이시다. 세상에서 단 한 분밖에 안 계신 유일한 분이란 뜻이란다. 바로 그걸 가르치시기 위해 저 아저씬 위험도 무릅쓰고 우리나라에 오셨단다."

용안이 연신 아저씨를 힐끔거리며 신나서 잘난 체를 합니다.

"맞아요. 해와 달뿐 아니라 이 세상 만물은 모두 그분께서 말씀으로 지으셨어요. 사람이나 동물까지도……."

한동안 잠잠히 지켜보시던 아저씨가 드디어 어눌한 발음으로 말을 합니다.

"말씀으로유? 우똫게 말로 세상을 만든단 말이래유? 단군 할아버지가 나라를 만들었단 말은 들어봤어도 하나님이 해와 달이나 사람을 말로 만들었단 말은 처음 듣는대유?"

그러나 나는 여전히 이해할 수가 없습니다. 해서 따지듯이 묻습니다. 어떻게 손이 아닌 말로 세상을 만들었단 건지 도무지 모르겠습니다.

"야! 니는 뭐 그래 꼬치꼬치 묻나? 누가 만들어도 만든 사람이 있으니 세상이 있는 거 아니나. 그것보담 아저씨 저희들 또 영어 말 가르쳐 주세유! 프리즈 텔미 잉글리쉬 스피킹 유! 야?"

용안이 성급히 나의 말을 가로막으며 아저씨에게 떼를 씁니다.

그러나 나는 용안이를 밀치곤 허겁지겁 동굴을 나와 쏜살같이 산길을 내려옵니다. 더 이상 머물렀다간 무슨 일을 당할지 모른단 불안감이 몰려와 도무지 가만히 있을 수가 없습니다.

"왜 이렇게 늦었나? 아이구! 꼴이 그기 뭐나?"

허겁지겁 산을 내려와 사립문을 들어서자 엄마가 휘둥그레진 눈으로 이리저리 나를 살피며 묻습니다. 옷 이곳저곳에 흙이 묻어 있는 것은 물론, 나뭇가지에 걸려 찢어진 원피스를 이상히 여긴 까닭입니다.

"셋째 시간에 선생님과 학교 뒷산에서 토끼풀 뜯었어. 어미 토끼가 새끼를 세 마리나 낳는걸!"

엄마의 물음에 천연덕스럽게 대꾸합니다. 쉬는 시간에 학교 뒷산에서 선생님과 함께 토끼풀을 뜯은 것도 사실이고, 아직 어린 줄만 알았던 토끼가 세끼를 세 마리나 낳은 것도 사실이지만 찢어진 원피스나 옷에 묻은 흙은 분명 좀 전 동굴을 다녀오는 길에서 발생한 일입니다. 어째서 아무렇지도 않게 둘러대는 것인지 스스로 생각해도 어이가 없습니다.

"대체 몸도 성치 않은 아를……."

나의 말에 엄마가 원망스러운 듯 투덜거립니다. 당장이라도 학교로 달려갈 기세입니다. 순간 나는 몸 둘 곳을 모르겠습니다.

"뭘 가지고 그렇게 아를 닦달하신데유? 남표는 어디 갔어유?"

잔뜩 화가 난 얼굴로 말하는 엄마의 등 너머로 수열이 아버지가 쑤욱, 고개를 내밀며 묻습니다. 읍내 장에라도 다녀오는 길인지 까아만 바지와 셔츠차림에 중절모자까지 쓰고 있습니다.

"글쎄유! 모르겠는데유. 좀 전까지 계셨는데 어디 갔는지. 한데 무슨 일루 그러신데유?"

좀 전까지만 해도 굳었던 엄마의 얼굴이 금방 환해집니다. 아니, 배시시 웃기까지 합니다. 어른들의 얼굴은 때와 장소에 따라 참으로 쉽게도 바뀝니다.

"아무래두 봉팔이가 사람 노릇 하긴 그른 것 같은데……."

"갑자기 왜유? 좀 차도가 있다고 했잖었어유?"

"그러니께 말이래유. 지금 병문안 갔다가 오는 길인데, 화독이 너무 심해서 장례식 준비하란 소리까장 하드라네유."

"야? 그기 사실이래유?"

"야! 아무래도 그때 일루 부정을 탄 것 같어유!"

"부정을 타다니유?"

"아, 그 왜 있잖어유! 동고사 잡수던 날……, 아무래두 동신님이 노하신 것 같단 말이지유!"

"아, 글쎄, 그 일과 봉팔이가 무신 상관이여! 공연히 사람 잡지 말라구!"

그때 골방 문이 삐쭉이 열리며 아버지가 참견을 합니다. 까만 뿔 테안경을 코 위에 걸치곤 뚫어져라 수열이 아저씨를 바라보는 눈길엔 피로감이 가득 묻어 있습니다. 그 좋은 방 다 두고 아버진 어째서 골방에서만 독서를 하시는 건지 모르겠습니다.

"왜 상관이 없어. 정성을 쏟아야 할 제물에 손을 댔는데, 어느

놈의 소행인지 잡히기만 해봐라!"

험악해진 얼굴로 급히 주머니에서 궐련을 빼 뭅니다.

"글쎄, 진정 좀 하라니까. 분명 배고픈 짐승이나 사람의 소행일 텐데. 헐벗고 굶주린 사람 구제했다고 생각하고 넘어가. 먹지 못하는 신에게 받치는 것보다는 그래도 헐벗고 굶주린 이들에게 주는 것이 낫잖은가."

"아, 구제는 무신, 멀쩡하던 사람 죽어 나가게 생겼는데……."

갑갑하다는 듯 손끝까지 타들어간 궐련을 꺼내어 발끝으로 문지르며 수열 아버지가 중얼거립니다.

"아이구! 왜들 여기서 기신데유! 봉팔이 형님이 결국 운명했다네유! 지금 장례준비 관계루 모두들 마을회관으로 몰려 갔어유."

"뭐여? 그렇게 허무하게 가는 경우두 있남?"

"아휴, 성님두! 사람 가는데 무신 경우가 있어유! 저승사자가 와서 채가면 그 뿐이지유. 아무튼 진 먼저 갈 테니 뒤따라들 오셔유!"

"내 그럴 줄 알았어! 분명 동신님이 노하신 거여. 암!"

말을 하곤 대문을 나가는 무열이 삼촌을 멍한 눈길로 바라보던 수열이 아버지가 자꾸만 되뇌며 쌩, 하니 무열이 삼촌 뒤를 따라 대문간을 나갑니다.

"부정은 무슨, 다 부주의한 탓이지. 쯧쯧."

수열 아버지가 나가자 아버지 또한 혀를 끌끌, 차며 따라갑니다. 똑같은 상황을 놓고 어찌 그리 생각이 다른 것인지 나 또한 도무지 이해할 수가 없습니다.

"둘째 언니 건넛방에 있다! 얼릉 가서 씻고 밥 먹어라. 나도 가봐야겠다!"

무열이 삼촌이 나가고 얼마 후 다시 수열 아버지와 아버지가 나가자 엄마가 급히 머리 위에 쓴 수건을 벗어 툭툭, 옷에 묻은 먼지를 털며 뒤따라갑니다. 아마도 큰 기와집 삼촌이 죽은 후 마을을 찾아온 불행 중 가장 큰 불행인 것 같습니다.

　마을은 온통 슬픔으로 가득합니다. 삼순 언니 아버지라면 우선 얼굴부터 찡그리던 순선 엄마도 수열이 엄마도 오늘만큼은 슬픈 모양입니다. "쯧쯧! 아까운 나이에 불쌍해서 우쭐게 한대." 하면서 우물곁에 앉아 쌀을 씻습니다. 기순이 할머니도 슬프기는 마찬가지인 모양입니다. 청마루 끝에 앉아 꼬질꼬질한 손수건으로 눈물을 훔치며 연신 곰방대를 빨아댑니다. 평소 삼순 언니 아버지에 대한 기순이 할머니의 사랑이 남달랐으니 그 슬픔 또한 남다른 것일 테지요. 아니, 어쩌면 저승사자가 자신도 잡아갈까 봐 두려워서 흘리는 눈물지도 모릅니다. 두려워서 기순이 할머니는 "아이구! 늙으면 죽어야지." 하면서도 연신 먹어대는 것이고, 큰 기와집 할아버지는 "하나밖에 없는 아들 보내고 내가 어찌 살까." 하면서도 악착같이 보약을 챙겨 먹는 것일 테지요. 도무지 어디로 가는 것인지 알지도 못하면서 왜 두려워하는 것인지, 그러면서 왜 늘 입버릇처럼 죽는다는 것인지 참으로 겉 다르고 속 다른 어른들의 말은 이해할 수가 없습니다.

　"니 왜 인제 오나. 벌써 떡두 하고 부침개도 굽고 돼지고기도 삶고 했다. 얼른 과방으로 가 봐라!"

　초상집 대문 안으로 들어서자 한 손에는 부침개를 한 손에는 허연 돼지비계가 달린 돼지고기를 들곤 입이 비집도록 집어넣던 수열이 반가운 기색을 보이며 나를 맞습니다.

"그래 됐다! 한데 닌 작작 좀 먹어라! 체한다!"

그러나 나는 그런 수열이를 향해 우선 핀잔부터 내뱉습니다. 아무리 왕성한 소화력을 가진 수열이지만 때와 장소를 가리지 않고 식탐을 부리는 수열이를 보니 혐오스러워진 까닭입니다. 그러나 수열인 나의 말 따윈 안중에도 없는 듯합니다. 쩝쩝거리던 돼지고기를 꿀꺽 삼키고는 또다시 부침개를 쑤셔 넣습니다.

"한데 우째 삼식이와 삼택이는 안 보이나?"

꼬질꼬질한 수건으로 눈물을 훔치던 기순이 할머니가 갑자기 생각이라도 난 듯 차려놓은 제상을 바라보며 묻습니다.

"글쎄유. 꼼짝 말고 서서 곡성을 내라고 했는데 대체 어딜 갔는지 모르겠네유."

"그럼 얼른 찾아 와야제. 장사 집에 곡성을 끊으면 우뚱게 하나."

"그러게 말이래유. 한데, 삼순이 색씬 도대체 우뚱게 된 거래유? 부잣집으로 식모살이 갔다더니 언간이 고생이 되는 모양이지유? 못난 부모 만나 고생고생한다더니만. 쯧쯧……."

"그러게 말이지. 처자식 하나 제대로 보살피지 못하고 우째 시상을 그렇게 살다 갔을꼬."

수열이 엄마의 말에 기순이 할머니가 또다시 혀를 끌끌 찹니다. 생각하면 할수록 억장이 무너지는 모양입니다.

"그나저나 삼식이 삼택이는 어딜 가서 찾는데. 곡성을 끊으면 안 될 건데."

"할 수 없지. 삼순이 올 때까지 내라도 해야제. 아이고! 아이고……."

말이 끝나기가 무섭게 기순이 할머니가 제상 앞으로 다가가 아이고, 아이고를 합니다. 느닷없는 기순이 할머니의 행동에 모두들 눈을 동그랗게 눈을 뜹니다.

"우뚱하나. 누가 좀 말리 봐라! 노인네가 도대체 무신 일이나?"

"그만둬라! 아들처럼 챙기던 삼순 아버지가 갔으이 맘이 왜 안 슬프겠나. 조금 하시다가 말겠제."

"그래! 우린 어서 일들이나 하자! 좀 있음 손님들 몰려올 테이 서둘러라!"

수열이 엄마의 말에 울 엄마가 맞장구를 칩니다. 벌겋게 달아오른 얼굴 가득 흘러내리는 땀방울을 연신 행주치마에 닦아내는 엄마의 얼굴은 마치 큰 기와집 논두렁에 걸쳐 있는 저녁 햇살만 같습니다. 가만히 앉아서도 훅훅, 숨이 막히는 더위에 불 앞에 앉아 있으니 오죽할까요.

"야! 저리 가! 여기 너 같은 놈들이 설쳐댈 자리가 아니여! 좌우지간 소문은 기가 막히게 잘 듣고 찾아온다니까."

그때 무열이 삼촌이 허옇고 징그러운 돼지 다리를 치켜들고는 과방으로 향하다가 소리칩니다. 바로 비렁뱅이 밥치 때문입니다. 동네 경조사는 물론, 크고 작은 마을 행사에는 어김없이 얼굴을 들이미는 자입니다. 아직 한나절도 채 지나지 않았건만 도대체 어디서 소문을 듣고 찾아온 것인지 참으로 알 수가 없습니다. 여전히 까만 수건을 뒤집어쓰고 있습니다. 추울 때는 바람막이로, 더울 때는 땀수건으로 사용하는 까만 수건은 종종 먹다 남은 음식을 싸는 보자기로도 사용되곤 합니다. 까맣고 더러운 수건에 음식을 둘둘 말아 허리에 질끈 동여 메고선, "작년에 왔던 각설이 어쩌구!" 하면서 한바탕 춤을 추어대곤 합니다. 먹을 것을 준 데 대한 나름대로의 감사의 표현인 모양입니다. 비록 비렁뱅이지만 예만큼은 확실하게 차리는 사람으로, 대문간 옆에 쪼그리고 앉아 연신 오고 가는 사람들에게 손을 내밀면서도 지천으로 널려있는 음식에는 결코 손을 대는 법이 없습니다.

"그러게 말이여! 가뜩이나 심란한⋯⋯?"

무열이 삼촌 말에 눈살을 찌푸리며 맞장구를 치던 수열이 아버지가 갑자기 말을 멈추곤 거렁뱅이 얼굴을 유심히 쏘아봅니다.

"갑자기 왜 그러신대유?"

과방으로 들어가 어느새 커다란 식칼로 돼지 다리를 베던 무열이 삼촌이 수열이 아버지를 향해 의아한 눈길로 묻습니다. 수열이 아버지의 심상찮은 눈빛이 아무래도 무슨 일인가를 벌일 것만 같습니다.

"저놈 말이여! 혹시 저놈 짓이 아닌가 해서 말이여!"

"저놈 짓이라니유?"

"아, 동고사 제물에 손댄 그놈 말이여!"

"에이! 우리가 저 놈을 한두 해 겪었남유. 꼴은 저래도 경우 하나만큼은 있는 놈이래유."

수열이 아버지의 말에 무열이 삼촌이 터무니없다는 듯 절레절레 고개를 흔듭니다.

"그럼 도대체 어느 놈이란 말이여?"

순간 수열이 아버지가 소리를 버럭 지릅니다. 마치 강 건너 불구경하듯 하는 무열이 삼촌의 말이 몹시도 불쾌한 모양입니다.

"그건 모르지유. 알아도 할 수 없구유. 눈 깜빡할 사이에 없어진 걸 우뚱게 알겠어유!"

"그래! 이제 그 일은 그만 잊어버려. 안다고 한들 이제 와서 어쩔 수도 없고."

수열이 아버지의 흥분한 얼굴을 연신 힐끔거리며 아버지가 끼어듭니다. 공연한 일에 마음 쓰는 수열이 아버지는 어린 내가 보기에도 퍽이나 안타깝습니다.

"왜? 뭣 땜에 그리여? 일들은 않고……?"

그때 두희 아버지가 큰 두레상을 들고 과방으로 들어오며 묻습니다. 그러나 말을 하면서도 관심은 온통 대문간에 있는 듯합니다. 연신 대문간을 힐끔거립니다.

"아, 상 엎지르려고 뭣에 그렇게 정신을 놓는데유?"

두희 아버지의 수상쩍은 행동에 무열이 삼촌이 소리를 지릅니다.

"저기 저 사람 말이여! 좀 수상쩍지 않어?"

두희 아버지의 말에 모두들 대문간을 바라봅니다. 한여름 따가운 햇살에도 불구하고 긴팔 셔츠에 하얀 수건을 눌러쓰고 있는 모습은 내가 보기에도 무척이나 수상쩍습니다.

"글쎄유! 문상 온 사람 같은데 아닌가유?"

두희 아버지 말에 무열이 삼촌이 돼지고기 한 조각을 크게 떼어 입속으로 넣으며 중얼거립니다.

"문상 온 사람 꼬라지가 왜 저렇대. 이 더위에 긴팔을 입은 것도 그렇고, 수건을 뒤집어쓴 것도 그렇고 말이여!"

"엉?"

두희 아버지의 말에 잠시 누그러졌던 수열이 아버지의 눈빛이 다시 날카롭게 빛이 납니다. 뭔가 낌새만 보이면 일단 의심부터 생기는 모양입니다.

"아이, 아저씨들 또 왜 그러신데유. 무슨 일을 하든 우선 장례부터 치르고 보자구유. 여! 덕삼이 자넨 얼른 상부터 차리게 일하다가 달려와서 어지간히 시장할 거여!"

"장례 끝나면 이미 가고 없을 텐데 무슨 말이여!"

손님상을 차리기 위해 부침개를 썰어 접시에 담던 수열이 아버지가 다시 역정을 냅니다.

"아니, 저건 문데이가 아니여! 요즘 좀 조용하다 싶더니 어디서 또 나타났대!"

서슬이 퍼렇던 수열이 아버지가 갑자기 얼굴을 찡그립니다. 문둥이란 말에 나의 가슴 또한 두근거립니다. 자라 보고 놀란 가슴 솥뚜껑 보고도 놀란다더니 바로 이를 두고 하는 말인가 봅니다.

"니 뭘 그렇게 넋을 놓고 보고 있나?"

어느새 다가왔는지 용안이가 나의 어깨를 치며 묻습니다.

"저기 저 사람 말이다. 문데이란다."

"문데이?"

나의 손가락 끝을 대수롭지 않은 듯 바라보던 용안이 갑자기 목소리를 높입니다. 용안이 또한 문둥이란 말에 몹시도 놀란 모양입니다.

"그래! 제물을 훔쳐간 범인으로 의심하는 눈치다. 괜찮겠나?"

"뭐가?"

"뭐긴 혹시나 동굴에 숨어 있는 아저씨들 중 한 사람이 아닌가 싶어서 그러지. 니 보기엔 어떻나?"

"글쎄, 잘 모르겠는데……. 하지만 동굴 아저씨들은 그런 일 한

적이 없다고 했다. 말했잖나."

그러나 용안인 나의 불안이 선뜻 이해가 되지 않는 모양입니다. 나의 근심 가득한 물음에 눈을 동그랗게 뜨곤 묻습니다.

"사람만 보면 의심부터 하는 아저씨들이다. 괜찮겠냐는 말이다."

그러나 나는 여전히 걱정이 됩니다. 용안의 말대로 비록 동굴 아저씨들이 한 짓이 아닐지 모르지만, 누구든 틈만 보이면 우선 의심부터 하는 아저씨들입니다. 무슨 일을 벌일지 도무지 알 수가 없습니다. 대체 이곳엔 왜 나타나 사람을 난처하게 하는 것인지 알 수 없습니다.

"뭐여! 증말 그 일이 저놈이 한 짓이 아니란 말이여?"

그때 다시 수열이 아부지의 성난 목소리가 대문간으로부터 쩌렁쩌렁 울립니다. 그러나 수열 아버지의 성난 목소리에 비해 대문간 아저씨의 목소리는 너무 작아 쉽게 들을 수가 없습니다. 잔뜩 주눅이 든 얼굴로 대문간 상자 옆에 쭈그리고 앉아 연신 무어라 말하며 고개를 사정없이 가로젓습니다. 예상했던 대로 결국 일이 쉽게 넘어가지는 않은 듯합니다.

"아, 이 사람, 진정 좀 하게. 아까도 얘기했지만 우선 장례부터 치르고 나서 다시 얘기함세. 봉팔이 이 사람 저승길에 방해되는구먼."

"그려유! 남표 성님 말대로 우선 장례나 치르고 보자구유! "

아버지 말에 두희 아버지 또한 맞장구를 칩니다. 두희 아버지의 손에는 굵고 긴 새끼줄이 들려져 있습니다.

"한데 아저씨 손에 든 건 뭐래유? 설마 기둥에 묶어두려는 건 아닐 테지유?"

두희 아버지의 얼굴을 유심히 살피며 무열이 삼촌이 묻습니다. 나 또한 두희 아버지가 손에 들고 있는 새끼줄이 몹시도 궁금합니다.

"왜 아니겠나. 장례식 끝나고 일을 해결하려면 어쩔 수 없질 않겠나."

두희 아버지가 어느새 새끼줄 끝자락을 쥐고 달려들어 수건 쓴 아저씨를 기둥으로 끌고 가 새끼줄로 칭칭 묶습니다.

"그래! 죄가 없으믄 장례식 끝나는 대로 곧 풀어줄 테니 걱정 말그라. 자네는 어서 가서 먹을 것 좀 많이 챙겨 오고⋯⋯."

두희 아버지의 행동에 수열이 아버지가 비로소 속이 풀리는 모양입니다. 무열이 삼촌을 행해 넌지시 눈짓을 보내며 말합니다.

"아무래도 안 되겠다. 일단 이 일을 동굴 아저씨들에게 알리 줘야 할 것 같다. 어쨌든지 저 아저씨는 살리 놓고 봐야 하지 않겠나."

동네 아저씨들 말에 용안이 비로소 현실을 직시한 듯 쏜살같이 달아납니다. 대체 일을 아저씨들에게 알려서 뭘 어쩌겠단 것인지, 공연히 경솔한 행동으로 죄 없는 아저씨들까지 난처해지는 건 아닌지 걱정이 됩니다.

"니 거서 뭐하나 이리 와서 부침개 먹어라. 니 어머이가 니하고 먹으라고 줬다."

어느새 다가왔는지 수열이 양손 가득 부침개를 들고 와 내게 내밉니다. 감자껍질을 벗겨 강판에 곱게 갈아 애호박과 풋고추 썰어 넣어 구운 감자 부침개입니다. 그러나 나는 고소한 들기름에 노릇노릇 갓 구워낸 감자부침임에도 불구하고 도무지 구미가 당기지 않습니다. 대체 무얼 어쩌겠다고 배나무골로 달려간 것인지는 알 수 없지만 오고 가고 족히 두어 시간은 걸릴 듯한 산길을 어쩌려고 겁도 없이 나서는 것인지 야속한 생각까지 듭니다.

하얀 국화 송이가 소복이 쌓이는 툇마루엔 도란도란 모여 앉은 아줌마들로 가득합니다. 바로 내일 장례식에 쓸 국화꽃을 만들기 위해 모여든 아줌마들입니다. 떠들며 웃으며 하얀 습자지를 가위로 오리고 가는 철사로 묶어서 만든 국화꽃으로 상여를 장식하는 모습들은 금방이라도 무슨 좋은 일이 일어날 것만 같습니다. 슬프고 애통한 장례식에 웬 꽃가마인지 참으로 모르겠습니다.

그러나 마치 축제전야와도 같이 들뜨고 화기애애하던 자리도 차츰 시간이 지남에 따라 하품 소리로 바뀝니다. 몰려든 문상객들을 접대하느라 바쁜 한낮을 보내고 모두들 잠든 후에야 겨우 시작하는 일이라 몹시도 고단했던 까닭이지요.

사람들의 눈을 피해 어둡고 습한 초상집 담벼락에 몸을 기대고 앉은 나와 용안이 또한 졸리기는 마찬가지입니다. 아니, 용안인 도저히 참아내기가 힘이 들었던 모양입니다. 어느새 담벼락에 몸을 기대곤 새근새근 잠에 빠져 있습니다. 대문간 아저씨를 구하기 위해 동굴을 오르내렸으니 피곤하기도 하겠지요. 그러나 나는 졸기는커녕 시간이 갈수록 긴장감으로 더욱 등줄기가 축축해져선 연신 골목을 힐끔거립니다. 바로 대문간 기둥에 새끼줄로 칭칭 동여맨 채 쪼그리고 앉아서 잠이 든 아저씨를 구해야 하기 때문입니다. 아저씨를 구하겠다고 그 험한 산길을 다녀온 용안이도 용안이지만 자칫 이 일로 큰 위험에 빠질 수도 있는 상황에서 선뜩 대문간 아저씨를 돕겠다고 나선 아저씨들도 참으로 대단합니다. 어떻게든 아저씨들에게 피해가 가지 않도록 해야 하니 한가하게 잠에 빠져 있을 시간적 여유가 없습니다. 아니, 어쩌면 용안이가 배나무 골을 다녀오는 동안 잠깐 눈을 붙인 까닭인지도 모릅니다. 혹시라도 동네 아저씨들에게 해를 당하지나 않을까 노심초사 대문간 옆에서 아저씨를 지키다가 나도 모르게 스르르 잠이 들어 버린 것입니다.

"그분이 있는 곳이 어디 있지요?"

한동안 초조한 마음으로 골목을 힐끔거릴 때였습니다. 텁텁하고 시큼한 땀 냄새와 함께 누군가 나의 어깨를 어루만지며 속삭입니다. 바로 키가 큰 동굴 아저씨입니다.

"야! 일어나 아저씨 오셨어!"

순간 나는 아저씨 물음에 대답할 여유도 없이 용안이부터 흔들어 깨웁니다. 남의 눈에 띄지 않게 대문간 아저씨를 데리고 가려면 서둘러야 할 것 같기 때문입니다. 다행히 나의 작은 소리에도 용안은 금방 잠을 털고 일어납니다. 일어나 잠깐 기다리고 있으라는 말과 함께 대문 안으로 쏘옥 들어갑니다. 나 또한 미리 준비한 허수아비를 들고 살금살금 기어서 용안이를 따라 열린 대문 안으로 들어섭니다. 아저씨를 데리고 동굴까지 도착할 동안 사람들의 눈을 속일 작정이지요. 다행히 청마루에 앉아 국화꽃을 만드느라 분주한 아줌마들 말고는 모두들 곤히 잠이 들어 있어 일이 조금은 순조로울 것 같습니다.

"서둘러!"

새끼줄이 묶인 대문간 기둥에 후레쉬 불을 비추며 용안이를 향해 재촉합니다. 그러나 단단히 묶인 매듭을 맨손으로 풀기는 쉽지 않을 듯합니다.

"야! 저걸로 우선 아저씨와 기둥 사이에 묶인 새끼줄부터 잘라!"

손으로 후레쉬 불을 감싸 쥐곤 사방을 두리번거리다가 헛간 시렁에 걸린 낫 하나를 발견하고 용안이를 향해 다급하게 속삭입니

다. 잠시 주춤하던 용안이 헛간시렁에서 낫을 꺼내어 들곤 쓱싹쓱
싹 반복해서 묶인 새끼줄을 자릅니다.

"뭐, 뭐냐······?"

"쉿! 낮에 얘기했잖아유. 아저씨를 구해줄 거라구유. 벌써 잊어
버린 거래유?"

쿨쿨 코까지 골며 단잠에 빠졌던 헛간아저씨가 놀라 소리치자,
용안이 다급하게 문둥이 아저씨를 향해 속삭입니다. 용안이 말에
비로소 사태를 파악한 아저씨가 알았다는 듯 고개를 끄떡입니다.
희미한 불빛 아래서도 그 흉측한 몰골은 고개가 돌려집니다. 도대
체 이토록 병든 아저씨를 어쩌자고 이리도 야박하게 한 것인지 야
속하기만 합니다.

"아이구! 아직 접어야 할 꽃이 산더미 같은데 벌써 이렇게들 졸
면 우뚱게 하나. 아무래도 안 되겠다. 진 씨댁아! 니 노래 한번 불
러봐라!"

그때 순선 엄마의 불필요하게 큰 목소리가 또다시 밤공기를 가르
며 들려옵니다.

"아이고! 초상집에서 무슨 노래는 노래냐."

순선 엄마의 말에 수열 엄마가 퉁명스럽게 핀잔을 줍니다. 그도
그럴 것이 하루아침에 당한 사고로 온 동네가 슬픔으로 가득한
때 무슨 노래를 부르라는 건지 나 또한 어리둥절합니다.

"그래! 그건 좀 그렇다. 노래 말고 다른 건 안 되나?"

"다른 거? 아이고 니가 노래 말고 할 줄 아는 게 뭐 있나."

진 씨댁의 말에 순선엄마가 또다시 빈정댑니다.

"잘하는 게 왜 없나. 음식 솜씨 좋지, 말씨 얌전하지. 여 누가 그

만한 사람이 있나."

그때 다시 수열 엄마가 순선 엄마를 향해 왕방울만 한 눈알을 굴리며 핀잔을 줍니다. 자신보다 무려 다섯 살이나 많은 진 씨댁을 마치 동생 나무라 하듯 하는 순선이 엄마가 몹시도 눈에 거슬렸던 모양입니다.

"아따 형님 우째 그 말은 나 들으라고 하는 소리 같네유."

"그래! 그러니 사람 함부로 얕잡아 보지 말란 말이다! 똥 묻은 개가 겨 묻은 개 나무란다더니 닌 뭐가 그래 잘 났나?"

순선 엄마의 말에 힐끔 진 씨댁을 바라보던 수열 엄마가 또다시 핀잔을 줍니다.

"아니고 형님 고맙지만 이제 그만 좀 하세유. 친구야가 웃자고 한 말이래유. 뭘 그런 걸 가지구 그러세유."

한동안의 침묵을 깨고 진 씨댁이 조심스럽게 끼어듭니다. 순선 엄마에게 그렇게 당하고도 끝까지 친구라고 두둔하는 진 씨댁의 마음은 참으로 알다가도 모르겠습니다.

"아이고 고생들 많다. 졸린데 이거라도 마셔가며 해라! 모두들 몸살 나겠다."

그때 희미한 등불 아래로 쪽진 머리를 불쑥 들이밀고는 엄마가 커다란 주전자에서 감주를 따라 한 사발씩 돌리며 말합니다.

"아아, 맛있다! 한데 우째 이래 달고 시원하나? 얼음물 같다."

"잠 달아나라고 지금껏 우물물에 담갔다가 꺼내 왔다. 어째 좀 시원하나?"

"아이구! 역시 기인 엄마밖에 없다! 맛있다!"

"맞다! 역시 기인 엄마가 최고다!"

"아이고, 민망하게 감주 한 사발에 뭐 그래 구름을 태우나. 그만 해라!"

수열이 엄마가 한 사발 쭉 들이키고는 칭찬하자 여기저기서 이 구동성으로 한마디씩 보탭니다. 과분한 칭찬에 다소 멋쩍어하면서도 어느새 엄마의 목소리가 한껏 고무된 것을 보니 엄마 또한 여느 사람과 다르지 않은 것 같습니다.

"한데 상복은 우째 됐나? 다 지었드나?"

"다 됐다! 벌써 시마이하고 이미 잠자리에 들었다."

"하긴 워낙 일손이 없어서 그렇지. 상옷이라고 몇 벌이나 되나."

"그러게 말이다. 아직 자석들도 하나 못 여의고 우째 이렇게 쓸 쓸하나."

"그러게 말이다. 친인척들도 하나 없는 모양이지?"

"청상과부의 유복자로 태어나서 살았으니 당연하지 않나. 그래서 그렇게 술로 세상을 살았던 것 같다. 외로워서 말이다."

"쯧쯧! 왜 안 그렇겠나. 한데 삼순인 대체 우째 된 일이나? 아직도 감감무소식이니 원……."

"그러게 말이다. 딸의 울음소리는 저승까지 따라간다는데 장사 지내는 집에 자슥들 곡소리가 없으니 쓸쓸하긴 그만이다."

"그래 말이다. 뭔 아들이 지 아부지가 죽었는데 곡소리 한번을 안 내고 그래 돌아댕기나 모르겠다."

"그러게 말이다. 만날 천날 술만 먹고 술주정만 했으이 아들만 나무랄 수는 없다. 그러니 우똫게 하나. 친인척 하나 없으이……."

"그래 말이다. 내일부턴 우리라도 돌아가며 곡을 해야 하지 않겠나? 구십 다 되어가는 노인네도 저래 나서는데 말이다."

"맞다! 이웃사촌이란 말도 있는데 피할 수만은 없제. 한데, 대문
간에 묶여 있던 사람은 자나 모리겠다. 감주 한 사발 주고 싶은데
괜찮겠제?"

대문간 사람이란 말에 희미한 불빛 아래서 낫으로 새끼줄을 반
복해서 문지르던 용안이의 눈과 나의 눈이 동시에 어둠 속에서 마
주칩니다.

"쉿! 잠시 중단하는 게 좋지 않겠나?"

서둘러 후레쉬 불을 끄며 속삭입니다. 그러나 용안인 나의 불안
한 마음은 아랑곳없이 어둠 속에서 쓱싹쓱싹 새끼줄에 낫을 문지
릅니다. 그런 용안일 지켜 보고 있노라니 바짝바짝 타들어 가는
심장으로 금방이라도 숨이 멈출 것만 같습니다. 도대체 몸이라도
다치면 어쩌려고 그러는지 모르겠습니다.

"됐어유! 자는 사람에게 감주는 무슨 감주래유! 낮에 기인 아부
지가 이것저것 연신 챙겨주던걸유!"

"그래? 하긴 시간이 벌써 이래 됐으니……."

순선 엄마의 말에 엄마가 중얼거리며 비로소 손에 든 주전자를
내려놓습니다. 참으로 다행입니다. 용안이 또한 안심한 것인지 어
둠 속에서 하얀 이빨을 드러냅니다.

"됐다! 얼른 모시고 가라! 나는 남아서 뒷마무리하고 갈 테이."

잠시 후 용안이 잘린 새끼줄을 높이 쳐들며 속삭입니다. 용안이
의 말에 다짜고짜 대문간 아저씨의 손을 잡아끌고 대문간을 나섭
니다. 담벼락 아래서 이제나 저제나 우리가 나오기를 기다리던 동
굴 아저씨가 내게서 대문간 아저씨의 손을 잽싸게 낚아채 어둠 속
으로 사라집니다.

"기인아! 일어나라! 보자!"

누군가 나를 부르는 소리에 설핏 잠에서 깨어납니다. 열린 문밖에 초조한 얼굴로 서 있는 용안이를 보자 나는 비로소 어젯밤 일이 떠오릅니다.

"어떻나? 어젯밤 동굴엔 무사히 도착했겠제?"

"응! 다행히 별 사고 없이 도착했드라! 방금 동굴에서 확인하고 오는 길이다."

"벌써?"

놀라 용안을 바라봅니다. 자정 무렵에야 겨우 헤어져 집으로 돌아갔는데 도대체 어느새 동굴까지 다녀왔단 것인지 용안이 부지런한 건 참으로 알아줘야겠습니다.

"그래! 그러이 너도 빨리 나와라! 초상집부터 가 보자!"

용안을 따라 대문을 나오자 삼순 언니네 집 쪽에서 또다시 곡소리가 들립니다.

"이미 해가 중천에 떠 있는데 이제야 아침상식을 드릴 리는 없고 웬 곡소리나?"

"아침상식?"

"그래! 아침저녁으로 상을 차려놓고 절하며 우는 제사 말이다. 삼 년 탈상하기까진 그런다 하드라!"

"왜 음식은 차리 놓고 우나?"

"그건 나도 잘 모른다. 아무튼 서둘러라!"

"알았다. 좀 기다려라! 나간다."

용안이를 따라 집을 나와 삼순 언니네 집으로 가는 길은 미처 마르지 않은 이슬로 발목이 축축이 젖어옵니다. 부역으로 마을길 정

비작업을 한 때가 엊그제 같았건만 벌써 웃자란 풀로 길이 뒤덮여 있는 까닭입니다.

한 달에 한 번 낫과 곡괭이는 물론, 리어카와 지렛대까지 동원되는 부역은 우리 동네에선 비교적 큰 행사로 아저씨들과 아줌마들이 모두 함께 참여하여 풀도 깎고 무너진 마을길도 고치는 행사입니다. 모두들 한자리에 모여 떠들며 웃으며 함께 일을 하다 보면 서로 간의 정도 쌓이고, 더러는 불편했던 관계들이 회복되는 화합의 장이 되기도 합니다.

언덕길을 올라 신작로를 따라 한참을 걸어가니 희미하던 곡소리가 더욱 또렷이 들립니다.

"곡소리가 애간장을 녹이는 걸 보니 기순이 할머이는 아닌 것 같고……, 얼른 가 보자!"

논두렁길을 지나자 용안이 발걸음을 서두르며 소리칩니다. 용안이를 따라 급히 삼순 언니 집을 향해 줄행랑을 칩니다. 삼순 언니네 대문 안으로 들어서자 꽃상여가 보이고 각종 음식이 차려진 제상이 보입니다. 어젯밤 자정이 이슥하도록 동네 아줌마들이 만든 제물과 꽃상여입니다. 빨강, 파랑, 노랑의 물감을 들여서 꽃상여를 장식한 꽃은 마치 금방 꽃밭에서 따온 꽃 같습니다.

"상이 차려진 것을 보니 벌써 발인제사를 드릴 모양이다! 얼른 가 보자!"

빨강, 파랑, 노랑의 꽃상여 앞에 각종 음식이 차려진 상을 보자 용안이 또다시 소리치며 나의 손을 성급하게 잡아끕니다. 용안이 손에 이끌려 급히 대문 안으로 들어섭니다.

"아이구! 이제 그만해라! 우째 그래 섧게 우나. 지치겠다!"

활짝 열린 빈소 안으로 기순이 할머니의 목소리가 들리고, 연신 눈물을 훔치는 엄마의 모습이 보입니다.

"아니 저건 삼순 누나가 아니나?"

"삼순 언니?"

삼순이란 말에 반가워 나도 모르게 목소리가 높아집니다. 어제 밤 늦게까지 오지 않아 동네 사람들의 마음을 안타깝게 하더니 드디어 모습을 드러낸 모양입니다. 딸의 울음소리는 저승까지 따라간다더니 과연 구슬프기도 합니다. 나 또한 자꾸만 눈물이 납니다.

"그래! 이제 그만해라! 벌써 몇 시간째나."

기순이 할머니에 이어 엄마의 목소리가 들립니다. 모두 한결같이 슬픈 목소리입니다.

"그래! 우째 니 섧은 생각만 하나. 니 동생들 봐서라도 이제 정신 좀 채리라!"

"아이구구! 그래도 애비라고. 쯧쯧……."

엄마에 이어 수열이 엄마까지 나서자 기순이 할머니가 슬그머니 삼순이 언니를 안았던 팔을 풀고 물러나 앉으며 눈물을 훔칩니다. 아무리 살아생전 친자식 이상으로 챙기고 아끼던 봉팔이 아저씨 이지만 삼순 언니의 눈물을 보자 야속한 생각이 드는 모양입니다.

"그래? 증말 빼돌린 게 확실하단 말이나?"

그때 삼순이 언니의 울음 너머로 누군가 수군대는 소리가 들립니다. 바로 진 씨댁 아줌마와 순선 엄마입니다. 열린 문을 등지고 서서 수군대는 모양이 분명 어젯밤 빼돌린 아저씨를 두고 하는 얘기인 모양입니다. 순간 나와 용안의 눈이 대문간으로 향합니다. 그러고 보니 삼순 언니에게 정신이 팔려 생각 없이 대문간을 지나쳐 온 것입니다. 대문간 옆에는 아저씨 대신 눈가림용으로 묶어 놓았던 허수아비가 두 동강이 난 채 나뒹굴고 있습니다.

"그래! 그러지 않고는 이중삼중으로 묶어 놓은 새끼줄을 자를 순 없다."

"그나저나 일 났다! 이러다가 증말 살인나는 거 아닌지 모르겠다."

"살인?"

"그래! 니 누군가 우리 동네를 망치려고 일부러 꾸민 일이라고 노발대발하던 수열이 아부지 못 봤나. 등골이 다 오싹해지더라."

"그렇다고 그만 일에 살인까지 나겠나?"

"아이고! 이 여편네야. 멀쩡하던 사람이 죽어 나갔다. 이기 어디 예삿일이나? 엄연히 간접살인인기라. 간접살인!"

"에머나! 무신 그런 얘기가 있나!"

순선 엄마의 말에 진 씨댁이 놀라 한 걸음 뒤로 물러섭니다.

순간 용안이와 나의 눈이 동시에 마주칩니다. 탈 없이 동굴에 도착했다기에 겨우 안심을 했더니 참으로 쉽지 않습니다.

"어떻나. 괜찮겠나?"

"글쎄다. 아무래도 우리가 너무 경솔했든 거 같다. 이젠 더 이상 숨을 곳도 없다."

"그럼 우뚷게 하나? 가뜩이나 힘든 사람들에게 무슨 큰일이라도 생기믄?"

"그래 말이다. 아무리 한국 땅에 이런 일을 할라고 왔다지만 이건 좀 아닌 것 같다."

"이런 일?"

"그래! 저래 문둥이들을 도우며 사는 일 말이다."

"아니다! 분명 복음을 전할라고 이 땅에 왔다고 했다. 문둥이 아저씰 구할라고 온 기 아니다."

"복음? 그기 뭐나?"

"바로 예수님 사랑을 전하고 그 말씀, 곧 성경을 가르치는 일이다."

"예수님? 그기 누군데?"

"바로 천지를 창조하시고 우리를 만드신 하나님의 아들이란다! 우리의 죄 때문에 십자가에 못 박혀 피 흘리고 돌아가싰단다."

"죄? 대체 우리가 무슨 죄를 겼는데?"

용안이로부터 죄란 말을 듣자 나는 선뜻 이해가 되지 않습니다. 도대체 우리가 무슨 죄를 겼기에 예수님이 돌아가셨다는 것인지 도무지 이해할 수 없습니다.

"바로 우리 인간을 창조하신 하나님의 말씀을 믿지 않고 하나님과 똑같이 될라고 선악과를 따 먹었기 때문이란다."

"선악과? 하지만 우린 그런 거 따 먹은 적이 없잖나?"

"우리가 아니라, 우리들 조상인 하나님이 만드신 이브와 아담이 그랬단다. 그래서 하나님의 동산에서 쫓겨나 이 땅에서 우리를 낳았고, 우린 모두가 죄인의 자식이란다. 그래서 죄인이 된 거고."

"……?"

그러나 나는 용안이 통 무슨 말을 하는 것인지 선뜻 이해가 가질 않습니다. 하나님은 뭐고 선악과는 뭔지. 도대체 그런 건 왜 만들어 놓은 것인지 도대체 알 수가 없습니다. 해서 멍한 얼굴로 서서 한동안 용안이를 바라봅니다.

"아이구야! 니들 또 붙어 있나! 증말 웃긴다. 아나?"

그때 경숙이 아이를 업고 들어서며 너스레를 떱니다.

"……?"

"만날천날 이러구 붙어서 증말 니들 연애질하는 거 아니나?"

"쓸데없는 소리 할라믄 저리 가라!"

"아이구야! 화를 내니까 더 수상하다! 증말 무슨 일 있는 거 아니나?"

그러나 경숙이는 물러서지 않습니다. 오히려 나와 용안이의 코 앞에 얼굴을 바싹 들이대며 무엇인가를 캐내려 안간힘을 씁니다.

"글쎄, 쓸데없는 소리하지 말고 아나 똑바로 업어라! 다 흘러내리겠다."

참다못한 용안이 버럭 소리를 지르며 황급히 대문을 나갑니다. 경숙의 지나친 오지랖에 용안이 또한 마음이 상하는 모양입니다.

"아이구야! 무시라! 아니면 그만이지 왜 저래 화는 내나."

대문간을 나가는 용안을 향해 빈정대며 경숙이 반쯤 흘러내린 아이를 치켜 올립니다. 잔뜩 치마 끝이 당겨 올라간 엉덩이 위로 고개를 축 늘어뜨리고 잠이 든 아이의 얼굴이 타는 여름 햇살을 받아 빨갛게 물이 들었습니다.

"야! 니 치마부터 내리고 좀 말해라! 빤스 다 보인다."

"……"

그러나 경숙은 나의 말에 개의치 않습니다. 아니, 갑자기 의미심장한 눈빛으로 빈소가 차려진 안방 쪽을 넋을 잃은 듯 바라봅니다.

"야! 치마 내리 갔다는데. 뭘 하나?"

"저기…… 저…… 삼순 언니 배 말이다."

"갑자기 남의 배는 왜?"

뜻 모를 경숙의 말에 신경질이 나서 퉁명스럽게 쏘아붙입니다.

쓸데없는 얘기로 사람의 심정을 상하게 만들더니 또 무슨 뜬금없는 소리를 하는 건지 도무지 알 수가 없습니다.

"처녀가 아를 배 가지고 나타났으니 하는 말이다."

"아?"

"그래! 도대체 어느 놈의 소행이냐. 기순이 할머이가 캐물으니 주인집 아저씨한테 당했다고 하드란다. 그 때문에 주인집에서 쫓겨나 친구의 도움으로 여태 공장 기숙사에서 지내다가 왔단다."

"주인집 아저씨?"

"그래! 미자네 동네 언니 하나도 서울로 식모살이 갔다가 일을 당해 배를 남산만 하게 해가지고 쫓겨났다고 하드라!"

"……?"

"그러이 이 일을 우째면 좋나? 배가 남산만 한 걸 보니 곧 낳게 생겼다던데 말이다."

그러나 나는 경숙이 말에 입을 닫습니다. 책이나 공부라면 모를까 남녀 사이에서 벌어진 은밀한 얘기엔 통 관심이 없습니다. 아니, 은밀한 얘기에 대꾸할 자신이 없는 것인지 모르겠습니다. 남녀 사이의 문제라면 구체적인 부분까지 속속들이 꿰고 있는 경숙에 비해 문외한일 수밖에 없는 나로서는 어쩌면 당연한 것인지도 모릅니다. 어이없게도 나는 얼마 전까지만 해도 입맞춤만으로도 아이가 생겨나는 줄 알고 있었으니까요.

"아이고, 아이고, 아이고, 아이고……."

갑자기 빨라진 곡소리에 놀라 뒤를 돌아봅니다. 무열이 삼촌을 비롯한 몇몇 아저씨들이 어느새 안방에서 관을 들고 나오는 모습이 보입니다. 슬픈 곡소리를 내며 관을 따르는 삼순 언니 뒤로 삼식이, 삼태가 거칠게 장난을 치는 모습이 보입니다. 과연 경숙이 말대로 삼순 언니의 배가 남산만 하게 불러 있습니다. 도대체 서울에서 무슨 일을 겪었던 것인지 모르겠습니다.

"자! 잔이나 한잔 붓고 어서 떠나자. 그리고 삼순이 닌 따라오지 말고 있어라!"

장례식 일체를 지휘하고 감독하는 수열이 아버지 또한 삼순 언니가 걱정되는 모양입니다. 관을 옮겨 실은 상여를 붙잡고 애통해하는 삼순 언니의 팔을 잡아떼며 수열이 엄마에게 눈짓을 합니다.

"이제 가면 언제 오나."

"어이허! 어이허!"

"내 몰랐다. 내 몰랐다. 이래 갈 줄 내 몰랐다!"

"어이허! 어이영차!"

"청천벽력도 유분수지 이 무슨 말이더냐!"

"아이고 데고, 아이고 데고, 어이허! 어이허!"

"꿈이로다. 꿈이로다. 인생사 다 헛꿈이로다."

"어이허! 어이허!"

"몇억만 년 살랬더니 이 무슨 변고로고."

"아이고 데고, 아이고 데고, 어이허! 어기영차!"

파란 노란 빨강으로 물을 든 꽃상여를 메고 한 차례 삼순이 언니네 집 안마당을 돌아 마을길로 나섭니다. 땀이 흐르는 까닭인지 모두들 머리에 하얀 수건을 동여매고 있습니다. 상여 위에 올라서서 요령을 흔들며 선소리로 상여를 이끄는 수열이 아버지 또한 뻘겋게 달아오른 얼굴에 비 오듯 땀이 흐르고 있습니다. 뭣이 급해 이 더운 삼복에 가는 거냐고 투덜거리던 기순 할머니 말처럼 삼복더위에 장례식을 치른다는 건 참으로 고역이 아닐 수 없습니다.

"내 핏줄 울음소리 애통하고 절통해서 내 두고 어이 갈꼬."

"아이고데고, 아이고데고 어이허! 어허낭차."

"저승길 재촉하는 저 북소리를 어이할꼬."

"쉬어가세 쉬어가세. 마지막 가는 길에 목이라도 축이고 가세."

"아이데고, 아이데고, 목이라도 축이고 가세."

힘이 드는 것일까요. 산비탈을 오르는 상여의가 차츰 비틀거리는가 싶더니 휴식을 유도하는 선창 소리가 들립니다.

선창 소리에 상여꾼들이 상여를 내려놓고 자리에 앉습니다.

"아이고데고 아이고데고 부디 저승길 가는 노잣돈으로 쓰시고 왕생극락하시게."

기다렸다는 듯 주안상이 나오고 아이고데고를 외치며 주머니에서 빳빳한 지폐를 꺼내어 주안상 위에 올려놓곤 아버지와 수열 아버지 그리고 몇몇 동네 아저씨들이 넙죽 절을 합니다.

"어서 가세. 어서 가세. 마른 목 축였으니 북망산천 어서 가세!"

"아이고데고, 아이고데고 어이허! 어허낭차."

막걸리 한 사발로 목을 축인 상여꾼들이 자리를 털고 일어서자 수열 아버지가 다시 상여 위로 냉큼 올라서며 힘차게 노래를 부릅니다. 목소리와 더불어 상여꾼들의 발걸음 또한 한결 가벼워진 듯합니다.

"무슨 놈의 절을 저래 많이 하나!"

"그래 말이다. 혹시 돈 벌라고 하는 짓 아니나?"

수열이의 투덜거림에 경숙이 눈을 게슴츠레 뜨며 대꾸합니다.

"그게 아니라 본래 상여꾼들의 수고에 답례로 상주가 내는 돈이지만 변변한 상주가 없고 보니 동네 사람들이 대신하는 거다. 넌 대체 남의 집 슬픈 초상에 누가 돈을 번다고 하나."

용안이가 화를 버럭, 내며 경숙이를 향해 핀잔을 줍니다. 웬만해서는 화를 잘 내지 않던 용안이 돈 벌려고 한다는 말에 몹시도 마음이 상한 모양입니다. 나 또한 왜 돈을 내고 절을 하는 것인지 또 그 돈을 누가 쓰는 것인지 궁금했었는데 용안이의 말을 들으니 비로소 속이 후련해집니다. 참으로 용안이는 모르는 게 없는 것 같습니다.

"뿌리얏! 뿌리얏……."

그때 누군가 괴성을 지르며 다가옵니다. 바로 뿌리얏 노인입니다. 순간 옹기종기 모여서서 제사가 끝나기를 기다리던 동네 조무래기들이 공포감으로 혼비백산 흩어집니다.

뿌리얏 노인 또한 동네잔치에 빠지지 않고 얼굴을 들이미는 단골손님 중에 한 사람입니다. 자그만하고 왜소한 체구의 노인으로 선비처럼 곱상한 얼굴과는 달리, 언제나 '뿌리얏! 뿌리얏!' 하면서 소리를 지르며 다니는 까닭에 동네아이들에게 뿌리얏 노인이라고 불리는 노인입니다.

왜 하필이면 '뿌리얏!' 하고 소리를 지르며 동네 아이들에게 위협을 가하는 것일까? 이를 놓고 동네 사람들은 한때 독립투사였다거니, 악질 공산당원이다거니 하면서 이런저런 추측들을 하는 모양이지만, 뿌리얏이란 본래 관용구 '버려'의 사투리로 노인의 부정적이고 뒤틀린 감정의 표현일 뿐 별다른 의미는 없는 것 같습니다. 아무튼, 노인에 대한 근거 없는 추측으로 동네 아이들은 더욱 노인을 두려워하는 것인지 모릅니다.

"할아버지 왜 그래유! 여긴 우리 아버지 장사 지내는 곳이래유! 저리 가유!"

아이들이 혼비백산 흩어지자 삼순이 언니 동생 삼식이가 눈을 부릅뜨곤 뿌리얏 노인을 쏘아봅니다. 평소 아이들에게 눌려 말 한마디 제대로 하지 못하던 삼식이가 오늘은 용기 충전하여 도무지 무서울 것이 없는 모양입니다. 자리가 사람을 만든다고 하더니 정녕 그 말이 맞는 말인가 봅니다. 뿌리얏 노인 또한 겁을 먹은 것인지, 아니면 삼식을 가엽게 생각한 때문인지 혀를 끌끌 차더니 이내 아이들을 지나쳐 상여 곁으로 갑니다.

"삼식아! 우리 할머니 죽으면 너도 와 알았지?"

"그래! 전에 너도 우리 할머니 죽었을 때 왔지? 그러니까 나도 와도 되지?"

"그래! 다음에 우리 아부지 죽어두 와 알았지?"

"나두!"

"나두……."

뿌리얏 노인에게 당당히 맞서는 삼식이의 위력을 확인하자 눈치 빠른 기순이가 삼식이 옆에 바짝 다가서며 속삭입니다. 여기저기서 아부성 강한 약속의 말들이 쏟아집니다.

"에이, 자석들! 어미 애비 다 죽으면 퍽이나 좋겠다! 나쁜 놈들……."

아이들 곁을 무심코 지나치던 어른 하나가 한심하다는 듯 아이들을 쏘아보며 호통을 칩니다. 나 또한 아이들의 대책 없는 말이 어이없게만 느껴집니다. 도무지 죽는다는 것이 무얼 의미하는지 알고나 하는 말인지 모르겠습니다.

오후가 되자 여기저기 수북하게 쌓였던 흙들이 사라지고 어느새 동그란 봉분 하나가 솟아올랐습니다.

　"아이고. 대체 과자는 언제 줄라고 이래 뜸을 들이나. 덥고 졸리고, 지루해서 미치겠다."

　"맞다! 평토제를 올린 지 언젠데 아직 과자를 나눠줄 생각을 안 하나. 증말 짜증 난다."

　"나두……."

　"맞다! 나두다."

　아카시아 나무 그늘에 모여 앉아 제사가 끝나기를 기다리는 동네 조무래기들이 불평하는 소리가 여기저기서 들립니다. 그도 그럴 것이 다른 때 같으면 벌써 과자를 나누어주었을 텐데 평도제를 올리고 벌써 한 시간이 지났건만 아직도 줄 생각들을 않으니 도대체 어찌 된 노릇인지 모르겠습니다.

　"아이고 왜 그래 보채나. 맛있는 거 먹을라면 좀 기다릴 줄도 알아라!"

　"맞다! 난 어제저녁에 먹던 달달한 과자를 먹을 생각을 하니 좋기만 하다."

　"맞다! 뭐니 뭐니 해도 난 빨간 과자가 최고 맛있더라."

　"맞다. 빨간 과자는 생각만 해도 입안에 침이 고인다."

　"야! 니들은 어젯밤 그렇게 먹고도 아직도 빨간 과자 타령이나?"

　"아니다! 동생 땜에 조금밖에 못 먹었다."

　"맞다. 동생들은 한번 고집을 부렸다 하면 못 말린다."

　순자의 말에 여기저기서 끼어듭니다. 한번 떼를 쓰기 시작하면

말릴 수 없는 동생들의 횡포는 누구에게나 똑같은 모양입니다.

"아이구야! 니들은 참 한심도 하다. 성이 돼서 우째 동생 하나 못 이기나."

"못 이기는 기 아니라 시끄러워질까 봐서 참는 거다."

"맞다. 공연히 울기라도 하면 엄마인데 쿠사리 먹는다."

"맞다. 동생들은 한 번 울었다 하면 끝장을 보기 땜에 안 된다."

"그렇다고 우째 매번 당하기만 하겠나. 못 울게 흠씬 패라!"

"지집아가 우뚱게 사내동생을 패겠나 말도 안 된다."

"맞다! 집안에 맏상준데. 우뚱게 패겠나."

"맏상주?"

"그래! 누가 죽으면 제일 앞에서 아이고 아이고 곡하는 사람 안 있나."

"맞다! 큰일 난다. 맏상주는 하늘이 내린 사람이라 하드라!"

"⋯⋯?"

기순의 말에 또다시 이곳저곳에서 한마디씩 말을 보탭니다. 그러나 미자는 아이들의 말이 선뜻 이해가 되지 않는 모양입니다. 눈을 깜빡거리며 한동안 아이들을 바라봅니다. 귀하게 얻은 자식으로 애지중지 부모의 사랑을 받고 자란 미자에겐 참으로 생소한 말인 것 같습니다. 그러나 나는 아이들의 말에 불현듯 화가 치밀어 오릅니다. 할머니가 살아생전 입버릇처럼 "우리 장손 우리 장손." 하면서 오빠를 챙기던 일이 생각 난 까닭입니다.

"맞다. 그러이 그 얘긴 그만하고 저기 저것 좀 봐라!"

"저기 뭐나?"

"아까 상여 멜 때 쓰던 새끼줄이다!"

"새끼줄이 왜?"

"지난번 우리 할머이 돌아가셨을 때 동네 사람들이 저 새끼줄로 우리 큰 고모부 꽁꽁 동여매 산에서 끌고 내리와 막 얼굴에 숯검정도 칠하고 외양간에서 여물 먹이고 그랬다."

"왜?"

"모른다! 고모가 너무 슬퍼하니까 웃겨 줄라고 그러는 거 같드라!"

"맞다! 우리 할머이 돌아가셨을 때도 그랬다. 그래서 고모가 울다가 막 웃었다."

"그럼 삼태이 누나는 우뚱게 하나? 웃겨줄 신랑도 없는데?"

"맞다."

기순이 말에 아이들이 근심 가뜩한 얼굴로 또다시 수군거립니다. 신랑은커녕 잔뜩 배가 불러 주인집에서 쫓겨난 삼순 언니가 앞으로 헤쳐나아가야 할 길이 나 또한 걱정입니다.

"야! 니들 얼른 와서 한 줄로 서라! 먼저 오는 사람 과자 한 주먹 더 준다. 빨리 와라!"

그때 무열이 삼촌 목소리가 온 산을 쩌렁쩌렁 울립니다. 돌아보니 큰 광주리에 하나 가득 떡과 과자와 과일을 담아 들고 서 있는 무열이 삼촌의 모습이 보입니다. 고대했던 순간이 드디어 온 것입니다. 무열이 삼촌 목소리에 수열이 뛰어가고 뒤이어 순자, 기순이에 이어 동네 조무래기들이 우르르 몰려갑니다. 그러나 나는 한없이 망설여집니다. 한낱 과자를 먹기 위해 조무래기들 틈에 끼어 줄을 서자니 체면이 서질 않고, 그렇다고 마냥 점잔을 빼고 서서 지켜보자니 과자에 대한 유혹을 쉽사리 뿌리칠 수가 없습니다.

"야! 기인아! 큰일 났다. 빨리 이리 내리와 봐라!"

산비탈 밑 언덕바지에서 경숙이 소리를 지르며 나를 부릅니다. 아이에게 젖을 물리려 내려간 것이 어쩐지 늦장을 부린다 했더니, 무슨 일인가가 벌어진 모양입니다.

"왜? 무슨 일로 그러는데?"

"지금 용안이가 동네 사람들에게 혼찌검이 나고 있다."

"용안이가 왜?"

"모른다. 우짼 키 큰 아저씨하구 있든데, 아무래두 예삿일이 아닌 것 같다."

"키 큰 아저씨?"

키 큰 아저씨란 말에 소스라치게 놀라 산 밑을 내려다봅니다. 조마조마했던 일이 드디어 터진 모양입니다.

"그래! 빨리 내리와 봐라!"

경숙이 다시 팔을 휘휘 내두르며 나를 부릅니다. 그러나 나는 선뜻 발이 떨어지지 않습니다. 동네 사람들의 등쌀에 용안은 분명 사실을 털어놓았을 것이고 나 또한 비난의 화살 피할 수 없을 것이기 때문입니다.

"아이구야! 니 뭘 그렇게 꾸물거리나. 빨리 내리 와라."

그러나 경숙은 나의 망설임 따윈 아랑곳하지 않습니다. 한 손으론 흘러내리는 아이를, 한 손으론 휘휘 팔을 내두르며 집요하게도 나를 부릅니다. 경숙의 성화에 못 이겨 마지못해 산을 내려갑니다.

"그래, 니가 분명 이 작자를 도와 저놈을 피신시켰단 말이지?"

산길을 내려와 성황당 앞에 이르자 수열 아버지를 비롯한 몇몇 동네 아저씨들이 용안이를 에워싸고 서서 눈을 부라리며 호통을 칩니다. 경숙이의 말대로 큰일이 나도 단단히 난 모양입니다. 불과 얼마 전까지만 해도 봉분에 떼를 입히느라 분주하던 아저씨들이 어느새 이곳에 와 있는 것인지 알 수 없습니다. 아마도 과자의 유혹에 팔려 잠시 정신을 놓은 사이 산을 내려 온 모양입니다.

"아, 애꿎은 아한테 그럴 거 없어! 족치려면 이놈을 족쳐야지. 갸가 알긴 뭘 알겠어."

동네 사람들 말에 아버지가 나서서 은근히 용안이를 감쌉니다. 아버지의 말에 금방이라도 무슨 일을 낼 것만 같던 동네 사람들의 눈이 모두들 키 큰 아저씨에게로 향합니다.

"그려! 당신이 한번 말해봐. 대체 이유가 뭐여 뭐길래 이놈을 빼돌린 거여? 엉?"

수열 아버지가 다시 키 큰 아저씨를 향해 다그칩니다.

"아, 뭐긴 뭐여! 모두 다 저놈과 한통속이겠지. 한통속으루다가 동고사 제물을 훔쳤지. 맞지?"

"미안합니다! 하지만 우리 살람들 몹시도 배가 고픕니다."

수열 아버지의 호통에 겁을 먹은 것일까요. 아니면 오랫동안 굶주린 탓일까요. 잔뜩 주눅 든 모습으로 서서 들리듯 말 듯 작은 목소리로 말하며 자꾸만 비틀거립니다. 그러나 키 큰 아저씨에 비해 동네 사람들에게서 비교적 멀리 떨어져 있는 문둥병 아저씨의 얼굴은 퍽이나 여유로워 보입니다. 무덤덤한 얼굴로 서서 연신 옷을 매만지거나, 귀를 후비는 등 딴청을 부립니다. 분명 산속 아저씨와는 상관없는 일로 알고 있는데 어째서 키 큰 아저씨가 저렇게 쩔쩔매는 것인지 모르겠습니다.

"미안해? 그럼 그 제물이 동네의 무사안녕을 위해 동신님께 바친 제물이라는 건 알고는 있었나?"

"네!"

동네 사람들의 위세에 눌려 말이 헛나온 것일까요. 아니면 어떻게든 제물을 훔쳐간 아저씨를 감싸고 싶은 것일까요. 키 큰 아저씨가 냉큼 대답을 합니다. 대체 일을 어찌해야 좋을지 모르겠습니다.

"네? 아니, 그럼 알고도 일을 저질렀단 말이여?"

"미안합니다. 하지만 우리 살람들 몹시도 배가 고픕니다."

키 큰 아저씨가 같은 말을 반복합니다. 그러나 수열 아버지는 여전히 화가 나는 모양입니다. 아니, 너무도 어이없는 일이라 숫제 웃음이 나는 모양입니다. 누렇게 담배로 찌든 이를 드러내며 허허, 두어 번 헛웃음 칩니다.

"아무리 배가 고파도 그렇지. 어쩌자고 차려놓은 제물에 손을 대서 일을 이 지경으로 만들어. 지금 당신이 한 일이 얼마나 엄청난 일인지 알고는 있어?"

키 큰 아저씨의 말에 수열 아버지의 얼굴이 이내 다시 분노로 이글거립니다. 인정 많기로 둘째가라면 서러운 수열 아버지가 배가 고파서 먹었노라 말하는 아저씨에게 어찌 그리도 매정하게 구는 것인지 모르겠습니다. 아마도 삼태기 아버지가 동고사 제물 때문에 돌아가셨다고 굳게 믿고 있는 까닭인 모양입니다.

"그려! 배가 고프면 차라리 달라고 할 것이지. 어쩌자고 제물은 훔쳐서 이 사단을 만들어. 엉?"

"그려! 이건 분명히 임자가 잘못한 거여! 그러니 무릎 꿇고 싹싹, 빌어! 그리고 자네들도 이젠 그만 하고, 어쩌겠나. 이미 저질러진 일, 더구나 배가 고파서 먹었다고 하지 않나!"

수열이 아버지에 이어 두희 아버지까지 거들고 나서자 보다 못한 아버지가 끼어듭니다. 아무리 동신님이 중해도 배가 고프다고 애원하는 불쌍한 사람들을 상대로 무작정 화를 내는 동네 사람들의 처사가 몹시도 마음에 들지 않는 모양입니다.

"아, 그만하긴 뭘 그만해! 이놈 때문에 사람이 죽어 나갔어. 이게 어디 정으로 봐주고 말고 할 일이냔 말이지."

"그래서? 그래서 대체 우뚱게 하겠다는 거여?"

"우뚱게 하긴유! 이놈을 제물루다가 다시 동고사를 드려야지."

"이 사람을 제물로 쓰다니 그기 무신 말이여?"

"무슨 소리긴유! 돼지 대신 이놈의 대가리를 이렇게 댕강……."

말을 하고도 끔찍한 모양인지 두희 아버지가 이맛살을 있는 대로 찡그립니다. 나 또한 키 큰 아저씨의 목이 댕강 잘려져 제물로 바쳐질 것을 생각하니 진저리가 쳐집니다.

"아니래유! 이 아저씨가 한 거 아니래유! 이 아저씨는 다만 저 아저씨를 도와 주려고 한 것 뿐이래유!"

그때 용안이 다급하게 소리를 지릅니다. 용안이 또한 키 큰 아저씨의 목이 댕강 잘려져 제물로 올려질 것을 생각하니 몸서리가 쳐지는 모양입니다. 잔뜩 이맛살을 찌푸리며 서서 두 손을 휘휘, 젓습니다. 순간 문둥병 아저씨의 눈이 왕방울만 해집니다. 아니, 숫제 도망을 칠 생각인지 슬금슬금 뒷걸음질을 칩니다.

"노! 잇 이즈 낫."

순간 키 큰 아저씨가 용안이 앞을 황급히 가로막아서며 소리를 지릅니다. 잠시 용안을 향하던 사람들의 눈길이 다시 키 큰 아저씨에게로 향합니다.

"뭐여? 지금 저자가 뭐라고 시부렁거리는 거여?"

키 큰 아저씨의 말에 수열 아버지가 눈이 휘둥그레지며 아버지를 바라봅니다. 무슨 말인지 알 수 없으니 통역을 좀 해 달라는 뜻일 테지요.

"지금 용안이 자가 한 말이 다 거짓말이라는구먼. 대체 누구 말이 진짜라는 거여."

"그래? 야! 너 쪼그만 것이 어른 놀림 못써. 어서 바른대로 말 못혀! 도대체 제물 훔쳐 간 놈이 누구여. 엉?"

아버지의 말에 수열 아버지의 눈썹이 또다시 치켜 올라갑니다. 아무래도 조용히 넘어가기는 힘들 것 같습니다.

"나두 잘 몰러유! 그러나 저 키 큰 아저씨가 한 일은 절대 아니래유. 그것만은 확실해유! 아저씨, 아저씬 맨날 왜 그렇게 혼자서만 모든 죄를 뒤집어쓰려구 하신데유. 아저씨가 한 짓 아니잖어유!"

용안이 울먹이며 성급히 키 큰 아저씨의 손을 잡아 마구 흔들어댑니다. 순간, 창백한 얼굴로 뒷걸음질을 치던 문둥병 아저씨가 냅다 뛰어 산비탈을 향해 달아납니다.

"아이구구! 저놈이……. 저, 저눔 잡아라!"

동네 아저씨들이 놀라 아이구구를 외치며 산비탈로 달아나는 문둥이 아저씨를 향해 소리를 지르지만 누구 하나 선뜻 나서서 문둥이 아저씨를 따라가지 않습니다.

"저렇게 달아나는 걸 보니 저놈의 짓이 분명하구먼!"

"그려! 공연한 사람 잡을 뻔했구먼. 이봐! 미안하게 됐수다. 그만 가 보시유! 아니, 시장할 텐데 밥은 먹여 보내야 하지 않겠어? 여 자넨 어서 가서 모시고 가 먹을 것 좀 먹여 보내게."

"보내긴 어딜 보내유. 망친 동고사 제물은 어쩌구유!"

아버지의 말에 두희 아버지가 소리를 버럭 지릅니다. 동고사 제
물을 훔치지 않았다는 것이 판명 난 마당에 왜 또 저렇게 날을 세
우는 것인지 모르겠습니다.

"아니, 이 사람 지금 무신 소릴 하는 거여! 범인이 아닌 것이 확
실한데 뭐 어쩌겠다구……?"

"꿩 대신 닭이랬다구! 없으면 이눔이라도 잡아 족쳐야지유."

"뭐여? 범인이 사라졌다구 애무한 사람을 족친다니 그게 무신
소리여?"

"아니, 아니지유. 그리구, 행님은 시방 그런 말 할 처지가 아니구
먼유. 까딱 잘못했다간 행님이 그리도 애지중지하던 막내딸이 문
데이가 될 뻔했다니까유!"

"문데이가 되다니, 그기 무신 소리여?"

"무신 소리긴! 용안이 맹구루 기인이두 저놈들 꼬임에 넘어가 저
놈의 손에서 새끼줄을 빼내 줬다는 거지! 나병이 뭐여! 여기저기 옮
기는 병 아니여! 그런 눔의 손목을 잡고 발버둥을 쳤을 테니 원!"

아버지의 물음에 수열이 아버지가 두희 아버지 대신 보충설명을
합니다. 순간 아버지의 얼굴이 확, 굳어집니다.

"아무튼 그 일은 그 일이고……. 단지 그 일 때문에 죄 없는 사
람을 벌할 수는 없지 않겠나. 그러니 이제 그만 보내주게."

그러나 다음 순간 아버지의 얼굴은 다시 평정을 찾습니다. 참으
로 아버진 여느 아저씨들과는 많이 다른 것 같습니다. 내가 문둥
이가 될 뻔했다는대도 아저씨를 두둔하는 걸 보니 참으로 자랑스
럽습니다.

"아니, 이 사람 지금 무슨 말 하는 거여! 자네 딸이 문둥이가 될

뻔했대도? 그리구 용안이 너 솔직히 한번 말해봐. 제물을 훔쳐간 놈과 이놈이 모두 한통속이제? 그렇제?"

아버지의 말에 수열 아버지가 다시 용안이를 향해 눈을 부라리며 다그칩니다.

"아니래유! 이 아저씬 잘못 없어유. 단지 대문간 아저씨가 불쌍해서 우리가 이 아저씨에게 도와 달라고 부탁한 거래유. 이 아저씬 아무 잘못두 없어유! 그렇지 기인아?"

용안이 애절하고 의미심장한 눈빛으로 나를 바라봅니다. 순간 나의 뇌리 속으로 하나의 생각이 빠르게 지나갑니다.

"아니래유. 엄밀히 따지믄 용안이 자 말두 사실이 아니래유."

"그렇지? 역시 저 놈두 한통속이지. 저눔이 니들을 꼬드긴 거제? 맞제? 내 이놈을 당장……."

나의 말에 두희 아버지가 갑자기 낫을 들고 설칩니다. 갑작스런 나의 말에 용안이 얼굴이 다시 하얗게 질립니다.

"꼬드긴 것 맞어유. 그러나 키 큰 아저씨가 우리를 꼬드긴 기 아니구. 오히려 우리가 아저씨를 꼬드겼어유. 공연히 동고사 땜에 사람 죽게 할 순 없잖어유. 안 그래유?"

"뭐여?"

갑작스런 나의 말에 동네 아저씨들 눈이 동그래집니다. 한낱 순하고 철없는 계집애로만 알았던 나의 당당함에 놀란 것인지, 아니면 감히 어른한테 대거리하며 가르치려고 하는 나의 당돌함에 화가 난 것인지, 애매모호한 동네 사람들의 표정만으론 도무지 쉽게 파악이 되질 않습니다.

"그려유! 애무한 사람 잡지 말고 이제 그만 잊어버리자구유. 아닌

말루다가 동고사보단 그래도 사람이 우선 아니래유. 지 말 틀려유? 그러니 정 마음에 걸리믄 언제고 날 잡어 다시 드리자구유. 그럼 되질 않겠어유!"

보다 못한 진 씨가 거들고 나섭니다. 평소 말이 없고 조용하기만 한 진 씨가 웬일로 나서는 것인지 알 수 없습니다.

"그건 그랴! 그럼 그 문젠 다시 거론 않기로 하고, 언제쯤 동고사를 드리면 좋을지 우선 택일부터 하자구!"

"그려! 쇠뿔도 단김에 빼랬다구. 당장 큰 기와집 어르신께 택일 하루 가자구!"

동고사를 다시 드리자는 말에 모두들 귀가 번쩍 뜨이는 것인지. 진 씨 아저씨의 말에 수열이 아버지와 두희 아버지가 쌍수를 들어 반깁니다.

"그건 또 무신 소리여! 초상 치른 지 아직 한 날두 안 지났구먼유. 적어도 이달이나 지나야 하지 않겠어?"

"그건 그려유! 하지만 좀 있음 더 바빠질 텐데 택일해서 빠른 시일 내에 드리고 잊어버리는 기 어띠여? 그래서 말인데 혹 이 문젤 동신님께 직접 여쭈어 보는 것이 어떨까유?"

그때 진 씨가 아저씨들을 둘러보며 조심스럽게 의견을 내놓습니다. 진 씨 아저씨의 말에 동네 아저씨들의 눈이 모두 휘둥그레집니다.

"이잉! 동신님께 직접 물어보자니 귀신두 아니구 우리가 우뚱게 동신님께 직접 물어본대?"

"아, 그건 걱정 말어유. 마침 단지실에 내가 잘 아는 무당이 와 있으니께 한번 찾아가 보자구유!"

"이잉? 무당을?"

그러나 수열이 아버지는 선뜻 내키지 않는 모양입니다. 못마땅한 얼굴로 한동안 진 씨의 얼굴을 바라봅니다.

"왜유? 내키지 않으세유?"

"글쎄, 무당을 찾아간다는 건 좀 그렇지 않어? 우뚱게 생각하믄 간사한 것 같기두 하구······?"

"아, 동신님을 믿는 우리가 무당을 간사하게 생각하믄 우뚱게 한 데유. 무당이 뭐래유. 귀신들과 사람 간의 소통을 도와주는 이를테면 통역관 같은 거 아니래유?"

"그래유! 무당의 존재를 못마땅하게 생각되믄, 아예 동고사 같은 건 생각두 말아야지유. 안 그려유?"

"그건 그려. 한데 무당이 왜 단지실엔 왔대? 누가 아픈남?"

"아, 글쎄, 멀쩡하게 일 잘하던 한 씨 어른이 병이 들었다네유. 아마 작년 가을 이장한 것이 탈이 난 모양이래유."

"아이구! 그것 참 안 되었구먼. 그렇게 후덕하던 양반이 우짼 일이래! 쯧쯧!"

"아, 뭔 얘기가 그래 길어유. 쇠뿔도 단김에 빼랬다구 얼릉 가자구유!"

옆에서 듣고 있던 두희 아버지가 갑갑하다는 듯 재촉하고 나섭니다. 역시나 두희 아버지의 급한 성격은 알아줘야겠습니다.

"그래! 그럼 가 보자구! 자네들이 앞장서게."

수열 아버지의 말에 진 씨 아저씨는 천군만마라도 얻은 듯합니다. 난생처럼 만장일치로 자신의 의견에 손들어 준 동네 사람들을 보니 마치 꿈을 꾸는 것만 같은 모양입니다. 연신 고개를 갸웃거리며 우쭐댑니다.

"한데 이 자는 어떻게 한데유?"

"아, 뭘 우뚱게 해! 그냥 돌려 보내자구! 죄가 없는 걸루다가 이미 판명 났는데 더 뭐가 필요한가."

"아니지유! 이 없으면 잇몸이라구. 이자를 그냥 돌려보낼 순 없지유. 보내더라두 동신님 맘은 풀어주구 보내야지유."

"동신님 마음을 풀어줘 우뚱게?"

"우뚱하긴유! 우선 급한 대루 성황당에 가서 동신님께 싹싹, 빌기라두 해야지유! 야 너 우리가 올 때까지 여기 꼼짝 말구 있어. 딴 생각했다가는 국물도 없을 테니 알았지?"

역시 성질 급한 두희 아버지가 키 큰 아저씨에게 향해 주의를 주며 엄포를 놓습니다. 두희 아버지의 말에 눈을 깜빡이며 고개를 끄덕이는 키 큰 아저씨의 눈빛은 마치 순한 소 같습니다.

"아, 그런 일이라믄 데리고 가야지. 저자를 어떻게 믿고?"

그때까지 잠잠히 듣고 있던 수열 아버지가 소리를 꽥 지릅니다.

"그래! 그럼 그렇게 하자구! 죽은 사람 소원도 풀어준다는데 산 사람 소원하나 못 들어주겠는가. 같이 가자구!"

수열 아버지 말에 아버지가 고개를 끄덕이며 재촉합니다. 불과 얼마 전까지만 해도 한사코 키 큰 아저씨의 역성을 들던 아버지가 도대체 어떻게 된 일인지 모르겠습니다.

"아이구! 자네가 별안간 뭔 일인가? 자네 막내딸이 자칫 문둥병에 걸릴 뻔했다고 하니 겁이라도 나는가?"

"아이구! 성님은 그걸 뭘 그렇게 따진대유. 그럼 딸아 건강 앞에서 대체 누가 자유로울 수 있대유."

비아냥거리듯 말하는 수열이 아버지 말에 두희 아버지가 은근히 핀잔을 줍니다. 아버지에게는 언제나 깍듯한 두희 아버지가, 어째서 아버지와 친구인 수열이 아버지에겐 그리도 만만하게 구는 것인지 모르겠습니다.

"우우, 진사 어른 나가신다. 어서 길을 비켜라."

그때 왁자지껄 떠드는 소리와 함께 누군가 고함을 칩니다. 돌아보니 누군가 새끼줄에 꽁꽁 묶여 동네 사람들에게 끌려 주르르 산비탈을 내려옵니다. 어이없게도 무열이 삼촌입니다. 좀 전까지만 해도 멀쩡하던 무열이 삼촌이 도대체 어찌 된 일인지 모릅니다.

"아니, 저건 또 누구여?"

"그러게! 자는 또 언제 저 집 사위가 된 거여!"

"워낙 초상집이 쓸쓸하니 나선 거겠지유! 자가 저래도 정은 많잖아유."

"그러게 말이지. 이럴 줄 알았으면 삼순이라도 일찌감치 시집을 보낼 것을 그랬어."

"누가 이렇게 갈 줄 알았어유. 다 팔자소간이려니 해야지유!"

"그렇지. 한 치 앞을 모르는 것이 사람이니께. 쯧쯧!"

"한데 삼순이 몸이 홑몸이 아니란 소리는 또 뭐여?"

"글쎄, 그걸 알 수 없으니 환장할 노릇이지. 지집아를 겁도 없이 객지에 내보낼 때서부터 내 알아봤어. 대체 이 일을 우뚱게 한대."

"그러게 말이여 쯧쯧."

"아, 뭣들 해유. 지금 한가하게 남 얘기할 때가 아니니 얼릉 가자구유!"

두희 아버지가 또다시 소리를 버럭 지릅니다. 두희 아버지의 말에 모두들 성황당을 떠나 언덕길을 내려갑니다.

"한데 아침까지 무사하다던 아저씨가 대체 우뚱게 된 일이나?"

키 큰 아저씨를 앞세우고 진 씨 아저씨와 두희 아버지, 이어 수열이 아버지와 아버지가 차례로 성황당을 뜨자 비로소 용안에게 묻습니다.

"모른다. 아마도 대문간 아저씨가 붙잡힌 걸 알고 일부로 붙잡힌 것 같다."

"문둥이 아저씨가 보호하라고? 그러다가 동굴이 발각되기라두 하면 어쩔려구."

"그래 말이다! 우째 그래 바보 같은지 막 화가 난다."

나의 물음에 대답하는 용안이의 얼굴은 창백하다 못해 새하얗게 질려 있습니다. 그러나 나는 딱히 할 말이 없습니다. 아니, 하지도 않은 일을 했다고 부득불 우기는 키 큰 아저씨의 행동도 그러거니와 자신의 잘못이 아닌 척 시치미를 떼는 문둥 아저씨의 태도 또한 이해할 수 없습니다.

"야! 니들 진짜 언제까지 여기 서 있을 거나. 우리 진사하는데 얼른 가 보자! 꿈에도 그리든 무열이 삼촌이 저러구 나타나면 과연 삼순이 언니가 어떤 표정을 지을까?"

산비탈을 내려와 삼순 언니네 집 쪽으로 우르르 몰려가는 사람들 틈에 끼여 달려가던 경숙이 우리를 힐끔 쳐다보며 재촉합니다.

"꿈에 그리든 무열이 삼촌이라니 니 그기 무슨 말이나?"

"삼순이 언니가 무열이 삼촌을 무지하게 좋아했단다. 니 그것도 모리나?"

"모른다. 내가 그걸 우뚱게 아나."

"아, 맞다! 진사놀이하는 거 봐야지!"

나의 말에 한동안 한심하단 듯 바라보던 경숙이 비로소 생각난 듯 줄행랑을 칩니다.

"그래! 가자!"

나 또한 경숙이를 따라 달려갑니다. 무열이 삼촌이 쓸쓸한 장례식을 위해 진사 노릇을 자청해서 나섰을 것이란 두희 아버지의 말에도 도무지 신경이 쓰이지 않던 것이 경숙의 말에 불현듯 마음이 동합니다. 경숙의 말대로 한때 무열이 삼촌을 좋아했던 삼순이 언니가 과연 남산만 하게 불러온 배를 안고 어떤 표정을 지을 것인지 나 역시도 궁금하기 때문입니다.

"야! 니는 왜 안 따라오고 거기 서 있나. 얼른 와라!"

경숙이를 따라가던 내가 걸음을 멈추곤 용안이를 향해 소리를 지릅니다. 그러나 용안인 듣는 둥 마는 둥 한사코 서서 단지실 쪽으로 몰려가는 아저씨들을 바라봅니다. 경숙이의 말에도 여전히 마음이 동하지 않는 모양입니다. 그러나 나는 마치 추석 명절 신파극이라도 보러 가는 듯 들떠 있습니다.

"여봐라! 여기 진사 나으리 납신다. 어서 길을 비켜라!"

산비탈을 내려와 온 마을을 질질 끌고 다니고도 성에 차지 않은 것일까요. 삼순 언니네 앞마당으로 들어서자 다짜고짜 무열이 삼촌을 외양간 여물통으로 끌고 가며 수선을 떠는 동네 사람들의 얼굴에는 장난기가 가득합니다.

"거, 호상도 아니고 그렇게 소란 떨 거 없다!"

그러나 어찌 된 일일까요? 삼순이 언니의 모습은 보이지 않고, 굳게 닫힌 방문 앞에 쪼그리고 앉아 연신 곰방대를 빨아대는 기순이 할머니만이 잔뜩 못마땅한 얼굴로 아저씨들을 향해 쏘아붙입니다. 순간 아저씨들의 표정이 멈칫 굳어집니다. 대체 무슨 일인지 모르겠습니다.

"그래유! 우째 됐건 고생들 했으니 얼른 오셔서 한 잔씩들 하세유! 참상에 너무 시끄럽게 하면 그것두 결례니 서운하게 생각지들 말고유!"

이를 난처한 얼굴로 바라보던 엄마가 아저씨들을 향해 눈짓을 하며 한 사발씩 막걸리를 따라 돌립니다. 소처럼 여물을 먹이고 얼굴에 검정 숯을 칠하는 등 모처럼 재미나는 구경을 하려고 했더니 참으로 아쉽기만 합니다.

"한데, 기순 할머이는 왜 저래 독사같이 나대나. 초상집일수록 왁자지껄해야 좋은데 말이다."

경숙이 툭, 튀어나온 입을 삐죽거리며 투덜거립니다. 경숙이 또한 모처럼 재미나는 구경하려고 했더니 몹시도 아쉬웠던 모양입니다.

"글쎄다. 공연히 진사를 방해하진 않을 텐데. 무슨 일이냐?"

경숙의 말에 대꾸하며 유심히 기순 할머니의 표정을 살펴봅니다. 그러나 특별한 점을 발견할 수가 없습니다. 다만 큰 대야에 물을 가득 담아 들고는 분주하게 방을 들락거리는 수열이 엄마와 진씨 댁의 모습이 보일 뿐입니다.

"혹시, 삼순이 언니한테 무신 일 생긴 거 아니나?"

"삼순이 언니가 왜?"

"오늘내일한다더니 혹시 산기가 있는 거 아니나 해서 말이다."

"산기?"

"그래! 어쩐지 좀 이상스럽지 않나? 이 더위에 방문을 닫은 것도 그렇고, 아주머이들이 대야를 들고 연신 방을 드나드는 것도 그렇고 말이다."

"그기 뭐가 어때서?"

"아, 아 받을라고 저래 서두르는 거 아니겠나."

"니가 그걸 우뚷게 아나?"

"야 날 때 봤다. 악쓰고 소리 지르고 세상에 못할 짓이 아 낳는 일이다!"

경숙이 등에 업은 아이를 고갯짓으로 가리키며 생각도 하기 싫다는 듯 절레절레 고개를 흔들어댑니다. 그런 경숙을 바라보고 있노라니 나 또한 얼굴이 찡그려집니다.

"그러이 이 일을 우짜면 좋나. 아픈 것도 아픈 것이지만 애비 얼굴도 모르는 아가 태어났으이. 쯧쯧!"

"⋯⋯?"

마치 수다스러운 동네 아줌마들처럼 말하는 경숙이입니다. 비록 나보다 세 살이 위이긴 하지만 그래도 이제 겨우 열다섯입니다. 어쩌면 저렇게 어른들 일을 줄줄이 꿰고 있는 것인지 참으로 모르겠습니다.

"한데 야는 왜 이렇게 안 오나. 바루 집으로 갔나?"

"누구? 용안이?"

"그래! 무슨 아가 재미난 구경도 싫어하고 뭐가 그러나!"

"무슨 사정이 있겠지. 닌 뭘 그런 걸 가지고 그러나!"

나도 모르게 톡 쏘아붙입니다. 하라는 공부는 안 하면서 쓸데없는 일에 지나치게 관심을 쏟는 경숙이 갑자기 싫증이 난 까닭입니다.

"옴마야! 함께 동굴까지 들락거린다드니 야들 증말 연애질하는 거 아니냐? 웃기네!"

나의 냉랭한 태도에 경숙이 입을 삐죽 내밀며 중얼거립니다. 모든 길은 로마로 통한다더니 역시 경숙이는 못 말립니다. 온통 엉뚱한 생각들로만 가득 차 있습니다.

"어서 오세유! 그래, 가셨던 일은 잘 되셨어유?"

그때 무열이 삼촌 목소리가 들립니다. 돌아보니 좀 전 무당을 만나려 이웃 마을로 몰려갔던 아저씨들이 심각한 얼굴로 대문간을 들어서고 있습니다.

"글쎄, 그것이 좀……."

"왜유?"

"아, 무당이 점괘가 나오지 않아 통 말을 못하더라구! 골치 아프게 생겼어!"

"점괘가 안 나오다니유?"

"그러게 말이여! 내 살다 살다 이런 경우는 처음이여! 무당 말로는 동자신이 못 오게 누가 자꾸만 가로막는다고 하더라만……."

"혹시, 구전이나 더 뜯어내려구 수작 부리는 거 아닐까유? 그런 일이 흔히 있다던데."

"아니여! 저자가 들어오니 갑자기 얼굴이 새하얗게 질리더니 한숨만 푹푹, 내쉬더라구!"

수혈이 아버지가 턱짓으로 대문간에 쭈그리고 앉아 있는 키 큰 아저씨를 가리키며 이맛살을 찌푸립니다.

"저자라면? 저기 저 양코쟁이유?"

"그려! 저자가 들어오기 전까진 족집게도 그런 족집게도 없더구먼. 글쎄 봉팔이 사주를 댔더니 삼순이가 아 밴 것까지 다 알아 맞추더라니께.”

“그래유? 그럼 저자가 혹시 예수쟁이래서 그런 거 아닐까유?”

“예수쟁이? 자네가 그걸 우뜧게 아는가?”

“예수쟁이가 어리대면 신이 내리지 않던데유!”

덕삼이 아재의 말에 수혈 아버지가 놀라 눈을 동그랗게 뜨곤 묻습니다. 엎친데 겹친 격이라더니 키 큰 아저씨가 믿는 예수님이 왜 또 문제가 되는 건지 알 수가 없습니다.

“지난번 아랫마을 큰 부잣집 굿할 때 봤어유! 작두 위에서 좋다구 춤추던 무당이 글쎄 그 집 막내딸이 나타나자 그만 맥을 못 추드라니까유!”

“그 서울서 대학교 다닌다던가 하던 아 말이여!”

“야! 공부하라고 대학까지 보내 놨더니 글쎄 예수에 정신이 빼앗겨서는…….”

“허허, 그럼 이 일을 우뜧게 하면 좋대? 도대체 예수가 뭐길래 그 영험하다는 무당까지 꼼짝을 못하게 한단 말이여?”

“글쎄유! 지두 잘 모르겠어유. 뭐 인간의 죄를 대신 지고 나무 꼭대기에 매달려 죽었다나 뭐라나!”

“나무 꼭대기에 매달려서 죽어?”

“야! 바로 우리 인간들 죄 때문에 그렇게 죽었다네유!”

“대체 우리 인간들이 무슨 죄를 졌길래?”

“아휴! 죄라고 하면 인간보다 더 많이 짓는 게 어디 있겠어유! 사는 게 다 죄지유!”

“그거 참. 쩝쩝……!”

그러나 수열 아버지는 덕삼이 아재 말이 선뜻 이해가 가지 않는 모양입니다. 난감한 얼굴로 서서 연신 쩝쩝거립니다.

"아이구! 성님! 다 거짓뿌렁으로 지어낸 거구먼유! 괜히 엉뚱한 말에 마음 뺏기지 말고 한잔들 하구 얼릉 큰 기와집 어른에게 가서 다시 한 번 상의해 보자구유! 애시당초 무당한텐 가는 게 아니었어유."

"맞어유! 아, 우리 동네가 어떤 동네래유. 대대로 동신님이 지켜주신 덕분루다가 일정 때는 물론, 육이오 때 다른 동네는 다 폭격을 맞았는데 우리 동네만은 멀쩡하게 살아남았던 동네 아니래유. 그깟 무당 말 같은 건 신경 쓰지 말자구유!"

"지 생각두 그러네유! 무당 말 같은 건 신경 쓰지 말자구유! 그리구 솔직한 얘기루다가 육이오 때 포격이 피해간 것은 동네가 워낙 산골이라 인민군들 눈에 띄지 않은 것이지 동신님 때문은 아니구먼유!"

"뭐여? 듣고 보니 좀 그러네! 그럼 동신님이 우리 동네를 지켜주신 게 아니란 말이여? 시방?"

"그런 것이 아니라, 너무들 쓸데없는 일에 신경들을 쓰니께 하는 얘기지유!"

"그러니께 지금 자넨 동고사 드리는 일이 쓸데없는 일이다, 이 말이잖어. 그리고 보니 자네 요즘 새마을 교육인가 뭔가 받더니만 사람이 아주 못쓰게 되어 버렸어."

드디어 수열 아버지가 버럭 소리를 지르며 무열이 삼촌을 쏘아봅니다. 평생을 해오던 일을 어린 것이 겁도 없이 떠들어대니 참으로 어처구니가 없는 모양입니다. 벌겋게 달아오른 얼굴로 금방이라도 주먹다짐을 할 것만 같습니다.

"맞어유! 무열이 동상 말은 분명히 문제가 있구먼유. 그러니 엄한데 정신 빼앗기지 말고 동신님이 더 노하기 전에 정신 바짝 차려야 한다니께유! 아, 봉팔이 그 사람이 그렇게 죽을 줄 누가 알았겠어유!"

진 씨 아저씨 또한 속이 상한 모양입니다. 연신 무열이 삼촌을 힐끔거리며 벌겋게 달아오른 얼굴로 수열 아버지의 역성을 듭니다.

"한데, 무당 얘기가 마음에 걸리긴 하네유! 섣부르게 동고사를 드렸다간 오히려 마을에 큰 해를 입을 수가 있다던데, 괜찮을까유?"

한동안 옥신각신하는 양을 지켜보던 두희 아버지가 걱정스러운 듯 수열이 아버지를 향해 묻습니다.

"하긴! 나두 그것이 좀 걸리긴 하지만서두. 쩝쩝……."

두희 아버지 말에 수열 아버지가 다시 입맛을 쩝쩝 다십니다. 무당의 말을 전적으로 믿는 건 아니지만 퍽이나 신경이 쓰이는 모양입니다. 한일자로 꾸욱 다문 입술에 유난히 힘이 들어가 있습니다.

"바루 그거래유! 동고사를 드려두 찜찜하고 안 드려두 찜찜하면 뭣하러 인력낭비 시간 낭비 돈 낭비를 한대유. 안 그려유?"

"맞어유! 만약에 무당의 말이 사실이라면 그건 큰일이지 않겠어유!"

"……?"

무열이 삼촌에 이어 덕삼이 아재까지 나서자 수열 아버지는 더욱 신경이 쓰이나 봅니다. 꾸욱 다문 입술에 이어 미간이나 눈꼬리까지 힘이 들어갑니다.

"한데 우째 니 아부진 안 보이나?"

그때 경숙이 주위를 한 바퀴 휘이, 둘러보며 묻습니다. 분명 함께 가는 것을 보았는데 어찌 된 일인지 도무지 모르겠단 표정입니다.

"글쎄다! 분명 함께 가셨는데……?"

경숙의 말에 나 또한 사방을 둘러보며 아버지를 찾습니다. 그러나 아버지의 모습은 초상집 그 어디에서도 찾아볼 수 없습니다. 도대체 어떻게 된 것인지 모르겠습니다.

"혹시, 용안이 야단치고 있는 거 아니나?"

"뭐?"

"아까 말이다. 용안이와 니가 한통속으루다가 문둥이를 풀어줬다는 말을 듣는 니 아부지 표정 볼만했다! 분명 용안이 붙잡고 한소리할 거다!"

"뭐……?"

경숙의 툭 튀어나온 입을 삐죽거리며 있는 대로 눈을 흘깁니다. 마치 용안이가 아버지에게 꾸중을 듣고 있는 광경을 목격하기라도 한 듯합니다. 그러나 나는 딱히 할 말이 없습니다. 딸을 걱정하는 아버지의 마음이 너무나 이해가 되기 때문입니다.

"좌우당간 이 일은 좀 더 신중하게 생각해서 결정하자구유! 만약에 하나 잘못되기라도 하면 큰일 아니래유!"

"맞어유! 좀 더 생각해 보구 그래두 안 되겠으면 그때 가서 다시 생각해 보자구유!"

"그래 그럼……. 한데 증말 저자 때문에 그 영험하다는 무당이 벌벌 떤 거 맞어?"

"글쎄유! 그거야 모르지유! 그렇다고들 하니께 그런 가보다 하는 거지유! 속을 까뒤집어 볼 수두 없구……."

수열 아버지 말에 덕삼 아재가 눈을 가늘게 뜨고는 대문간 키 큰 아저씨를 유심히 바라봅니다.

"아, 궁금하면 한번 물어보지 뭘 그래유! 여! 당신 한번 이리와 봐! 좀 물어볼 말이 있어!"

두희 아버지가 손을 번쩍 들어 대문간에 엉거주춤 서 있는 키 큰 아저씨를 부릅니다. 두희 아버지의 손짓에 한동안 멀뚱멀뚱 바라보던 키 큰 아저씨가 드디어 한 걸음 두 걸음 발자국을 떼어놓습니다. 깡마른 얼굴에 유난히 우뚝 솟아오른 코, 비틀거리는 걸음걸이로 보아 한 사흘은 너끈히 굶은 듯합니다. 순간 급히 대문간을 나서던 나의 발이 멈춰집니다.

"다름이 아니라……. 그러니께 당신이 그 나무 꼭대기에서 죽었다는 예수신을 믿는 예수쟁이여?"

"……?"

"아, 왜 대답이 읎어! 기여? 아니여?"

"예수님은 우리 인간을 죄에서 구원하기 위해서 십자가에서 피 흘리시며 돌아가셨습니다. 그분을 믿고 의지하면 구원을 받습니다."

"그래? 그래서 당신이 그 지엄하신 동신님이 못 오시도록 한 거여?"

"……?"

"아, 시치미 뗄 것 없어. 이미 다 알고 있으니께. 그래 앞으로 어떻게 할 작정이여?"

"……?"

"아, 동신님이 못 오도록 막았을 땐 무신 생각이 있었을 거 아니여! 그걸 말해 보란 말이여!"

"성경엔 '주 예수를 믿어라! 그리하면 너와 네 집이 구원을 얻으리라!'라고 쓰여 있습니다. 주 예수를 믿으십시오. 그러면 구원을 받습니다."

"알어! 그런데 지 목심 하나 지키지 못하고 덜렁 나무 꼭대기에 매달려 죽은 예수를 우리가 우똥게 믿고 의지하냐구!"

"예수님은 우리 인간의 죄 때문에 스스로 십자가를 지고 돌아가셨습니다. 결코 힘이 없어서가 아닙니다."

"아하! 이거 도통 말귀를 못 알아듣는구먼. 우린 조상 대대로 동신님을 의지하고 살아온 사람들이여! 그걸 우똥게 믿느냐 말이여!"

"하나님 외에 다른 신은 없습니다. 하나님만이 유일하신 분입니다."

"아하! 당신이 잘 몰라서 그러나 본데. 하늘은 비 내리구 햇볕 비추라고 있는 곳이고. 어디까장이나 이 마을을 지키시는 분은 동신님이시니께 동신님께 제사를 올려야 하는 거여!"

"하늘과 땅은 물론, 모든 만물도 모두 다 하나님이 만드시고 다스리십니다. 우상을 숭배하면 벌을 받습니다."

"뭐여? 그럼 우리가 지금 벌 받을 짓을 하고 있다는 거여? 듣자 듣자하니 이 사람이."

"아, 그러게 뭣 땜에 되두 않는 입방정은 받아준답니까. 동신님이 더 노하시기 전에 이놈을 당장 능지처참해 버립시다. 여! 돼지 새끼처럼 증말 댕강 목이 잘려 나가야 정신을 차리겠어? 그만하지 못해!"

"우상을 숭배하면 벌을 받습니다. 예수님만 믿고 의지하십시오."

그러나 키 큰 아저씨는 앵무새만 같습니다. 무작정 같은 말을 되풀이합니다. 순간 퍽, 하는 소리와 함께 가까스로 몸을 지탱하고 있던 키 큰 아저씨가 꼬꾸라집니다. 결국 성질 급한 두희 아버지가 키 큰 아저씨의 등을 세차게 후려친 것입니다.

"아, 남의 초상집에서 뭣들 하는 거여! 어서 그만들 하지 못해?"

기순 할머니의 날카로운 목소리가 들립니다. 연신 곰방대를 빨아대는 것으로 보아 경숙이 말이 틀리지 않은 모양입니다.

"맞어! 우리 초상집에서 이럴 게 아니라 나가자구! 능지처참을 하든 뭘 하든 나가서 하자구!"

수열 아버지가 기겁을 하며 두희 아버지의 손을 잡아끌곤 대문간을 나가자 진 씨 아저씨와 덕삼이 삼촌도 키 큰 아저씨를 일으켜 끌곤 뒤따릅니다.

키 큰 아저씨를 이끌고 서둘러 삼순 언니네 집 대문간을 나가는 동네 아저씨들의 발걸음은 전에 없이 느리고 흐느적거립니다. 그도 그럴 것이 상을 치르느라 밤잠까지 설쳐가며 삼 일 동안을 동동거렸으니 그 피곤함이란 이루 말할 수 없을 테지요.

아저씨들의 뒤를 따라 경숙과 함께 걷는 나의 발걸음도 그리 가볍진 않습니다. 평소 아홉 시만 되면 쓰러져 세상모르게 자던 것이 어젯밤 문둥 아저씨 구출 작전으로 한 시가 훨씬 넘어서야 겨우 잠자리에 들 수 있었으니 무리는 아니지 싶습니다.

삼순 언니 집을 나와 아름드리 방동 소나무 그늘 아래 모여 선 동네 아저씨들의 모습은 그 어느 때보다 경직되어 있습니다. 정성스럽게 차린 동고사 제물을 도독 맞은 것도 모자라 예수님이 어쩌구! 앵무새처럼 같은 말만 반복하는 키 큰 아저씨의 고집을 보자니 진저리가 쳐지는 모양입니다.

"그래! 예순가 뭔가 하는 신이 있다고 하자! 그러나 그건 그쪽 법이고, 로마에 왔으면 로마법을 따르랬다고 어디까장이나 이곳에 왔으면 우릴 따라야 하는 거여! 안 그래?"

"아, 형님 우리가 그렇게 헐렁하게 나오니까 이러는 거잖아유! 숯제 몽둥이찜질을 해서 동구 밖으로 내쫓아 버리자구!"

"아, 그랬다가 끝까지 동신님이 노여움을 풀지 않으시면 어쩌구! 자네가 책임질 수 있는가?"

"그럼 그냥 우리끼리 동신님께 속죄제라두 올리자구유. 공연히 힘 뺄 것 없이……."

"그건 그렇지가 않구면. 옛말에 결자해지란 말이 있듯이 이 일은 어디까장이나 저자가 제상 앞에 무릎을 꿇어야 끝난다니까. 그러지 않구선 동신님의 맘을 풀어드릴 방법이 없다니께."

"그려유! 제 생각두 그려네유!"

"그건 내 생각두 그렇구면. 그러나 저자가 있으면 동신님도 오실 수 없다 잖는가. 동신님 없이 우리끼리 드리는 제사가 무신 의미가 있겠나?"

"그러니께 저자를 족치는 거 아니래유! 저자가 무릎 꿇고 싹싹 비는 꼴을 보면 아마 예순가 뭔가 하는 신도 속이 뒤틀려서라두 떠날 거구먼유. 그도 속은 있을 테니까유!"

"그래! 그기 좋겠구면 그럼 우똫게 하믄 되겠나? 역시 동고사를 지내야 할 테지?"

"그렇지유. 그러나 동고사 날짜두 아직 못 잡았는데 마냥 기다릴 수만 없으니 이 노릇을 우똫게 하믄 좋대유?"

"그랴! 그건 그렇구먼 그럼 우똫게 하남?"

"아, 뭘 그렇게 복잡하게 생각하신대유. 그냥 성황당에 정화수 떠 놓고 무릎을 꿇리믄 되지유. 꼭 그렇게 복잡하게 해야 될 이유가 어디 있대유?"

"맞어! 듣고 보니 그렇구먼. 맛난 음식이 아무리 잔뜩 차려져 있어두, 노하신 동신님께서 드시지 않을 테니 말이지. 우선 저자를 동신님 앞에 굴복시키는 걸로 만족하자구! 그다음에 택일 정해서 우리끼리 정성스럽게 거하게 한상 차리는 것이 좋겠네. 그렇지 않은가?"

"그라! 그럼 그렇게 하자구! 이번에는 그냥 저자를 동신님께 무릎 꿇리는 것으루다가 만족하자구!"

"그라! 그럽시다."

무열이 삼촌 말에 이곳저곳에서 찬성하는 목소리가 들립니다.

"안 됩니다. 하나님 외에 그 무엇에게도 무릎을 꿇을 수 없습니다. 하나님 명령입니다."

그때였습니다. 마치 꿈이라도 꾸는 듯 무릎 꿇고 앉아 입술을 들먹거리던 키 큰 아저씨가 갑자기 일어나 대거리를 합니다. 참으로 어째 하려고 저러는지. 정말 두 정강이가 몽땅 잘려나가야 정신을 차릴 런지. 야속하기만 합니다.

"아니, 뭐여? 증말 뜨거운 맛을 봐야 알겠어. 야! 자넨 얼른 가서 작두 가져와. 아무래두 그냥 곱게 보내주기는 힘이 들겠구먼. 다리 몽둥이라도 쨍강, 부러뜨려야 정신을 차리겠구먼."

"아이구 행님두. 이제 그만 하셔유. 우뚱게 멀쩡한 사람 다리를 분질러 번진대유. 그냥 조용히 보내주자구유. 아까 자들 하는 말 못 들었어유? 그랬다간 상해 치사죄루다가 유치장 간다니까유!"

마치 키 큰 아저씨 동생이라도 되는 듯, 성난 두희 아버지를 막아서는 무열삼촌의 얼굴이 오늘따라 빛이 납니다. 기순 할머니의 주선으로 맞선을 볼 때도 촌스럽게만 보이던 무열이 삼촌의 얼굴이 갑자기 왜 그렇게 잘생겨 보이는지 참으로 알 수가 없습니다.

퍽–

그때였습니다. 두희 아버지가 휘두른 지게 작대기에 키 큰 아저씨가 나가떨어집니다. 결국, 성질 급한 두희 아버지가 사단을 냈나 봅니다. 쓰러졌다가 버둥대며 다시 일어나는 키 큰 아저씨의 얼굴에선 시뻘건 피가 주르르 흐릅니다.

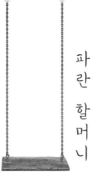

파란 할머니

우렁차게 울던 참매미 소리가 그치고, 어느새 기울 매미가 울기 시작하는 걸 보니 여름방학도 이제 막바지에 이른 모양입니다.

아침부터 긴 잠자리채를 들고 설쳐대던 석호는 오후가 되자 다시 일기를 쓰느라 분주합니다. 무려 사십 일이란 긴 여름방학을 빈둥거리다가 어째서 이제야 설쳐대는 것인지 참으로 이해할 수가 없습니다. 다른 숙제야 그렇다고 치더라도 일기는 그날그날 써야 하는 거 아닐까요. 어째서 번번이 실망스럽게 구는 것인지 참으로 답답합니다. 그러나 엄마는 그런 석호가 마냥 대견하게만 느껴지는 모양입니다. 대청마루에 넙죽 엎드려 연신 손가락을 세며 지나간 날의 날씨를 기억해내려고 안간힘을 쓰는 석호를 보면서도 야단은커녕 여전히 빙글거리며 입가에 미소를 머금습니다. 아니, 나를 향해 몇 번이나 의미심장한 눈짓을 보내기도 합니다. 보나 마나 석호를 좀 도와주라는 신호일 테지요. 그러나 나는 못 본 채 대청마루에서 일어나 대문을 나옵니다. 어쩌다가 며칠 미루어진 거라면 모를까 사십 일이나 되는 긴긴 여름방학 동안을 무슨 수로 채운다는 말인지, 아버지의 말처럼 매를 맞든 벌을 받든 그것은 석호가 알아서 해결해야 할 문제이지 내가 해 줄 수 있는 부분이 아닌 것 같습니다.

"쯧쯧! 우째 저래도 매정할까. 제 언니들은 안 그랬건만……."

대문을 나서는 나의 등 뒤로 엄마가 구시렁대는 소리가 들립니다. 제 언니라면 아마도 둘째 언니를 이르는 말인가 봅니다. 그러나 둘째 언니는 지금 집에 없습니다. 방학임에도 불구하고 입시준비로 분주한 셋째 언니의 뒷바라지를 위해 읍내로 나간 까닭입니다.

그날 아버지의 만류에도 불구하고 셋째 언니는 기어코 허락을 받아내고야 말았습니다. 밤 사흘 낮 나흘을 물 한 모금 입에 대지 않고 떼를 쓰던 끝에 결국 "독한 것." 하면서 아버지는 백기를 들고 말았던 것이지요. 밤낮없이 공부만 하느라 끼니를 거르는 셋째 언니를 걱정하는 엄마의 모습도 그렇지만, 못마땅해서 연신 끌끌 혀를 차면서도 군말 없이 둘째 언니를 셋째 언니에게 보낸 아버지를 보고 있노라면 참으로 열 손가락 깨물어 안 아픈 손가락 없다는 옛말이 실감이 납니다. 한데도 언니는 자꾸만 부족하다고 심통을 부리니 도대체 언제쯤 철이 날지 모르겠습니다.

대문을 나와 바깥마당 끝에 서서 하늘을 봅니다. 파란 하늘에 두둥실 뭉게구름이 떠갑니다. 솜처럼 하얗고 깨끗한 구름이 떠가는 모양을 보니 갑자기 그림이 그려지고 싶어집니다. 저토록 푸르고 눈부신 하늘을 그려서 방에 걸어 두고 평생 볼 수 있다면 얼마나 좋을까요. 그러나 안타깝게도 나의 그림 솜씨는 형편이 없습니다. 더군다나 지난번 셋째 언니의 그림을 엉망으로 만들어 놓은 후론 더더욱 자신이 없습니다. 한데 셋째 언니는 어떻게 그림을 그리도 잘 그리는 것인지 참으로 신기합니다. 어떻게 몇 개 안 되는 물감으로 그토록 여러 색깔을 만들어내는지, 평소 고집스럽고 미련하고 불평불만이 많은 언니가 그렸다고는 도무지 믿어지지가 않습니다.

바깥마당을 지나고 채마밭을 지나 빨간 고추가 주렁주렁 달린 텃밭 너머 무심코 용안이네 집 쪽을 바라봅니다. 얼마 전까지만 해도 작고 초라하던 집이 슬레이트로 지붕도 얹고 블록으로 담도 만들어 제법 그럴 듯합니다. 그러나 그날, 성질 급한 두희 아버지의 횡포로 만신창이가 되어서 사라진 키 큰 아저씨의 일이 있고부터 용안의 모습은 쉽게 눈에 띄질 않습니다. 아니, 어쩌다가 길에서 마주쳐도 데면데면 지나칠 뿐 도무지 말을 섞으려고 하질 않습니다. 경숙이의 말대로 나를 꼬드겨 키 큰 아저씨를 도왔다는 이유로 아버지께 야단이라도 맞았던 것인지, 아니면 뭔가 바쁜 일 때문에 시간적 여유가 없었던 것인지는 알 수 없습니다. 아무튼, 언제나 무슨 일이나 먼저 나와 상의부터 하던 용안이 번번이 나를 지나쳐 사라져 버리니 참으로 서운합니다.

"니 여기서 뭐하나? 방학숙제는 다 했제?"

그때 누군가 나에게 말을 걸어옵니다. 바로 경숙이입니다. 까맣게 볕에 그을린 얼굴 위엔 커다랗게 묶인 들깨단이 덩그러니 올려져 있습니다. 힘이 드는 것인지 검붉은 얼굴 위로 땀방울이 비 오듯 흘러내립니다.

"다 했다! 무거운데 얼릉 가라!"

"······?"

그러나 경숙인 여전히 할 말이 남아 있는 모양입니다. 얼굴 위로 흘러내린 들깨 섶 사이로 금방이라도 튀어나올 것만 같은 눈알을 굴리며 나를 바라봅니다.

"글쎄, 들깨단이나 좀 내리 놓고 얘기해라! 힘들다!"

안쓰러운 마음에 들깨단을 내리기 위해 팔을 뻗어 봅니다. 그러나 요지부동입니다. 도무지 들려지지가 않습니다. 어림짐작으로 보아 이십 킬로그램은 너끈히 되는 듯합니다.

"용안이 말이다. 어딜 그렇게 싸돌아다니나? 요즘 통 못 보겠다!"

그러나 경숙은 아무렇지도 않은 듯 들깨단을 거뜬히 머리에서 내려놓으며 묻습니다.

"니 모르는 걸 내가 우뚷게 아나! 궁금하면 한번 가 봐라!"

"가 봤다."

"……?"

"혹시 그날 니 아부지랑 뭔 일이 있었던 건 아니나? 그날 이후로 통 꼬라지를 못 보겠다."

"……?"

"삼순 언니 아부지 장사 날 말이다. 아무래도 니 아부지 눈빛이 마음에 걸려서 말이다."

"니는 무슨 쓸데없는 생각을 그래 하나. 우리 아부지 그래 나쁜 사람 아니다!"

마치 아버지가 용안이를 혼내는 장면을 목격하기라도 한 듯 말하는 경숙이의 말에 불연듯 화가 나서 목소리에 힘이 들어갑니다. 나 또한 용안이의 석연찮은 태도가 마음에 걸리기는 합니다. 그러나 평소 자상하고 따뜻한 아버지의 성정으로 보아 무턱대고 용안일 다그칠 아버지가 아닙니다. 공연히 넘겨짚어 아버지를 나쁜 사람으로 몰아붙이는 경숙이가 참으로 야속합니다.

"옴마야 근데 닌 왜 화를 내고 그러나. 혹시나! 해서 한 말이다."

"……?"

경숙이 또한 경솔했단 생각을 하는 모양입니다. 한동안 나의 얼굴을 빤히 올려다보며 미안한 표정을 짓습니다. 그런 경숙을 뒤로한 채 용안이네 집으로 향하려던 발길을 돌려 언덕을 오릅니다.

"야! 그러지 말고 우리 미자네 동네에 한 번 가 보자. 개학도 얼마 안 남아서 지금쯤 서울서 돌아왔을 기다."

그러나 경숙이는 못내 아쉬운 모양입니다. 돌아서는 나를 향해 급히 소리를 지릅니다.

"싫다! 며칠 있음 학교서 만날 텐데 뭐하러 가나."

참으로 어이가 없습니다. 번번이 무시당하면서도 여전히 미자가 그리운 모양입니다. 어리석고 모자라서 그런 것인지 아니면 남달리 마음이 푸근하고 넉넉해서 그런 것인지 통 알 수가 없습니다.

"아이구야, 니 우째 그래 매정시럽나. 한 달간이나 얼굴을 못 봤는데. 넌 도대체 보고 싶지도 않나?"

"할 일이 좀 있어서 그렇다. 다음에 보자."

"무슨 일인데?"

"석호 숙제도 도와줘야 하고 학교 갈 책가방도 챙겨줘야 한다."

"니 동생 일을 왜 니가 하는데?"

"하는 게 아니고 도와주는 거다. 그리구 넌 번번이 미자한테 당하면서도 자존심도 없나?"

결국, 경숙을 향해 돌아서서 매섭게 쏘아붙입니다. 제대로 친구 대접도 못 받으면서 번번이 못나게 구는 경숙이 한심해 견딜 수가 없습니다.

"오마야! 싫으면 그만이지. 왜 그래 화를 내나?"

나의 말에 경숙이 입을 삐죽 내밀며 돌아서서 냉큼 머리 위에 들깨단을 올립니다. 가난한 집 육 남매의 맏딸로 태어나 늘 동생들에게 양보하며 사람들에게 무시를 당하고 살아온 경숙입니다. 느닷없는 말로 공연히 상처를 준 것이나 아닌지 은근히 마음이 쓰입니다.

"그래! 정 가고 싶으면 그렇게 하자! 대신 오늘은 안 되고 내일은 어떻나?"

미안한 마음에 가던 걸음을 멈추고 약속의 말을 합니다. 그러나 경숙은 어느새 들깨단을 이고 뒤뚱거리며 모퉁이 길로 사라집니다.

언덕 위에 올라서서 다시 하늘을 봅니다. 이곳에 오기만 하면 금방이라도 손에 넣을 수 있을 것만 같던 구름은 여전히 멀기만 합니다. 그래서 어른들은 인생을 뜬구름 같다고들 하는가 봅니다. 잡힐 듯 잡히지 않는 희망을 쫓아 우왕좌왕하는 사이 어느새 훌쩍 달아나 버리는 구름처럼 방학이 엊그제 같았는데, 어느새 훌쩍 끝이 나고 말았으니 말입니다.

손에 잡힐 듯 도무지 잡혀지지 않는 뜬구름을 쫓아 무작정 산을 오르던 일곱 살 때의 일이 기억납니다. 그날 나는 온몸에 생채기가 난 모습으로 어둑어둑 땅거미가 진 다음에야 간신히 집으로 돌아갈 수 있었고, 나의 형편없는 몰골에 놀란 엄마는 난생처음 나에게 호통치셨습니다. 필요 이상으로 관심을 쏟으며 돌보던 오빠와 동생과는 달리 나에겐 언제나 데면데면 무관심으로 일관하시던 엄마가 어째서 그날은 그리도 무섭게 호통을 치셨는지, 나를 혼내고 돌아서서 눈물을 훔치시는 엄마의 모습을 보고서야 비로소 그것이 사랑이라는 것을 깨달았습니다. 열 손가락 깨물어 아프지 않은 손가락이 없다더니 진정 엄마는 나를 사랑하셨던 것입니다. 셋째 언니가 아버지의 사랑을 오해했던 것처럼 나도 엄마의 사랑을 오해한 것입니다. 아니, 아닙니다. 나에겐 매사가 호의적이고 긍정적이던 아버지가 어째서 셋째 언니에게만큼은 그토록 인색했던 것인지, 나 또한 한때 아버지를 의심했던 적이 있었습니다. 그래서 매사에 전투적이고 투쟁적이고 고집 센, 언니 성격 형성 절반의 책임은 아버지에게 있다고 성급하게 결론을 내리기까지 했습니다.

꼬불꼬불 이어지는 산길을 따라 발끝에 툭툭 차이는 수풀을 헤치며 동굴로 향합니다. 엊그제까지만 해도 색색의 아름다운 꽃이 피어 있던 나뭇가지엔 어느새 조롱조롱 풀씨들이 맺혀 있습니다. 겨우내 꽁꽁 언 땅을 뚫고 기어코 싹을 밀고 올라오더니 어느새 꽃을 피우고 열매를 맺었습니다. 걸음걸음을 옮길 때마다 마치 자랑이라도 하듯 톡톡 튀어 올라 길섶에 떨어지는 까아만 풀씨는 또다른 싹을 틔우고 열매를 맺을 테지요. 피고, 지고, 또 피는 세월 속의 끝은 과연 어디일까요. 갑자기 모든 세월의 그 끝이 궁금해집니다.

마치 달음박질치듯 산을 올라 이리저리 우거진 숲을 헤치며 상수리나무를 찾습니다. 전에 용안이와 보았던 청솔모가 생각난 까닭입니다. 그러나 삶은 감자 부스러기도 나무로 만든 청솔모 집도 보이지 않습니다. 전에 용안이랑 보았던 그 생명에 대한 경이로움이나 작은 동물에게까지 정성을 다하는 아저씨들의 따스한 손길 또한 그 어디에서도 찾을 수가 없습니다. 순간 나는 아차, 하는 깨달음과 함께 그만 그 자리에 멈춰 서고 말았습니다. 어쩌면 내가 성경 읽기에 골몰한 사이 아저씨들은 이미 이곳을 떠난 것인지 모른단 생각이 들었던 것입니다.

비록 많은 등장인물과 낯선 지명으로 열흘을 못 견뎌 덮어버린 책이지만, 연신 반복되는 "보시기에 좋았더라!" 하는 문장을 통해 세상을 창조하고 사람을 창조하신 하나님의 사랑의 마음을 이해하게 되었습니다. 동네 사람들에게 심한 모욕과 수치와 고통을 당하면서도 끝까지 무릎을 꿇지 않았던 아저씨의 마음 중심에 있던 성경이란, 결국 사람을 사랑하는 하나님의 마음이 기록된 책이란 것도 알게 되었습니다.

그날 키 큰 아저씨의 고집으로 끝끝내 동고사를 드리지 못하게 된 동네 아저씨들의 분노는 이만저만이 아니었습니다. 두희 아버지의 주먹에 맞고 이마와 얼굴에 상처가 난 키 큰 아저씨를 다시 방동 소나무 밑으로 끌고 가 심한 욕설과 함께 사흘 동안이나 닦달해대다가 결국 아저씨를 마을에서 쫓아내는 걸로 종결짓고 말았습니다. 그냥 시키는 대로 제사를 올리면 끝날 일을 어째서 그렇게 미련스럽게 굴었던 것인지, 기어코 절을 시키겠다고 우기는 동네 아저씨들이나 하나님 외에 다른 신을 섬길 수 없다고 한사코 고집을 부리는 키 큰 아저씨나 참으로 알 수가 없습니다.

깎아지른 듯 높이 솟아오른 벼랑 밑을 지나고 다시 우거진 숲속 길을 따라 한참을 올려가니 드디어 집채만 하게 큰 바위가 보이고 마치 큰 산짐승이 입을 쫘악 벌리고 앉은 듯한 동굴이 보입니다. 아저씨들이 도란도란 모여 앉아 걸망을 손질하던 곳입니다.

한걸음에 달려가 동굴 안을 들여다 봅니다. 그러나 사방이 어두컴컴한 동굴 안은 서늘한 냉기로 그득 차 있을 뿐, 키 큰 아저씨의 모습도 문둥이 아저씨들의 모습도 보이지 않습니다. 아니, 아저씨들뿐 아니라, 용안이 가져다 놓았다던 이부자리도, 찌그러진 냄비며 그릇들도 보이지 않습니다. 혹시나 이곳에 용안이가 와 있을까 했지만, 역시 한발 늦은 것 같습니다. 도대체 그 많은 사람들은 어디로 간 것일까요?

동굴에서 나와 근처를 둘러보았지만 역시 아무도 없습니다. 텅 비어 있습니다. 비록 습하고 컴컴했지만, 사람의 훈기가 느껴졌던 동굴입니다. 어찌 이리도 썰렁한 것일까요. 차츰 동공이 열리면서 드러난 불을 피운 흔적들로 동굴은 더욱 살풍경합니다. 사람들의 눈을 피해 이곳으로 와 겨우 산나물과 산 열매로 연명하며 살았건만 그것마저도 여의치 않았던 모양입니다. 아니, 혹시라도 발각될까 봐 두려워 도망친 것인지도 모릅니다. 동네 아저씨들의 손에 의해 동구 밖으로 내쳐진 키 큰 아저씨를 한밤 중 몰래 들것에 실어 이곳으로 옮겼으니 그 불안감이 얼마나 컸을까요. 하지만 성치도 않은 키 큰 아저씨를 데리고 또 어디로 간 것인지 참으로 갑갑하기 이를 데 없습니다.

발을 내디딜 수록 급격히 떨어지는 체온에 섬뜩한 무섬증까지 보태지자 갑자기 두려움이 몰려와 사정없이 다리가 후들거립니다. 해서 동굴을 빠져나오기 위해 황급히 돌아섭니다. 그때 불현듯 머릿속을 스치고 지나갑니다. 바로 키 큰 아저씨가 부스럭거리며 바위틈에서 꺼내주던 초콜릿입니다. 약간 쌉싸래하면서도 입 안 가득 감도는 달콤한 향기가 고스란히 되살아나 도무지 발길을 돌릴 수가 없습니다. 해서 동굴을 빠져나오려던 발길을 돌려 조심조심 바위 곁으로 갑니다. 그러나 초콜릿은 보이지 않고 지난번 용안이와 보았던 두꺼운 성경책만이 덩그러니 남아있습니다. 조심스럽게 책장을 열자, 팔랑이며 사진 한 장이 떨어집니다. 하얀 도포를 입은 키 큰 아저씨와 바지저고리를 입은 소년이 함께 찍은 사진입니다. 사진 하단에 1930년 3월 8일이란 숫자와 함께 '아빠와 함께 스티븐 존슨'이란 글씨가 쓰여 있습니다. 이미 사십 년이나 지난 사진입니다. 그러나 사십 년이나 지난 사진이라고는 도무지 믿어지지 않을 만큼 깨끗합니다. 사진을 다시 두꺼운 성책에 끼워 동굴 바위틈에 올려놓고는 서둘러 동굴을 빠져나옵니다.

"엄마아……."

산을 내려와 언덕을 넘어서자 소리 높여 엄마를 부릅니다. 파란 슬레이트 지붕 밑, 천 평 남짓한 텃밭에서 상추를 뜯는 엄마의 모습이 보이는 까닭입니다. 하얀 지지미 블라우스에 모란꽃무늬 월남치마를 입은 것을 보니 한낮의 따가운 햇살을 피해 잠시 들일을 미루고 쉬는 모양입니다. 아니, 어쩌면 갑작스럽게 손님이 찾아든 것인지도 모릅니다. 아무리 햇볕이 강해도 지금쯤이면 들에 있어야 할 엄마입니다. 점심시간이 훨씬 지난 시간에 텃밭에서 상추를 뜯는 것을 보니 분명 손님을 위해 밥상을 차리려는 것이 분명합니다. 도대체 어떤 손님이 찾아왔기에 들일까지 미룬 것인지 참으로 궁금합니다.

"엄마, 왜?"

궁금증에 달려가 냉큼 텃밭에 발을 들여놓으며 엄마께 묻습니다.

"더운데 얼릉 갖고 들어가! 뒤란 대야에 물 받아 놨으니 시원하게 목욕도 하고……."

그러나 엄마는 손을 훼훼, 저으며 나를 한사코 내어 쫓습니다.

내쫓으며 상추가 가득 담긴 소쿠리를 품에 안곤 서둘러 고추밭으로 자리를 옮깁니다. 상추를 뜯었으니 이제 풋고추가 필요한 까닭일 테지요. 장마가 끝나고 본격적인 여름이 시작되면서 찌는 무더위로 인해 지친 입맛을 살리는 데는 풋고추와 상추만큼 좋은 먹거리가 없습니다. 텃밭에서 갓 따온 싱싱한 상추에 갖은 양념을 한 쌈장을 얹어 먹는 맛도 좋지만, 싱싱한 풋고추에 장독에서 갓 퍼온 누런 된장을 찍어 한입 크게 베어 물고는 우걱우걱 씹으면 톡 쏘는 매운맛과 짭짜름하고 구수한 된장의 맛이 한데 어울려 참으로 일품입니다.

"엄마! 대체 상추는 왜 뜯냐니깐?"

엄마의 신통찮은 대답에 또다시 소리를 버럭 지르며 묻습니다. 손님이 오신 것이 아니고는 여태 집에서 미적거리고 있을 엄마가 아니란 걸 너무도 잘 알기 때문입니다.

"손님 오셨다!"

나의 끈질긴 물음에 엄마가 마지못해 대답을 합니다. 대체 어떤 손님이 왔기에 저리도 상추를 많이 뜯는 것인지 모르겠습니다.

"손님 누구? 작은아버지? 고모?"

손님이란 말에 우선 마음부터 설렙니다. 어쩐지 아침부터 깍깍거리며 까치가 울어 쌌더니 드디어 반가운 손님이 찾아든 모양입니다.

"아니, 파란 할머니 오셨다."

"파란 할머니?"

나의 눈이 다시 왕방울만 해집니다. 파란 할머니라면 몇 년 전 돌아가신 할머니의 먼 친척으로 언제나 파란 옷과 파란 보따리를 이고 나타나 온통 동네 사람들의 혼을 빼놓고는 사라지는 옷 장

수 할머니를 일컫는 말이기 때문입니다. 한 아름 선물 상자를 들고 오시는 작은아버지나 예쁘고 화사한 꽃신을 사 들고 오셨던 고모도 좋지만, 파란 보따리 가득 예쁜 옷을 이고 나타나시는 할머니 또한 반가운 손님 중 하나입니다. 오늘은 또 어떤 예쁜 옷들을 싸 들고 나타나 나의 마음을 홀릴지 미리부터 가슴이 콩닥거리는 것을 어쩔 수가 없습니다. 해서 엄마의 말이 떨어지기가 무섭게 텃밭을 나와 쪼르르 집으로 달려가 냉큼 삽짝 문 안으로 발을 들여놓습니다.

"아이구! 흡사 맞춤복같이 몸이 딱 맞는구만. 마캉 보리쌀 서말만 주고 갖고 가소. 우리 조카 매느리하고 둘도 없는 동문데 내가 무엇이 아깝겠는교. 밑지고라도 줘야제."

삽짝 문안으로 들어서자 호탕하게 웃어 제끼는 순선이 엄마의 어깨너머로 알록달록 예쁜 옷들을 확 풀어 제치곤 너스레를 떠는 파란 할머니의 모습이 보입니다. 언제나 밑지면 도대체 파란 할머닌 무엇으로 먹고 사는 것인지 모르겠습니다.

"아이구 기인이 엄마 덕분에 오늘 순선이 엄마가 횡재네. 그래 차리 입고 나가면 마, 홀애비들이 줄줄 따라 다니겠다!"

평소 순선이 엄마라면 죽고 못 사는 진 씨 댁이 아부성 강한 말을 합니다. 진 씨는 큰 기와집에서 머슴살이를 하는 아저씨로 유난히 빨간 코와 긴 턱을 가지고 있습니다.

"아이고 총각이면 모를까 홀아비를 데리다가 어디에 쓰나. 홀아비는 이가 서 말이라고 하든데 이 잡다가 시상 종칠 일 있나?"

그러나 순선이 엄마는 진 씨 댁의 말이 별로 마음에 들지 않는 모양입니다. 금방 얼굴이 새침해져선 투덜거립니다. 번번이 면박을 당하면서도 도대체 뭐가 좋아서 그리도 끈질기게 따라다니는 것인지 모르겠습니다.

"아이구야! 홀애비도 과하제. 엄감생시 총각은 무슨 총각이고. 참말로 꿈도 아무지다! 하하하!"

수열이 엄마의 말에 모두들 집이 떠나갈 듯 방성대소를 합니다.

"기인이 왔나? 아나. 이거 한번 입어봐라!"

호탕하게 웃는 동네 아줌마들 사이로 파란 할머니가 쏘옥 얼굴을 내밀며 손짓을 합니다. 역시 장사 수완이 좋기로 소문난 할머니는 뭐가 달라도 다른 모양입니다. 그 정신없는 틈에서 어떻게 나를 발견한 것인지 모릅니다.

"봐라! 어디 보자!"

파란 할머니가 바로 나의 눈앞에 원피스를 활짝 펴들자, 세상은 금방 밝고 환한 장미꽃밭으로 변합니다. 바로 초록색 바탕에 붉은색 장미꽃무늬가 듬성듬성 새겨진 원피스입니다.

"아이구야. 따악 맞겠구만. 누가 뭐라 해도 마. 원피스 임자는 기인이 니가 아닌가 싶다. 함 입히나 보자!"

말을 마치기가 무섭게 파란 할머니는 굵고 넙죽한 손으로 다짜고짜 원피스 단추를 땁니다. 순간 나는 기겁을 합니다. 왜냐하면, 열한 살이 넘어서면서부터 생기는 가슴 몽우리를 들키고 싶지 않기 때문입니다.

"아이고 야가 어느새 꽃망아리가 이래도 이쁘게 생겼노. 참말로 잠깐이데이!"

그러나 파란 할머니는 개의치 않습니다. 한바탕 너스레를 떨며 블라우스 단추를 따고 나의 몸에서 옷을 벗겨 휘익, 소쿠리 위로 날립니다. 날리곤 땀으로 뒤범벅이 된 나의 몸에 원피스를 입힙니다.

"아이고 이뻐네. 야! 질부야 이리 좀 와 봐라! 옛다 기분이다! 기인이 니 입어라! 그만……."

질부란 소리에 뒤를 돌아봅니다. 엄마가 한아름 가득 상추와 풋고추를 들고 사립짝문 안으로 들어섭니다. 그러나 나를 바라보는 엄마의 얼굴은 그리 밝지 않습니다. 아니, 낭패감 같은 것이 가득합니다.

"와 그러노? 내 번번이 신세 지는데 내 이까짓 인심 좀 쓰면 안 되나?"

"그게 아니라 번번이 면구스러워서……."

엄마가 다시 한아름 가득 상추와 풋고추를 들고 대청 마루를 지나 우물곁으로 가며 중얼거립니다.

"아이구야! 면구스럽기는 내 그동안 신세 진 것이 얼만데. 그라지 말고 얼릉 밥이나 차려 와라! 배가 마 등가죽에 붙었다. 아이구! 그 상추 참 맛나게 생겼데이."

엄마의 말에 다시 파란 할머니가 꿀꺽, 침을 삼키며 대꾸합니다. 그러나 나는 압니다. 옷값을 지불하지 않고는 결코 못 견디는 엄마의 결벽증을 말입니다. 한사코 옷값을 지불하겠다는 엄마와 한사코 뿌리치며 달아나는 파란 할머니의 실랑이는 참으로 볼만합니다. 옥신각신 서로 돈을 찔러 넣다가 옷이 벗겨진 적도 부지기수입니다.

"한데 우째 과수댁 얼굴이 안 보이네. 어디 갔나?"

파란 할머니가 다시 주위를 두리번거리며 묻습니다. 과수댁이라 함은 바로 용안이 엄마를 이르는 말입니다. 동병상련의 정 때문인지 용안이 엄마를 생각하는 파란 할머니 마음은 조금은 유별납니다. 아마도 육이오 때 남편을 잃고 자식 하나 바라보고 살다가 자식마저 저세상으로 떠나보낸 한이 되살아나는 까닭일 테지요.

"그러게유. 어디 몸이라도 아픈가. 요즘은 마실도 안 다니고 통볼 수가 없네유."

엄마가 어느새 우물에서 상추와 고추를 씻어 들고는 급히 부엌으로 들어가며 대꾸합니다.

"아이고 혼자 사는 과수댁이 몸이나 성해야 할 텐데. 어디가또 아프노."

엄마의 말에 파란 할머니가 혀를 끌끌 차며 동정 어린 눈빛으로 중얼거립니다.

"아프긴유 좀 전까지도 채마밭에 있는 걸 봤는데 무슨 소리래유!"

"채마밭에? 한데 우째 코빼기도 안 비추노?"

수열이 엄마의 말에 파란 할머니의 얼굴에 서운한 빛이 역력합니다.

"글쎄유. 가끔 낯선 남자 빨래가 널려있는 것도 그렇고, 좀 이상하긴 하네유!"

"남자 빨래유?"

수열이 엄마의 말에 순선이 엄마가 눈을 동그랗게 뜨고는 묻습니다. 동네 소문이란 소문은 다 물고 다니는 순선 엄마가 민감하게 반응하는 것을 보니 또 무슨 소문을 부풀리려는 것인지 은근히 신경이 쓰입니다.

"남자는 무슨 용안이 빨래던데. 공연히 애무한 사람 잡지 말고 말조심들 해!"

어느새 엄마가 한상 가득 차려 들고 부엌에서 나오며 수열이 엄마의 말을 막습니다. 엄마 또한 용안이 엄마가 무슨 소문에라도 휩쓸릴까 신경이 쓰였던 모양입니다.

"그랴! 그 과수댁이 헛된 짓 할 사람은 아니지. 공연히 남의 말 말고 어여들 와서 밥이나 묵게. 아이고 된장찌개 냄새 한번 구수하데이."

엄마가 파란 할머니 앞에 밥상을 내려놓자 급히 옷가지들을 밀치곤 밥상머리에 앉습니다. 밥상머리에 앉아 다짜고짜 두 손으로 상추를 북북 찢어 보리밥이 담긴 양품에 넣곤 된장찌개와 참나물과 고추장을 적당량으로 섞어 숟가락에 떠서 꿀꺽꿀꺽 잘도 삼킵니다. 이미 세 시가 넘어 네 시가 가까워오는데 여태 점심 식사를 하지 못했으니 그럴 법도 하지요. 끼니까지 거르고 그 무거운 보따리를 이고, 산동네를 헤매고 다녔을 할머니를 생각하니 갑자기 코끝이 찡해옵니다.

"한 고개 넘어서면 또다시 나타나 '어흥! 떡 하나 주면 안 잡아먹지!' 하고 달려들더란 말이다."

"그래서? 그래서 또 떡을 줬어?"

희미한 호롱불 아래서 연신 손짓 발짓을 해가며 옛날이야기를 하는 파란 할머니의 목소리엔 오늘도 여전히 긴장감이 묻어납니다. 해거름에야 겨우 동네 아줌마들이 물러가고, 주섬주섬 옷 보따리를 싸 들고 일어서던 파란 할머니는 결국 우리 집에서 하룻밤을 묵고 가시기로 결정을 하셨습니다. 모두가 엄마의 따뜻한 배려 덕분이었지요. 오십이 훌쩍 넘은 나이에 거반 쌀 반 가마나 되는 옷 보따리를 이고서 골짜기를 헤매고 다녔을 할머니를 누구보다 잘 아는 엄마가 그냥 보내줄 리가 없지요. 한사코 가시겠다고 우기시는 할머니를 결국 하룻밤 묵고 가시라고 붙잡아 앉힌 것입니다. 덕분에 살판 난 건 내 동생 석호입니다. 여우 색시 얘기며, 북두칠성이 된 효자 얘기며, 이미 들을 만큼 들었건만 여전히 흥미로운 모양입니다. 파란 할머니의 말이 끝나기가 무섭게 꼴깍 침을 삼키며 다음 이야기를 재촉합니다.

"어데. 줄 떡이 있어야 주제."

"그럼?"

"하는 수 없질 않나. 팔이라도 떼어 주는 수밖에."

"팔을 떼어줘? 아픈데 어떻게……."

호기심으로 눈이 왕방울만 해졌던 석호가 갑자기 울상이 되어 홑이불을 머리 위로 끌어올립니다.

"아이고 야가 이젠 잘란갑다. 얘긴 그만 끝내야 겠구만."

"아니, 나 안 자! 할머니 얘기 더 해줘!"

빙그레 웃으며 말하는 파란 할머니의 말이 떨어지기가 무섭게 석호가 이불 속에서 얼굴을 쏘옥 내밉니다. 아직 팔도 한쪽 남았고 다리도 남았는데, 벌써 잠이 들 석호가 아닌 걸 잘 알면서도 능청을 떠는 파란 할머니야말로 진정한 이야기의 달인이라 아니할 수 없습니다.

"그래서?"

"할 수 없이 피가 철철 흐르는 팔을 붙잡고 또다시 고개를 넘었제. 한데 또다시 나타나서 어흥……!"

공포감 가득한 얼굴로 할머니를 바라보던 석호가 다시 홑이불을 뒤집어쓴니다. 그리곤 한동안 꼼지락거리다가 이내 새근새근 잠이 들고 맙니다. 잠든 석호를 따라 나도 졸린 척 스르르 눈을 감습니다. 아무리 이야기 달인인 파란 할머니의 얘기지만 이쯤에서 그만 자야겠습니다.

"아이고 뭘 그렇게 들고 오노. 부침개 아니나?"

"시장하실 것 같아 감자 부침개를 좀 부쳐 봤어유. 드셔유."

"아이구! 이 신세를 다 우째……, 아이고 맛있데이. 우째 이렇게 맛있노? 역시 질부 솜씨 좋은 건 마 알아줘야 한데이."

말이 끝나기가 무섭게 파란 할머니는 두툼한 손을 벋어 접시 위에서 부침개를 조각을 크게 한 입 떼어 넣으며 연신 감탄사를 연발합니다.

"맛있게 드시니 좋네유. 한데 야들은 우째 벌써 잔데유?"

자는 척 누워 있는 나는 아랑곳없이 잠든 석호의 얼굴만을 애틋한 시선으로 바라보던 엄마가 다시 허겁지겁 부침개를 삼키는 파란 할머니의 모습을 바라봅니다. 접시 위에 수북하던 부침개가 갑자기 어디로 달아난 것일까요. 하얀 사기 접시가 어느새 텅 비어 있습니다. 푸른 청솔 나무와 학 무늬가 그려진 접시는 지난달 엄마가 장에 가서 사 온 접시입니다. 열 개들이 한 상자에 삼백 원이나 하는 접시를 꺼낸 것을 보니 파란 할머니에 대한 엄마의 마음이 어떤지 조금은 짐작할 수 있을 것 같습니다.

"그러게 말이데이. 무서워 연신 상을 찡그리면서도 자꾸만 얘기를 해 달락 하더니 어느새 잠이 들었다."

"아이구! 곤하실 텐데 귀찮게 해서 어쩐대유."

"시상 다 그런 재미로 사는 거 아니나. 모처럼 애들을 보니 내 사마 좋데이."

"그렇게 잘해 주시니 감사하네유! 그러잖아두 어머님 돌아가시고 할머니 정이 그리운 것인지 우리 애들이 부쩍 아줌니를 찾네유."

"왜 안 그렇겠나. 손자 사랑에 유난하던 양반 아니나. 한데 그 과수댁 말이다. 마 진짜 바람 난 거 아니제?"

부침개를 우물거리며 한동안 자는 석호의 얼굴을 힐끔거리던 파란 할머니가 갑자기 생각 난 듯 엄마를 향해 묻습니다. 낮에 용안이 엄마를 놓고 이러쿵저러쿵 떠벌인 동네 아줌마들의 얘기가 아무래도 마음에 걸리는 모양입니다.

"바람유? 그게 무신 말씀이래유!"

그러나 엄마의 반응은 전혀 생소합니다. 도무지 무슨 말을 하는 것인지 모르겠단 표정입니다.

"그렇게 쉬쉬할 것 없데이. 나사마 떠돌이 장사 십 년 만에 늘어난 건 눈치뿐이다."

"글쎄, 아니래니까유. 다만 요즘 좀 바빠서……."

결국 말끝을 흐리는 엄마입니다. 뭔가 알고 있는데 시치미를 떼고 있는 것인지 아니면 정말 아무것도 모르고 있는 것인지 도무지 분간이 가질 않습니다.

"어정칠월에 바쁘기는 뭐시 그래 바쁘나. 혹시 만나게 되든, 조심 좀 단디이 시키라! 자칫 돈 잃고 몸 망치기 쉽다! 섧다, 섧다, 그것처럼 서러운 게 어디 있겠나!"

그러나 할머닌 마치 바람이 났다는 걸 단정이라도 하는 말투입니다. 도대체 무슨 근거로 그런 말을 하는지 모르겠지만, 말을 하다가 이내 돌아앉아 치마 끝으로 눈물을 훔치는 파란 할머니의 얼굴이 참으로 슬프게 보입니다.

"알아유! 지가 왜 아주머이 속을 모르겠어유! 하지만 분명치 않는 걸 말할 수도 없구……. 심지가 굳은 사람이니 알아서 잘할 테지유."

"그렇긴 하지만서두 주의를 단다이 주래이. 엄한데 정신 팔려 나중이 땅을 치고 후회하지 말고. 그때 그렇게 그 전지만 날리지 않았어도, 가를 그래 군대 보내 죽게 하진 않았을 긴데. 내사 마, 그기 천추에 한이데이."

말을 하곤 또다시 눈물을 훔치는 파란 할머니입니다. 이미 십 년이나 훌쩍 지나건만 언제 어디서나 그 일을 떠올리곤 자책하는 것인지 모르겠습니다.

"왜 그기 그일 탓이래유! 군대 가서 사고 당한 사람이 어디 한둘이래유."

"그렇게 말해주니 고맙긴 하다만, 그래도 그땐 돈으로 군입대를 막을 수 있지 않았나?"

"그렇게 죄다 돈을 들여 군입대를 막으면 지금 나라가 우째 되었겠어유. 아주머이 아드님은 결국 나라에 큰 공을 세운 거래유!"

"그렇제? 내 자슥이 그래도 나라를 지켰으니 이 나라가 이렇게 굳건히 서 있는 거제? 맞제?"

할머니의 목소리가 금방 밝아집니다. 그렇게라도 해서 마음의 짐을 덜어보려는 할머니의 의지가 엿보이는 순간입니다.

"그러믄유. 그리구 그 일두 그래유. 결혼한 지 겨우 한 달 만에 과부가 되셨으니 그 외로움이 오죽이나 하겠어유. 잘못이 있다면 감언이설루다가 속인 그 사람 잘못이지, 절대루 아줌니 잘못이 아니라니께유? 아마 저 같어두 홀라당 넘어갔을 거래유. 쯧쯧……."

"질부가 그렇게 말해주니 고맙네. 그래서 그런지, 이 깊은 산중에 누가 나를 반긴다고 이래 찾아가나 싶다가도 질부 얼굴을 떠올리며 이상시리 힘이 나. 자넨 그 입 때문에 언제고 한번 크게 복을 받을 거네."

엄마가 다시 파란 할머니를 향해 위로의 말을 건네자, 할머니가 다시 저고리 앞섶으로 눈물을 꾹꾹 찍어내며 고맙단 말을 합니다.

똑딱똑딱 칼질하는 소리에 어렴풋이 눈을 뜹니다. 파란 모기장 밖으로 보이는 하늘이 희뿌연 것을 보니 아직 다섯 시도 채 되지 않은 것 같습니다. 어젯밤 늦게까지 두런두런 얘기를 하느라 잠이 부족할 텐데, 어째서 이리도 빨리 아침 식사준비를 서두르는 것인지 모르겠습니다.

"왜? 더 자지 않고?"

칼질하는 소리에 맞춰 부스럭거리며 옷 보따리를 싸던 파란 할머니가 잠시 부산하던 손길을 멈추고 나를 내려다봅니다. 어제 옷값으로 받은 각종 곡식 위에, 목단 꽃무늬 월남치마도 물방울무늬 원피스, 겨자색 투피스도 차곡차곡 올려져 있습니다. 모두들 순선이 엄마와 진 씨 댁 그리고 수열이 엄마가 몇 차례씩 입었다가 벗어 놓은 옷들입니다.

"할머니 왜? 보따리는 왜 벌써 싸유?"

할머니를 향해 달갑지 않은 얼굴로 묻습니다. 오늘 하루 더 머물다가 가셔도 좋으련만, 어찌하여 새벽부터 이리도 분주하게 길 떠날 채비를 서두르는 것인지 야속합니다.

"덥기 전에 가 봐야지. 옷은 팔려서 좋은데 짐이 늘어나니 이 일을 우째면 좋겠나!"

"……?"

할머니가 보따리를 쌓다가는 허물고, 쌓다가는 또다시 허물며 혼잣말처럼 중얼거립니다. 옷이 팔려도 걱정, 팔리지 않아도 걱정, 참으로 걱정이 끊이지 않는 할머니입니다.

"한데 그건 왜 묻나? 내가 가는 게 싫으나? 그러믄 평생 여기서 살까?"

할머니가 중얼거림을 멈추곤 다시 내게 묻습니다. 참으로 몰라서 묻는 것인지 아니면 나의 속내를 떠보려는 것인지 잘 모르겠습니다. 아니 어쩌면 은근히 붙잡아 주기를 바라고 있었던 것인지 모릅니다. 어느 곳 하나 반기는 사람 없는 곳을 향해 길을 떠나야 하는 쓸쓸한 할머니의 마음이 이해할 수 있을 것만 같습니다. 그러나 나는 대답 대신 빙그레 웃습니다. 마음 같아서는 우리 집에서 같이 살자고 하고 싶지만, 식구가 늘어나면 씀씀이가 커질 것이고 엄마 일손 또한 늘어날 터이니 선뜻 대답을 할 수가 없습니다.

"왜 대답이 없나? 내가 여기 살믄 니 밥 다 빼사 묵을까 겁나나?"

내가 대답을 하지 않자 파란 할머니가 웃으며 나의 얼굴을 빤히 들여다봅니다. 역시 어른들의 눈은 속일 수가 없나 봅니다. 마치 나의 속에 들어갔다가 나온 것만 같습니다.

"한데 할머이는 왜 맨날 파란 옷만 입고 다녀? 난 분홍색이 더 좋은데?"

급히 말을 돌립니다. 마치 속내를 훤히 들여다보는 듯 말하는 파란 할머니의 질문이 부담스러워 피하고 싶은 까닭입니다.

"글쎄다! 내가 왜 파란색만 입는지 그기 그래 궁금하나?"

"……?"

"파란색은 말이다. 니 할아부지가 가장 좋아하던 색이다! 혹시라도 아나. 이 옷을 보고 저승에서 살아 돌아올지. 죽었는지 살았는지 모르지만도……."

말을 하곤 이내 눈물을 글썽거리는 파란 할머니입니다. 육이오 때 전쟁터로 가 소식이 없는 할아버지 얘기는 귀가 따갑도록 들었지만 파란색을 좋아하셨다는 말은 처음 듣는 것 같습니다. 이미 삼십 년이나 흘렀건만 아직도 잊지 못하고 그리워하고 있는 것을 보니 참으로 마음이 아픕니다.

"아휴! 보따리를 벌써 다 싸셨네요."

그때 엄마가 회색 양은쟁반에 김이 모락모락 나는 노란 양은냄비와 사기그릇을 받쳐 들고 들어옵니다. 벌써 자리 조반을 차려온 모양입니다.

"아이구! 이 뭘 또 이렇게 끓여오나."

싼 보따리를 성급히 한쪽 구석으로 밀치며 할머니가 반가운 듯 쟁반을 받습니다.

"며칠 푹 쉬시다가 갔으면 좋으련만 자꾸만 서두르시니 원……."

"나도 그랬음 좋겠다. 그런데 야가 여 살까 하이까네마. 퍼뜩 대답을 안 한다."

파란 할머니가 말을 하며 엄마를 향해 눈을 찡긋합니다. 아마도 나를 놀려 먹고 싶은 모양입니다.

"왜 그랬어. 며칠 푹 쉬었다가 가세유! 해야지."

"……."

그러나 나는 그런 일곱 살배기 석호에게나 어울릴 듯한 말에 대답할 마음이 없습니다. 벌써 가슴에 젖몽우리가 생길 만큼 숙녀가 되어 있는 내게 그런 마음에도 없는 대답을 하라니 참으로 어이가 없습니다.

"한데 그기 뭐나? 생떡국 아니나?"

할머니 또한 나의 대답 따윈 관심도 없는 모양입니다. 아니, 어느새 까맣게 잊은 듯합니다. 마치 귀한 물건이라도 보는 듯 눈을 동그랗게 뜨고는 엄마가 가지고 들어온 냄비를 내려다봅니다.

"야! 지난번 모내기할 때 먹다 남은 가루를 말려 놨다가 끓여 봤어유!"

"아이구! 시상에, 이 여름에 이 귀한 음식을……. 질부는 우째 이렇게 자손 대대로 복 받을 짓만 하나!"

엄마가 하얀 사기 대접에 생떡국을 퍼서 내밀자 파란 할머니가 너스레를 떨며 한 숟가락 크게 떠서 조금씩 입속으로 밀어 넣습니다. 그러나 나는 엄마의 그런 태도가 그리 마음에 들지 않습니다. 왜냐하면, 입안에 넣기가 무섭게 쩍쩍 달라붙는 생떡국을 여명도 밝지 않은 새벽에 어떻게 먹으라는 건지. 사람만 보면 뭐든 먹이지 못해 안달을 하시는 엄마를 이해할 수가 없습니다.

"아이구야! 시원하다! 우째 이렇게 맛나게 끓이나. 입에 짝짝 달라붙는 것이 기가 막히는구만."

그러나 파란 할머니는 또다시 침이 마르도록 칭찬을 합니다. 시원하기는커녕 옆에 있기만 해도 훅훅 더운 김이 나는 생떡국을 시원하다고 하니 참으로 어이가 없습니다.

"이렇게 드시면 언제 또 드실지 모르는데 든든히 드시고 가세유! 언제쯤 편히 사실 수 있을지……."

파란 할머니가 후룩거리며 단숨에 생떡국 한 그릇을 비우자, 엄마가 다시 쯧쯧! 혀를 차며 냄비에서 남은 생떡국을 퍼서 빈 그릇을 채웁니다. 자식 입에 밥 들어가는 것보다 행복한 것이 없다던 엄마가 어째서 파란 할머니 입에 생떡국 들어가는 것을 더 기뻐하시는 것 같습니다.

"그래 말해주니 고맙데이. 질부가 아니믄 누가 나를 이래 챙기주겠나."

파란 할머니가 또다시 돌아앉아 옷깃으로 눈물을 훔칩니다. 그도 그럴 것이 할머니의 말처럼 산을 넘고 물을 건너 종일 다리품을 팔아도 누구 하나 관심을 가져주는 사람 없는 떠돌이 옷 장수의 팔자니 오죽이나 할까요.

"기인이 잠 안 오면 이 보따리 좀 동구 밖까지 들어드리고 와라! 할 수 있제?"

한동안 후룩거리며 생떡국을 먹던 할머니가 다시 떡국 한 사발을 후닥닥 비우고 일어서자 엄마가 나를 돌아보며 묻습니다. 옷값으로 받은 콩이며 보리쌀이며 잔뜩 쌓아 올린 보따리를 머리에 이고, 또다시 작은 보따리를 챙겨 드는 파란 할머니의 모습은 나 또한 안타깝습니다.

"아이고마 됐다! 까짓 얼마나 된다고……."

그러나 파란 할머니는 한사코 보따리를 들고 방을 나가며 소리를 칩니다. 순간 나는 나도 모르게 벌떡 일어나 할머니에게서 작은 손 보따리를 가로챕니다. 파란 할머니와 엄마가 약속이라도 한 듯 서로 마주 보며 빙그레 웃습니다.

할머니를 따라 밤이슬이 촉촉이 내린 마을길을 걸어갑니다. 발걸음을 내딛을수록 주위가 조금씩 밝아오는가 싶더니, 집 모퉁이를 지나고 채마밭을 지나 냇가를 따라 좁다랗게 난 오솔길을 걸어

가는 동안 어느새 사물이 모두 모습을 드러냅니다.

큰 보따리를 이고 한동안 잰걸음으로 앞서 걷던 파란 할머니가 갑자기 멈춰 서며 어둠 속에서 희미하게 모습을 드러낸 물봉선을 가리킵니다. 물봉선은 물가나 습진 골짜구니에서 자라는 한해살이풀꽃으로, 홍자색 꽃잎에 기다란 꿀주머니가 있어 아이들이 무척이나 좋아하는 꽃입니다. 그러나 난 물봉선의 꽃을 보면, 언제나 심하게 머리채를 흔들며 나타나 우리를 향해 호통치던 우물 할미 생각에 진저리가 쳐지곤 합니다. 우물 할미는 가끔 우리 동네에 꼬부랑꼬부랑 나타나선 아이들을 괴롭히는 할머니입니다. 아니, 어쩌면 우리가 먼저 할머니를 괴롭힌 것인지도 모릅니다. 마치 뒤엉긴 실타래처럼 하얀 머리를 흔들며 나타나선 연신 붉고 동그란 혀를 날름거리며 욕지거리를 해대는 우물 할미의 기이하고도 낯선 모습이 놀랍고 두려워서 우리가 먼저 심한 욕설과 함께 돌팔매질을 한 때문인지도 모릅니다. 어떻게 붉고 고운 빛깔의 물봉선을 보면서 우물 할미의 모습을 떠올리는 것인지, 다만 꽃자루와 꽃대가 고부랑하게 말려있는 물봉선과 할머니의 등처럼 꼬부랑 구부라진 할미꽃의 이미지가 물과 함께 묘하게 겹쳐져서 어린 마음에 각인된 건 아닐까 하는 추측만 있을 뿐입니다.

"기인아! 니도 이리 와서 한번 묵어봐라!"

어느새 꽃잎을 따서 쭐쭐 빨며 너스레를 떠는 할머니의 얼굴은 그 어느 때보다 행복해 보입니다. 오십이 넘은 나이에도 불구하고 흡사 일곱 살 철부지만 같습니다.

"한데, 저기, 저건 누고? 과수댁 아니나?"

한동안 물봉선을 들고 빨던 파란 할머니가 가늘게 눈을 떠 산기

슭을 바라보며 혼잣말처럼 중얼댑니다. 새벽공기를 가르며 산기슭을 급히 내려오는 사람들이 보입니다. 바로 용안이 엄마와 키 큰 아저씨입니다. 연신 주위를 두리번거리며 내려오다가 우리와 눈이 마주치자 주춤 멈춰 섭니다. 동네 사람들에게 당하고 마을을 떠난 줄만 알았던 키 큰 아저씨가 어째서 용안이 엄마와 함께 산을 내려 오는 것인지 모르겠습니다.

"기인아! 이제 그만 가 보그라! 수고 많았데이!"

순간 파란 할머니가 중얼거리며 물봉선을 내동댕이치고는 성큼 밭둑으로 올라서서 용안이 엄마를 향해 달려갑니다. 그러나 나는 선 듯 돌아서고 싶지 않습니다. 처음 동구 밖까지 보따리를 들어드리기로 마음먹었던 일을 도중에서 그만둘 수는 없습니다. 아니, 그동안 궁금했던 용안이의 소식을 알 수 있을까 하는 기대감이 나로 하여금 선뜻 발걸음을 돌릴 수 없게 만들었는지 모릅니다.

"거 새벽부터 무슨 일이고? 볼썽사납게. 니 바람 난나?"

"……."

한동안 두 사람을 번갈아가며 바라보던 파란 할머니가 또다시 호통을 칩니다. 그러나 용안 엄마는 대답은커녕, 잔뜩 겁먹은 얼굴로 그 자리에 붙박인 채 미동도 하지 않습니다. 아마도 갑작스런 파란 할머니의 출현에 적잖이 놀란 모양입니다.

"와 대답을 못하노? 내가 묻는 소리 안 들리나?"

"그, 그게 아니라. 스티븐은……."

한동안 겁먹은 얼굴로 서서 파란 할머니를 바라보던 용안 엄마가 무슨 말인가를 하려다가 다시 멈춥니다. 아무리 자신을 친 동생처럼 아끼는 파란 할머니지만 지금의 사태를 달리 설명할 방법이 없었던 모양입니다.

"뭐? 니 지금 스티븐이라고 했나? 맞다! 그때 그 양코배기 스, 스티븐……? 맞제?"

"……"

용안 엄마의 말에 한동안 키 큰 아저씨를 올려다보던 파란 할머니가 갑자기 소리칩니다. 도대체 키 큰 아저씨를 어떻게 알기에 저리도 반가워하는 것인지 알 수 없습니다.

"아이고, 여서 이럴 게 아니라 우선 사람들 눈에 안 뜨이는 곳으로 좀 가이시다. 어릴 때 만났던 스티븐을 여서 이래 만나다이, 이 무신 일이나."

남의 눈에 띨세라 급히 아저씨 손을 잡고 상수리나무숲에 들어가는 파란 할머니의 얼굴은 어느새 눈물이 그렁그렁합니다. 그러나 파란 할머니의 그러한 태도에도 불구하고 키 큰 아저씨의 반응은 의외로 무덤덤합니다. 대답은커녕 마치 낯선 사람을 바라보듯 그저 멀뚱멀뚱 파란 할머니의 손에 이끌려 상수리나무숲으로 들어갑니다.

"아니구야! 우째 날 몬 알아봅니껴! 나 웃담 살던 정분이란 말입니더. 증말루 모리겠습니꺼?"

"아아!"

파란 할머니가 안타까운 듯 손바닥으로 가슴을 탕탕! 치자, 키 큰 아저씨의 얼굴이 비로소 환해집니다.

"한데 증말 여긴 또 왜 왔습니꺼? 그래 구박을 받고도 아직도 이 땅에 그래 미련이 남았습니꺼?"

"하나님께서는 이 땅을 사랑하십니다. 나도 이 땅을 사랑합니다."

"또 그 소립니꺼? 아저씨가 무엇 때문에 그래 무지막지하게 돌아가셨는데 아직까지 그래 미련을 못 버립니꺼?"

"하나님께서는 이 땅을 사랑하십니다. 나도 이 땅을 사랑합니다."

"아이구마 됐습니더. 그러니 그만하고 앞장이나 서 보이소. 우뚝게 살고 있는지 마. 사는 꼴이나 한 번 보이시다."

이젠 더 이상 파란 할머니의 마음엔 내가 없는 모양입니다. 이고 있던 보따리를 내려 나무 밑에 내려놓고는 무작정 키 큰 아저씨를 끌고 숲 속으로 들어갑니다.

각종 잡목이 우거진 산길을 헤집고 키 큰 아저씨를 따라 들어간 곳은 동굴에서도 삼십 분 남짓 올라간 곳이었습니다. 사방이 울창한 나무숲으로 둘러싸인 높고 험준한 곳으로, 과연 이런 곳에 어떻게 사람이 살 수 있을까 싶은 그런 곳이었습니다.

"아이고. 대체 무슨 잘못을 했다고 이래 숨어 삽니꺼? 대체 언제부터 여서 이래 살았습니꺼?"

파란 할머니 기가 막히는 얼굴로 연신 한숨을 내쉬며 아이고를 연발합니다. 도대체 키 큰 아저씨와 문둥병 아저씨들이 무엇을 잘못했기에 이같이 험한 산속에 숨어서 살아야 하는 건지 나 또한 자꾸만 속이 상해옵니다.

그러나 칡넝쿨로 뒤덮인 나무문을 열고 안으로 들어서는 순간 나는 눈앞에 펼쳐지는 광경에 이내 눈이 휘둥그레졌습니다. 온통 들꽃들로 장식한 십여 평 남짓한 마당과 직경이 오십 센티는 족히 될 듯한 옹달샘, 긴 복도 양옆으로 칸칸이 꾸며진 창고와 부엌과 방들, 참으로 손색이 없는 그런 집이었습니다. 느릅나무를 의지해 땅굴을 파고, 나무 등걸로 기둥을 세우고, 수십 개의 서까래로 천장을 만들고, 사이 사이 진흙과 갈청잎을 섞어 벽을 바르고, 구들장까지 놓아, 이전 동굴의 습하고 찬 기운과는 달리 무척이나 아늑하고 쾌적하기까지 했습니다. 어찌 나무뿌리와 돌로 뒤엉킨 땅 속에 이토록 따뜻하고 아늑하고 쾌적한 보금자릴 만든 것인지, 도무지 병들고 상한 육신으로 두어 달도 채 안 된 시간에 지은 집이라고는 믿어지지 않았습니다.

더욱 놀라운 건, 전과는 다른 그들의 밝고 환한 표정들입니다. 발붙일 곳 하나 없이 병든 몸으로 외롭고 서러워 악을 써대던 아저씨들이 어떻게 저토록 밝아졌는지, 저마다 뜯어온 산나물과 각종 나무 열매를 손질하며 떠들며 웃는 모습은 마치 단오절을 준비하는 동네 사람들처럼 들떠있습니다. 아니, 더 놀라운 건 용안이와 용안이 엄마의 헌신적인 모습입니다. 냄비며 이부자리며 하다 못해 빗자루까지, 모두 다 용안이네 집에서 보았던 것들입니다. 대체 넉넉하지도 못한 살림을 왜 여기에다 갖다놓은 것인지 모르겠습니다.

"대체 우뚱게 된 일이나? 여는 또 우뚱게 알고?"

인기척에 놀라 부스스 동굴을 나오던 용안이 묻습니다. 어이없게도 갓난아이 하나를 안고 있습니다. 이 깊은 산중에 그것도 문둥이들만 득실거리는 이곳에 갓난아이란 도무지 이해할 수가 없습니다.

"그래 됐다! 한데 그 아는 또 뭐나? 없든 아가 갑자기 어디서 생겼드나?"

"모른다! 삼순 누나 아라는데 장례식 끝나고 와보니 있더라!"

"삼순 언니 아? 큰 기와집 업동이로도 싫다고 하드니 고작 여 두고 갔드나?"

"그래! 아마도 아 뺏길까 봐 겁이 난 모양이다. 자리 잡는 대로 와서 데리고 가겠다고 하드란다. 그러이 너도 이 아가 무탈하게 잘 지내도록 하나님께 기도 좀 해줘라!"

"기도?"

"그래! 하나님께 소원 이뤄달라고 비는 기 기도다."

"그럼 동고사 같은 거나? 돼지머리도 삶고, 제상도 차리고?"

"아니다. 돼지머리나 제상 같은 건 필요 없다. 예수님께서 우리의 죄를 대신해서 이미 십자가에서 피 흘리고 돌아가셨기 때문에 더 이상 피를 흘릴 필요가 없다. 다만 예수님 이름으로 하나님께 기도만 하면 된다."

"예수님? 예수라면 그 이야기책에 나오는 그 사람 아니나?"

"이야기책이 아니라 우리 인류의 시작과 끝이 분명한 성경책이다! 거기 씌여진 하나님의 말씀을 믿고 의지하고 기도하란다."

"……?"

그러나 나는 선뜻 대답을 할 수가 없습니다. 빛이 있으라! 해서 빛이 있었다거나, 흙으로 사람을 빚어 혼을 불어넣었다거나 하는 얘기는 참으로 생소하고 믿겨지지 않습니다.

"그건 그렇고 대체 닌 왜 여 있나"

"그럼 어쩌겠나. 돈 한 푼 없이 병든 몸으로, 더구나 여기저기 옮긴다는 나병이다. 어느 동네에서 받아주겠나? 모르긴 해도 당분간 이래 도와줘야 할 것 같다."

"당분간?"

"그래! 지금 이곳을 공식적인 나병 환자 수용소로 등록시킬라고 노력 중이다. 아무래도 아저씨들이 동네 사람들에게 쫓겨나지 않으려믄 그 길밖에 없지 싶다."

"수용소? 동네 사람들이 허락하겠나?"

"그렇다고 떠돌아다니며 살 순 없질 않겠나. 한데, 키 큰 아저씨
가 파란 할머니는 대체 우똫게 안단 말이나?"

"나도 모른다. 다만 아저씨 어릴 때 만났다던 정분이라는 사람
이 아닌가 싶다!"

"맞다! 나도 정분 씨 어쩌구, 하는 소릴 들었다."

"우리나라에 선교 온 아버지를 따라 왔다가 만난 모양이더라! 파
란 할머이집에서 복음을 전파했단다!"

"복음? 그기 뭐나?"

"말 그대로 복된 소식이다! 우리를 죄에서 구원하신 예수님을 가
르치고 전하는 일이다."

"대체 그기 뭔데 그 잘사는 나라에서 와서 저 고생을 한다는 말
이나?"

"나도 처음엔 이해할 수 없었다. 그러나 키 큰 아저씨 말씀을 듣
고 책도 읽고 기도도 하다 보니 이젠 이해가 된다."

"옴마야! 니 그새 예수쟁이 다됐네!"

너무도 진지한 용안이의 태도에 나는 또다시 할 말이 없습니다.
해서 동굴 이곳저곳을 살피며 무성의한 대답으로 일관하며 연신
혀를 차는 파란 할머니의 구시렁거리는 소리에 귀를 기울입니다.

"한데 니는 이제 그만 내리가 봐라! 니 아부지한테 발각되믄 큰
일이다. 공연히 아저씨들까지 곤란하게 하믄 안 되잖나?"

"니 지금 뭔 소리나? 내가 고작 그 정도밖에 안 돼 보이나?"

한동안 나를 지켜보던 용안이 비로소 생각난 듯 중얼거리자, 나

도 모르게 발끈해서 쏘아붙입니다.

"미안하다! 설마 하믄서도 자꾸만 불안해져서 안 그러나. 더 이상 키 큰 아저씨가 당하는 걸 보고 싶지가 않다."

용안이 다시 진저리를 칩니다. 나 또한 용안이 못지않게 그날 일은 진저리가 납니다. 대체 키 큰 아저씨가 뭘 잘못했다고 그리도 심하게 구는 것인지 말입니다. 아니, 용안이의 행동에 더욱 마음이 쓰입니다. 경숙이 말대로 혹시라도 나 때문에 용안이가 아버지께 꾸중을 들은 건지도 모른다는 생각이 들었기 때문입니다. 대체 어디서 어떻게 아버지에게 야단을 맞았기에 저리도 조심을 하는 것인지 알 수 없습니다.

"안다! 근데 니 혹시 그날 우리 아부지와 무슨 일 있었던 건 아니제?"

"무슨 일?"

"그냥 좀 신경 쓰여서. 경숙이 말로는 니가 울 아부지한테 혼찌검이 났을 거라던데……?"

"아니다. 그런 일 없다. 다만 좀……."

말을 하려다가 이내 닫아버리는 용안이의 표정이 다시 어두워집니다. 설마 했더니 정말 무슨 일이 있긴 있었나 봅니다.

"미안하다. 난 울 아부지가 다른 아부지들관 뭔가 좀 다른 줄 알았다."

용안이 말에 불뚝거리며 화가 치솟아 원망의 말을 합니다. 평소 점잖고, 침착하고 인정 많기로 소문난 아버지가, 나병은 멀리서 보기만 해도 옮는다던 수열 아버지의 터무니없는 말에 흔들리다니 정말로 부끄러워 견딜 수가 없습니다.

"괜찮다! 그럼 막내딸이 문둥이가 될 뻔했다는데 놀라지 않을 사람 있드나. 넌 뭘 그런 걸 가지고 그러나."

나의 투정 가득한 말에 용안이 비로소 비시시 웃으며 마치 철 없는 동생 달래듯 합니다. 아니, 어쩌면 또 나를 가르치려는 것인지도 모릅니다. 나보다 공부는 좀 잘할지 몰라도 독서량으로 보나 영어 실력으로 보나 월등한 내 앞에서 잘난 체 구는 것이 참으로 어이가 없습니다.

"그래서 나한테 그래 데면데면하게 굴었드나?"

"네가 은제……? 아아, 그동안 마이 바빴다. 이사도 해야 했고 또 사람살이도 갖다 날라야 했고, 몸이 열 개라도 모자랐다."

용안이 비로소 생각난 듯 호들갑을 떱니다. 그러고 보니 양동이 며 빗자루며 하다못해 이부자리까지 모두 용안이네서 보았던 낯익은 물건입니다. 풍족하지도 않는 살림에 어쩌면 그토록 세심하게 신경을 쓴 것인지 알 수 없습니다.

"알았다. 그만해라! 근데 니 엄마는 대체 우뚱게 된 거나. 이 바쁜 농사철에 여 와 계시믄 대체 농사는 누가 짓나?"

"삼순이 언니가 한사코 여다 아를 맡기는 바람에 그래 됐다. 병든 사람들한테 아를 돌보라고 맡기믄 되나."

"그럼 순전히 아 때문이나?"

"그기 아님, 이 깊고 위험한 산중에 왜 왔겠나."

"맞다. 니 엄마처럼 인정 많으신 어른은 충분히 그러실 수 있다. 그런 걸 난 또……."

말을 하려다가 서둘러 입을 닫습니다. 차마 파란 할머니 말대로 용안이 엄마가 키 큰 아저씨와 바람이 난 줄 알았단 말을 할 수 없었기 때문입니다.

"아이구! 이기 뭐꼬. 거 방비 좀 가지 오소. 내 집이나 좀 치워주고 갈랍니더."

열려진 동굴 속에서 파란 할머니의 활기찬 목소리가 들립니다.

정
의
의

결
사
대

긴꼬리풀이 활짝 핀 산모퉁이를 지나 학교로 가는 길은 마냥 즐겁기만 합니다. 그동안 못 만났던 친구들을 만나는 기쁨도 그러하거니와 마치 잠자리 날개처럼 가볍고 시원한 지지미 원피스를 친구들에게 선보일 생각을 하니 벌써부터 어깨가 으쓱해집니다. 경숙은 물론이려니와 미자도 순선이도 혜숙이도 모두들 하늘에서 내려온 선녀를 바라보듯이 황홀한 눈길로 나를 바라볼 테지요. 아니, 어쩌면 입술을 삐죽거리며 이러쿵저러쿵 트집을 잡을지도 모릅니다. 특히 시샘 많기로 유명한 미자는 더더욱 그러하겠지요. 본래 시샘이 많아서 남 잘되는 꼴은 못 보는 아이니까요. 그 작고 도톰한 입술을 쌜쭉거리며 또 얼마나 비아냥거릴지 훤합니다. 그래도 난 개의치 않습니다. 물색이 곱지 않다거나, 모양이 세련되지 못하다거나 하면서 아무리 트집을 잡을지라도 열 받지 않을 자신이 있습니다. 다 열등감의 표시일 테니까요. 그러나 딱 한 사람, 용안이만큼은 조금 신경이 쓰입니다. 왜냐하면, 혹시 굶주림에 허덕이는 아저씨들은 외면한 채 사치하는 나를 못마땅하게 생각할지도 모르니까요.

그날 파란 할머니의 끈질긴 설득으로 아이를 들쳐 업고 마을로 내려온 용안 엄마는 채 사흘도 못 되어 다시 산속으로 들어가고야 말았습니다. 바로 동네 아줌마들의 입방아 때문입니다. 아무리 삼순 언니의 부탁으로 아이의 정체를 함구해야 했던 용안 엄마지만, 과수댁이 바람 피워 낳은 아이라는 터무니없는 소문만큼은 참기 힘들었던 모양입니다.

"누나! 누나도 새 옷이고 나도 새 옷이니 애들이 많이 부러워할 테지? 우리 아주 비싼 옷이라고 자랑하자!"

석호가 셔츠 자락을 툭툭 털며 자랑스러운 듯 말합니다. 방금 집에서 입고 나온 새 옷이라 먼지가 묻었을 리 만무하지만 구태여 툭툭 털며 너스레를 떱니다. 나 또한 치맛자락을 잔뜩 움켜쥐고 요리조리 아침이슬을 피해 조심스럽게 발걸음을 떼어놓습니다. 아이들에게 선을 보이기도 전에 더럽혀지면 안 되니까요.

"쓸데없는 말 하지 말고 어서 가기나 해라! 옷이 깨끗하고 단정하면 됐지. 비싼 기 뭔 소용이나!"

그러나 나는 시치미를 뗀 체 석호를 향해 핀잔을 줍니다. 왜냐하면 유난히 새 옷을 좋아해서 옷 장수만 왔다 하면 떼를 쓰며 말썽을 부리는 석호로 인해 번번이 집안이 시끄러워지기 때문입니다. 지금 입고 있는 셔츠 또한 예외일 수 없습니다. 산으로 들로 뛰어다니며 놀다가 해거름에야 대문을 열고 들어서선 다짜고짜 셔츠 하나를 골라 들고 떼를 쓰는 꼴이란 참으로 한심합니다.

교실은 텅 비어 있습니다. 배움에 대한 갈망 때문인지, 아니면 새 옷을 아이들에게 선보이고 자랑하고 싶은 마음 때문인지. 새벽부터 일어나 부스럭거리며 수선을 떠는 석호 때문에 평소보다 한 시간가량은 먼저 학교에 도착한 때문입니다. 문을 열자 메케한 곰팡내와 함께 뽀얀 먼지가 금방이라도 재채기를 일으킬 것 같습니다. 방학 동안 당번을 정해서 교실 환기도 시키고 청소도 했는데 대체 어떻게 된 것인지 알 수 없습니다. 아니, 아무래도 용안이 산속을 들락거리느라 제대로 반 아이들을 관리하지 못한 데 있는 것인지도 모릅니다. 서둘러 유리창 문을 열고 마른 걸레를 찾아 대충 의자와 책상 위에 있는 먼지를 닦아내곤 자리에 앉습니다.

식물 채집, 우표 수집, 원두막이 그려진 그림과, 수수깡으로 만든 통통배…… 그 어느 것 하나 소홀히 한 것이 없어 마음이 뿌듯합니다. 아니, 어쩌면 오빠나 언니 도움 없이 온전히 혼자 힘으로 한 것이 더욱 자랑스러운 것인지 모릅니다. 다른 건 몰라도 그림만큼은 언니나 오빠의 도움이 절실했건만 진학반에 들어가 방학이 다 끝나가도록 돌아오지 않으니 어쩔 수가 없었습니다. 물론 오빠나 언니들을 위해 밑반찬을 해 나르는 엄마를 따라 두어 번 읍내 자취방을 찾은 적은 있지만, 워낙 시간에 쫓기는 관계로 도움을 청할 여유가 없었습니다. 그나저나 내년엔 셋째 언니가 원하는 대학에 꼭 들어가야 하는데 어찌 될지 모르겠습니다. 아버지의 태도로 보아 입학시험에 떨어졌다 하면 바로 살림살이나 배우라고 호통을 치실 테니 아무리 언니가 날 골탕 먹였어도 그런 불상사는 일어나지 않았으면 합니다. 왜냐하면, 나는 아버지의 사랑을 시기하고 질투하는 누구처럼 옹졸하지 않으니까요. 생각에 생각을 더하며 자리에 앉아 여름방학 동안 정성스럽게 준비한 과제물을 하나둘 꺼내 책상 위에 놓습니다.

"와! 니 새 옷 입었네! 이쁘다!"

어느 틈에 들어왔는지 경숙이 나의 위 아래를 유심히 살피며 호들갑을 떱니다. 그러나 나는 무덤덤합니다. 미자나 혜숙이라면 모를까 경숙이라면 그리 기쁠 것도 어깨가 으쓱할 것도 없습니다. 언제나 검정치마에 때에 절은 백포 블라우스를 입고 다니는 경숙에게 예쁘지 않은 옷이란 없을 테니까요.

경순에 이어 길상이가 들어서고, 그 뒤에 혜숙이, 숙자, 두희, 광희, 하나둘 아이들이 들어서자 교실 안은 금방 시끌벅적 흡사 읍내 장터 같습니다. 아니, 어쩜 삼삼오오 짝을 지어 앉아 그동안 쌓인 이야기를 시새워 조잘거리는 여자애들에 비해, 온몸으로 반가움을 표시하는 남자 아이들의 모습은 불란서 투우장 같습니다. 책보를 풀어 깃발처럼 휘날리며 대체 무엇을 하는 것인지도 모릅니다.

"한데, 용안이가 왜 아직 안 오나. 니 혹시 소식 아나?"

누군가 경숙이를 향해 물어옵니다. 누구보다 먼저 와 자습을 하고 있을 용안이가 보이지 않아 그 또한 궁금했던 모양입니다. 방학 과제물을 정리하던 나의 손이 불현듯 멈춰집니다.

"글쎄, 그기 좀 그렇다! 얼마나 마음이 상했겠나."

경숙이 넓죽한 입을 삐쭉거리며 무슨 큰 비밀이라도 얘기하듯 귓속말로 속삭입니다.

"속이 상하다니, 왜?"

"용안이 어머이 말이다. 고민이 있는가 보다!"

"고민? 무슨 일로?"

"야가 말귀를 참 못 알아듣는다. 바람이 난 것 같다, 이 말이다. 벌써 아까지 낳았다던데."

"아를 낳아? 대체 누구하고……?"

"누군 누구나 동고사 제물 훔쳐갔던 그 양코배기지."

"양코배기? 그기 누구나?"

순간 아이들이 귀를 쫑긋 세우며 하나둘씩 몰려듭니다.

"한데 더 놀라운 사실은 그 양코배기가 누군 줄 아나? 바로 문둥이들 두목이란다. 밤마다 사라지는 용안이 엄마가 영, 이상해서 따라갔더니 글쎄 문둥이들이 득실거리는 산속으로 들어 가드란다. 몰래 아까지 낳아 키우드란다."

"뭐라고? 문데이 아를 낳았다고? 아이고! 이 일을 우똫게 하든 좋나."

"그래 말이다. 대체 용안이 불쌍해서 우똫게 하나 쯧쯧!"

이곳저곳에 아이들이 혀를 차는 소리가 들립니다. 제대로 알지도 못하면서 대체 어쩌려고 저토록 무서운 말을 하는 것인지 모르겠습니다.

"거 제대로 알지도 못하고 함부로 지껄이지 말고 얼릉 방학숙제나 좀 내놔봐라! 니는 우째 그래 엉뚱한 소문만 듣고 다니나."

나도 모르게 냅다 소리를 지릅니다. 용안이로 하여금 분명 삼순이 언니 아기라고 들었는데 어떻게 소문이 나도 그렇게 난 것인지 도무지 이해할 수가 없습니다.

"옴마야! 지금 동네 사람들이 쳐들어가 세간살이를 부수고 난린데 잘난 척은……."

"뭐? 집을 부셔?"

"그래! 동네 망한다고 난리 치는 거 이 두 눈으로 똑똑히 봤다. 잘난 척 좀 그만해라."

나의 반문에 경숙이 다시 책상 위에 방학 과제물을 올려놓으며 두툼한 입을 삐쭉거립니다. 달랑 방학 책 한 권밖에 올려 놓지 못하는 것으로 보아 이번에도 또 방학숙제를 해 오지 않은 것 같습니다. 매번 다리에 멍이 시퍼렇게 맞고도 도무지 변할 줄 모르는 경숙이의 뇌에는 도대체 무엇이 들어 있는 것인지 모르겠습니다.

"옴마야! 닌 대체 그기 뭐나?"

그때 누군가 놀라 소리를 지릅니다. 돌아보니 수열이 양손에 무엇인가를 들고 교실 문을 들어섭니다. 순간 나의 눈 또한 둥그레집니다.

"맞다! 그기 닌 대체 뭐나? 징그럽다 치워라!"

혜숙 또한 놀란 모양입니다. 있는 대로 눈살을 찌푸리며 호들갑을 떱니다. 장수풍뎅이며 고추잠자리며 매미들이 산채로 등에 못이 박혀 푸드득거리는 모양은 차마 눈 뜨고는 보기 힘이 듭니다.

"뭐긴 뭐나 곤충 채집이지."

"곤충 채집이 뭐가 그러나?"

"시간이 없어서 오늘 아침에 해 가지고 왔다. 뭐가 어떻나!"

그러나 수열은 개의치 않습니다. 참매미, 기울 매미, 장수풍뎅이, 하늘소, 고추잠자리, 귀뚜라미 등 갖가지 곤충들의 이름이 적힌 송판을 마냥 신기한 듯 바라봅니다.

"맞다! 잔인하게 니 무슨 짓이나?"

이를 멀리서 바라보던 길상이도 소리를 버럭 지릅니다. 반에서 가장 남자답고 힘세고 싸움 잘하기로 소문난 길상이지만 마음은 의외로 여립니다. 못에 박혀 팔딱거리며 통증을 호소하는 곤충들을 바라보기가 심히 괴로운 모양입니다.

"맞다! 한 달 내내 냇가에서 조무래기들과 미역 감든 아가 시간이 없기는 뭐 없나?"

"맞다 나도 그래 생각한다."

"맞다! 나도 그렇다."

"나도다!"

나의 말에 몇몇 아이들이 여기저기서 맞장구를 칩니다. 아무리 방학 숙제라고는 하지만 아이들이 보는 앞에서 살아있는 곤충을 들고 온 수열이의 모습은 참으로 봐주기가 힘이 듭니다.

　"와! 이쁘네! 이런 옷은 또 얼마나 주고 샀나? 완전 선녀가 하강한 것 같다."

　경숙이 또다시 호들갑을 떱니다. 돌아보니 미자가 빨간 구두에 빨간 책가방을 메고 레이스가 잔뜩 달린 꽃무늬 깔깔이 원피스를 입고 교실로 들어섭니다. 방학 동안 내내 서울 아버지 집에 다녀온 관계로 볕에 그을리지 않은 뽀얀 얼굴 피부가 더욱 옷을 돋보이게 만드는 것 같습니다. 순간 아이들이 우르르 미자에게 몰려갑니다. 한 달 남짓한 서울 생활의 이모저모를 알고 싶은 까닭이지요. 아니, 어쩌면 열었다 하면 우르르 쏟아져 나오는 가방 속 물건들에 더 관심이 있는 것인지도 모릅니다. 나도 알라딘의 요술램프처럼 지식과 정보가 가득한 어린이 잡지는 구미가 당기니까요. 그러나 나의 눈은 미자를 지나 자꾸만 운동장 쪽을 바라봅니다. 언제나 일찍 등교해서 자습을 하고 있던 용안이의 모습이 아직 보이질 않기 때문입니다.

　"자─아 주목!"

　어느새 들어오셨는지 선생님이 아이들을 향해 교탁을 탕탕 치며 소리를 지릅니다. 마치 무논에 풀어놓은 개구리처럼 시끄럽던 교실이 조용해집니다.

　"한데, 어째 용안이가 안 보인다. 누구 아는 사람 있나?"

　"네! 갸들 엄……."

　"아, 아닙니다. 아마도 늦잠을 좀 잔 모양입니다. 이따가 수업 끝나고 집으로 한번 방문해 보겠습니다."

선생님의 질문에 물색없이 나서는 경숙의 말을 급히 가로막습니다. 공연한 말을 해서 용안이로 하여금 난처하게 하고 싶지 않은 까닭입니다.

"그래! 그럼 기인이가 알아보도록 하고. 이만 시작하도록 하자. 자……!"

선생님 또한 더 이상 거론하지 않을 모양입니다. 가볍게 턱짓을 합니다. 용안이 없으니 경례 구령은 의례 부반장인 나의 몫이기 때문입니다.

"차렷! 경례! 선생님 안녕하십니까?"

선생님의 지시에 벌떡 일어서서 아이들에게 구령을 붙이며 인사를 합니다.

"그래! 너희들도 잘 보냈나? 35일이란 긴 여름방학을 마치고 이렇게 건강하고 멋진 모습으로 등교한 여러분들을 환영한다. 이 학기도 선생님과 더불어 건강하고 알찬 모습으로 보내기를 바란다. 자-아 그럼 먼저 우리 모두 좌우를 둘러보면서 인사를 나누도록 하자! 친구야! 정말 반갑다! 이 학기도 우리 잘 지내보자! 하고……."

한동안 주위를 둘러보시던 선생님이 비로소 우리를 향해 미소를 보내며 서로에게 인사를 시킵니다. 손을 잡고 심하게 흔들어대는 아이, 서로의 머리를 쥐어박으며 안부를 확인하는 아이, 말없이 까딱 고개만 숙이고는 돌아앉아 도도하게 책을 펴드는 아이, 재잘거리며 방학 동안 참았던 수다를 풀어내는 아이, 잠시 주춤했던 교실 안이 다시 시끄러워집니다.

"자! 이제 그만……."

그러나 아이들은 아랑곳하지 않습니다. 마치 물 만난 고기처럼 떠들면 과도한 인사로 정신이 없습니다. 아니, 인사를 하는 것인지, 장난을 치는 것인지, 싸움을 하고 있는 것인지 그 또한 분명치 않습니다.

탕탕!

그때 다시 선생님이 탁자를 칩니다. 더 이상 눈치 없이 행동하다가는 개학 첫날부터 성한 다리로 집에 돌아가긴 어려울 것 같습니다.

"자-아 그러면 오늘은 개학 첫날이니 방학숙제 검사와 방학 동안 즐거웠던 얘기, 유익했던 얘기, 그리고 자랑스러웠던 얘기들을 한 가지씩 나누고 끝을 내려 한다. 자아 그러면 먼저 방학 동안 즐거웠던 얘기를 누가 한번 해볼까?"

그러나 염려와는 달리 선생님의 태도는 예전과는 사뭇 다릅니다. 치켜 올라간 눈꼬리와 일자 눈썹 대신 인자한 미소를 띠며 우리를 바라봅니다. 그러나 나는 통 마음이 동하지 않습니다. 삼십오 일이란 긴 방학 동안 정말로 무엇을 하고 보냈는지 쉽게 기억이 떠오르지 않습니다. 아니, 선생님의 말씀에도 불구하고 자꾸만 용안이의 얼굴이 아른거려 견딜 수가 없습니다. 도대체 무슨 일이 벌어졌기에 학교까지 오지 못하는 것인지 참으로 걱정이 됩니다.

"기인아! 나 줌 보자!"

어수선한 가운데 교실 청소를 마치고 운동장을 가로질러 교문을 나서려는데 길상이 나를 불러 세웁니다. 짧게 깎은 머리 밑으로 면도 자국이 두드러진 것을 보니 이발을 한 지 불과 하루도 지나지 않은 듯합니다. 한 달 남짓한 방학생활을 보내고 모처럼 친구들과 만나는 날이니 나름대로 신경을 쓴 모양입니다. 옷차림도 머리 모양도 평소와는 달리 퍽이나 단정해 보입니다. 늘 한가하던 이발소가 모처럼 바빴을 테지요. 평소 동백 아가씨를 부르며 마냥 흐느적거리며 가위질을 하던 광수 아버지도, 연신 창밖을 시선을 던지며 피대 줄에 면도칼이나 가위를 갈던 시다바리 오빠도 어제 만큼은 정신이 없었을 겁니다. 비록 아이들 대부분이 집에서 이발을 해결하므로 어른들을 상대로 장사를 하는 이발소지만, 개학날 만큼 모두들 무쇠로 만든 크고 투박한 가위 대신 작고 날카로운 스텐 가위로 단정한 이발을 원했을 터이니 열두 동네를 통 털어서 하나밖에 없는 이발소로썬 어쩔 수 없었을 겁니다.

"왜? 무슨 일로 그러나?"

한동안 서서 머뭇거리는 길상이를 향해 내가 다그칩니다. 웬만 해선 여자애들에게 먼저 말을 걸어오지 않던 길상이 무슨 일인지 정말 궁금합니다.

"다름이 아니고, 아까 경숙이 한 말, 대체 무슨 말이나?"

"경숙이가 한 말?"

"그래! 용안이 엄마가 어쩌구! 하던데 말이다."

"나도 잘 모른다. 어른들 일이라 함부로 말할 수도 없고……."

나는 선뜻 대답을 할 수가 없습니다. 그날 산속 토굴집에서 보았 던 용안이 엄마는 단순히 소외받고 고통받는 이웃을 사랑하는 마음이었을 뿐인데, 바람이 났다니 도무지 믿어지지 않습니다.

"무슨 일인지 모르겠지만 도울 수 있는 일이면 도와야 하지 않 겠나?"

"도와? 우뚱게?"

"그건 나도 모른다. 일단 한번 용안이 집부터 가보자!"

"……?"

길상이 말을 마치기가 무섭게 덥석, 나의 손을 끌어당깁니다. 역시 길상인 말보다는 행동이 앞서는 아인 것 같습니다. 그러나 나는 선뜻 내키지 않습니다. 아무리 싸움 잘하고 힘이 센 길상이지만 동네 어른들을 상대로 대체 무엇을 어찌하겠단 것인지 모르겠습니다. 아니, 어쩌면 키 큰 아저씨와의 그렇고 그런 소문으로 상처받았을 용안이의 얼굴을 마주 대할 자신이 없는 것인지도 모릅니다.

 "왜, 가기 싫으나? 정 그르믄 가지 마라. 나 혼자서 갔다 올 테니. 뭔 아가 그래 인정머리가 없나!"

 나의 망설임에 화가 난 것일까 길상이 나의 손을 홱 뿌리치고는 혼자서 저벅저벅 교문을 나섭니다. 순간, 나는 누군가가 뒤에서 거칠게 떠밀기라도 하듯 튕겨져 길상이를 향해 달려갑니다. 한동네 살면서 도저히 길상이 혼자 보낼 수 없기 때문입니다. 더구나 담임 선생님으로부터 용안이를 찾아보라는 부탁까지 받은 상태입니다. 도무지 내 고집만 부릴 수 없습니다.

 교문을 나와 소달구지 하나 간신히 지나다닐 수 있을 정도의 신작로 길을 걸어갑니다. 신작로 길 양 옆으로 코스모스가 피었습니다. 불과 한 달 전까지만 해도 발목을 밑돌던 것이 어느새 가슴을 웃돌게 자라 하양 빨강 분홍 꽃잎을 활짝 펼치며 바람에 하늘거립니다. 어느새 여름도 막바지에 다다른 것 같습니다.

 "야! 니들 또 어딜 그래 가나?"

 신작로를 따라 한 씨 가게 앞을 지나치려는데 경숙이가 운동장을 가로질러 허겁지겁 달려오며 소리를 지릅니다. 길상이와 나의 눈길이 동시에 마주칩니다. 순간 나는 잽싸게 길상이 손목을 낚아채 한 씨 가게 근처 느티나무 뒤에 숨습니다. 경숙이 알면 또 어떤

말로 사람을 난처하게 할지 모르기 때문입니다.

"아이고야 야들 금방 어디로 갔나!"

운동장을 가로질러 급히 교문을 나서던 경숙이 두리번거리며 사방을 살핍니다. 그러나 끝내 우리를 발견하지 못한 모양입니다. 휘적휘적 한 씨 가게 앞을 지나 오솔길로 사라집니다. 어떻게 공부 빼곤 모르는 것이 없는 경숙이가 우리가 느티나무 뒤에 숨었을 거란 생각은 하지 않는 건지 모르겠습니다.

"자는 우째 아가 저래 어줍나!"

길상이 또한 그런 경숙이 안타까운 모양입니다. 한동안 휘적대며 가는 경숙을 바라보며 혼잣말처럼 중얼댑니다.

"한데 어차피 다 알고 있는데 왜 피하나?"

"……."

한동안 휘적거리며 걸어가는 경숙을 물끄러미 바라보던 길상이 내게 묻습니다. 그러나 그 물음 또한 나는 선뜻 대답을 할 수가 없습니다. 입만 열었다 하면 엉뚱한 말을 쏟아내는 경숙이 부담스럽단 말을 어떻게 설명해야 할지 모르겠습니다.

"하기사 알아봤자! 도움도 안 되고 공연히 말만 옮긴다. 잘했다."

그러나 길상이는 나의 침묵을 너무도 잘 이해하고 있는 듯합니다. 툭툭 바지를 털고 일어서며 멀리 사라지는 경숙을 향해 중얼거립니다.

온갖 가재도구가 무질서하게 내동댕이쳐진 용안이네는 그야말로 살풍경합니다. 내가 학교에 갈 때만 해도 아무 일 없었는데 말입니다.

"아이구야! 대체 무슨 일이기에 집을 이 꼴로 만들었나?"

"⋯⋯?"

길상이 또한 몹시도 놀라운 모양입니다. 한동안 넋이 빠진 얼굴로 대문 너머의 살풍경한 모양을 바라보며 혼잣말처럼 중얼거립니다. 그러나 나는 딱히 할 말이 없습니다. 지난번 파란 할머니와 함께 동굴을 찾은 후론 통 왕래가 없었던 터라 도대체 무슨 일이 어찌 된 것인지 짐작조차 할 수가 없습니다.

"한데 모두들 어딜 간 거나?"

"⋯⋯?"

한동안 놀라운 얼굴로 용안이네 집 대문 안을 들여다보던 길상이가 다시 동네를 한 바퀴 휘-이 둘러보며 중얼거립니다. 나도 길상이를 따라 동네를 한 바퀴 휘이, 둘러봅니다. 없습니다. 길상이의 말대로 그 어디에도 사람의 그림자라곤 찾아볼 수 없습니다. 마을은 마치 맑고 투명한 유리관 속에 갇힌 세상처럼 고요하기만 합니다.

"니는 대체 한동네 살면서 그것도 모르고 뭐했나?"

드디어 길상이가 나를 몰아세웁니다. 평소 친하지도 않던 용안이를 대체 어째서 저리도 챙기는 것인지 알 수가 없습니다.

"호, 혹시 그 일 때문 아니나⋯⋯?"

순간 나도 모르게 말이 튀어나옵니다. 무슨 일이 어떻게 일어난 것인지 알 수 없는 상태에서 아직은 때가 아니라고 생각은 하면서도, 길상이의 애타는 얼굴을 보자 말이 튀어나온 것입니다.

"그 일?"

"그래! 혹시 얘기 들었나? 지난번 우리 동네 동고사 제물을 훔쳐갔다는 오해 때문에 매 맞고 쫓겨난 아저씨 얘기 말이다."

"그래! 그 키 큰 코쟁이 아저씨 말이나?"

"그래! 동네를 떠나지 않고 배나무골에 숨어서 사는 그 아저씨들을 이제껏 용안이 엄마가 도왔단다. 혹시 그것이 탄로난 기 아니나 싶다."

"하지만 불쌍한 사람 돕는 기 무슨 잘못이라고 이 난리나?"

"단순히 불쌍한 사람이 아니고 문데다. 혹시 병 옮을까 싶어 그러는 거 아니겠나."

"문데이? 그 키 큰 아저씨가 말이나?"

"그래! 그 아저씨뿐 아니라 한 열두 명쯤 된다. 함께 토굴집에서 생활하고 있다."

"뭐? 그렇게나 많나?"

"그래! 그러이 가자!"

"어, 어딜?"

"어딘 어디나. 배나무골이지."

"배나무골?"

순간 길상이가 겁이라도 나는 것인지 눈을 왕방울만 하게 뜨고는 나를 바라봅니다. 좀 전 용안이를 돕겠다고 큰 소리를 치던 모습과는 상당한 차이가 있습니다.

"왜? 겁나나? 그런 배짱으로 우째 용안일 돕겠다고 했드나?"

나도 모르게 퉁명스럽게 쏘아붙입니다. 매사에 적극적이고 무모하리만큼 용감하던 길상이 어째서 저리도 나약하게 구는 것인지 모르겠습니다.

"아, 아니다. 가자!"

나의 냉랭한 태도에 비로써 길상이 성큼성큼 앞장서서 대문을 나섭니다.

　길상이를 따라 용안이의 집을 나와 채마밭을 지나 오솔길로 접어듭니다. 엊그제까지만 해도 극성스럽게 울던 참매미는 온데간데 없이 어느새 찌울 매미가 찌울찌울 웁니다. 한 치의 어긋남도 없이 찾아오는 계절도 신기하지만 때맞추어 우는 매미 소리도 참 신기합니다.

　"풀들이 이래 짓밟힌 걸 보니 혹시 모두 다 배나무골로 몰리 간 거 아니나?"

　"아무래두 그런 것 같다. 동네 사람들 눈에 발각됐으니 이젠 이 일을 우뚷게 하믄 좋나?"

　"그래 말이다! 대체 이 깊은 산속도 안 되면 어디로 가라고 난리나!"

　나도 모르게 불만의 소리가 터져 나옵니다. 사람들을 피해 가까스로 마련한 보금자리가 또다시 무참하게 짓밟힐 것을 생각을 하니 갑자기 화가 치솟은 까닭입니다.

　"한데 문데이가 아를 잡아먹는다는 말이 참말이나?"

　한동안 걱정스러운 얼굴로 숲을 바라보던 길상이 드디어 궁금한 듯 묻습니다. 역시 문둥이가 아이들을 잡아먹는다는 속설이 마음에 걸리는 모양입니다. 아무리 힘이 세고 의협심이 강한 길상이지만 이제 겨우 열두 살밖에 되지 않은 길상이로서는 어쩌면 당연한 반응인지 모르겠습니다.

　"아니다. 그 아저씨들 그런 사람들 아니다! 만약에 그 아저씨들이 사람을 잡아먹는다면 용안이와 용안이 엄마가 지금까지 온전하겠나."

　"그래? 그 말은 맞는 것 같다!"

"그래! 잡아먹기는커녕 초코레토도 주고 영어말도 가르쳐 주고 막 그런다."

"초코레토? 대체 그기 뭐나?"

"달달하니 생각만 해도 침이 꼴깍 넘어가는 거다."

"그래? 내 그럴 줄 알았다. 가자!"

길상이 비로소 안심이 되는 모양입니다. 좀 전 힘없고 느리던 발걸음에 어느새 탄력이 붙습니다. 그런 길상이를 보니 갑자기 피식 웃음이 납니다.

"배나무골 다 왔다. 이제 어디로 가나? 앞장서라!"

한동안 앞서 걷던 길상이 드디어 옆으로 비켜서며 내게 길을 내줍니다. 그러나 나는 어디가 어딘지 통 알 수가 없습니다. 동네 사람들이 몰려간 산길은 온통 상하고 짓밟힌 풀과 나뭇가지들로 뒤엉켜있어 도무지 낯설기만 합니다.

"아니, 이기 또 무슨 소리여! 그럼 아예 여기서 눌러붙어 살겠다는 거여?"

그때 사람들의 웅성거리는 소리와 함께 산속 어디선가 고함치는 소리가 들립니다. 바로 수열이 아버지의 목소리입니다. 아직 한참은 더 올라가야 당도할 수 있을 거라 생각했는데 그리 멀지 않는 곳에 토굴집이 있는 모양입니다.

"저기다! 가자!"

길상이 말을 하곤 쏜살같이 소리 나는 곳을 향해 달아납니다. 길상이 달아나는 산속 길엔 까아만 산머루가 송송 맺혀 있습니다. 길상이를 따라 올라가니 비로소 느릅나무 숲이 보이고, 키 큰 아저씨와 용안이, 그리고 용안 엄마를 둘러싸고 서서 고함을 치는 동네 사람들의 모습이 보입니다. 모두들 손에 낫과 쇠스랑과 곡괭이를 들고 있습니다.

"맞어유! 이런 곳에 이렇게 떼거리로 몰려와 살 줄 누가 알았겠어유. 아주 그냥 끝장을 내야 한데니까유."

그때 두희 아버지가 또다시 소리칩니다. 느릅나무 숲으로 둘러싸인 토굴집은 짐작대로 한바탕 전쟁을 치른 것만 같습니다. 칡넝쿨 무성하던 대문도, 졸졸졸 흐르던 맑은 샘물도, 앞마당을 예쁘게 장식했던 이름 모를 풀꽃들도 모두 엉망으로 망가져 버렸습니다.

"대체, 아저씨들은 불쌍한 사람들한테 왜 그런데유?"

그때 길상이가 성급히 동네 사람들을 밀치고 들어가며 소리칩니다. 작은 나뭇가지 하나를 움켜쥐고 서서 동네 사람들을 노려보는 눈빛엔 제법 위엄이 서려 있습니다.

"아니, 이건 또 누구여? 너 혹시 아랫말 눈멀어댁 아들 아니여?"

"왜 아니래유! 얀 또 왜 여길 온 거여."

수열이 아버지에 이어 무열이 삼촌이 또한 못마땅한 듯 길상이를 노려보며 짜증을 냅니다. 모처럼 일치단결해서 뜻을 이루려는데 어린 것이 끼어들어 방해를 하니 몹시도 불쾌한 모양입니다. 순간 느릅나무 숲을 헤치며 성급하게 내딛던 나의 발걸음이 멈춰집니다.

"그려! 여긴 너 같은 어린아가 오는 곳이 아니여. 어여 가!"

진 씨 아저씨가 다시 부드럽게 타이릅니다. 길상이 아버지 살아생전 서로 형님 아우 부르며 지낸 정 때문인지 길상이에게만큼은 유독 너그러운 진 씨 아저씨입니다.

"안 돼유! 아저씨들이나 가세유. 나는 정의의 편에 서서 끝까지 싸울 거래유."

그러나 길상인 통 물러설 마음이 없는 모양입니다. 오히려 두 팔로 동네 사람들을 밀치곤 토굴집 출입문을 막아서며 눈을 부릅뜹니다.

"아니, 쥐방울만 한 놈이 여기가 어디라구 감히……."

순간 수열 아버지가 고함을 치며 주먹으로 길상이를 머리통을 쥐어박습니다. 역시 우리같이 어린애들이 낄 자리가 아닌 것 같습니다. 나도 모르게 느릅나무 등걸 뒤로 가 몸을 감춥니다.

"아이구! 형님 콩꼬투리만 한 거 신경 쓸 거 없이 얼릉 하던 일이나 마무리하자구유!"

"그려유! 다신 얼씬거리지 못하도록 아주 그냥 끝장을 내야 한다니까유."

"맞어유! 동네 망칠려면 뭔 짓을 못하냔 말이유. 본때를 보여주자구유!"

무열이 삼촌에 이어 두희 아버지까지 나서자 여기저기서 다시 그려그려를 반복합니다.

"미안합니다. 하지만 우리 살람들 갈 곳이 없습니다."

한동안 지켜보던 키 큰 아저씨가 다시 허리를 굽힙니다. 여전히 초췌하고 위태위태한 모습입니다. 많은 식솔을 신경 쓰느라 제대로 챙겨 먹지 못한 까닭일 테지요. 그러나 키 큰 아저씨의 노력에도 불구하고 비교적 동네 사람들에게서 멀찍이 떨어져 있는 문둥이 아저씨들은 무표정하기만 합니다. 아니, 어쩌면 키 큰 아저씨를 향해 화를 내고 있는 듯도 싶습니다. 마치 강 건너 불구경하듯 키 큰 아저씨와 동네 사람들을 바라봅니다.

"그래유. 아저씨들 맘은 알겠지만 사정이 워낙 딱해 놔서유! 이해 좀 해주세유!"

그때 용안이 엄마가 조심스럽게 동네 사람들 앞으로 나아가며 사정을 합니다.

"아니, 자넨 그런 추한 오해까지 받았으면서 왜 또 나서는가!"

순간 수열 엄마가 용안이 엄마의 옷자락을 잽싸게 잡아채며 눈짓을 합니다. 평소 인정 많고 착한 용안이 엄마를 동생처럼 아끼던 수열 엄마로선 어쩌면 당연한 일인지 모르겠습니다. 그러나 이미 동네 사람들의 날카로운 눈길은 모두 용안이 엄마에게 향합니다.

"글쎄, 그건 우리가 알 바 아니구먼유. 그리구 아줌니두 그래유. 용안이 봐서라두 이러시면 안 되는 거 아닌가유. 아닌 말루다가 덜컥 병이라도 옮아봐유. 대체 혼잣손에 우뚱게 할 참이유?"

수열이 아버지는 여전히 못마땅한 모양입니다. 용안이 엄마를 향한 말투에 불만이 가득합니다.

"맞어유. 바로 그 점 때문에 우리가 이러는 거잖아유. 대체 이 사람들과 무슨 사인지는 모르겠지만 더 이상은 봐 줄 수 없으니 각오하세유!"

"무슨 사이긴 무슨 사이여! 아까지 있는 걸 보믄 모른데유. 나 참 남세스러워서."

"아이, 그 아는 삼순이 아라잖아유. 울마나 우리를 못 믿었으믄 삼순이 가가 알 여 맡겼겠어유. 우린 입이 열 개라두 할 말이 없구 먼유."

수열이 아버지에 이어 동네 사람들 여기저기서 비아냥거림이 쏟아지자 잠자코 듣고 있던 수열이 엄마가 또다시 나서서 동네 사람들의 말을 가로막습니다.

"그려유! 이 아줌니 인정 많은 거야 동네가 다 아는 사실이잖여유. 아두 아지만 이곳 사람들이 불쌍해서 도와주려는 것일테지유. 안 그려유?"

"그건 그렇지만 서두! 쩝쩝!"

수열 엄마에 이어 무열이 삼촌까지 거들고 나서자 수열이 아버지가 계면쩍은 듯 쩝쩝거리며 어기적어기적 산을 내려갑니다.

"아, 어딜 가신데유. 이곳을 법적으루다가 문둥이들 소굴로 만들겠다니 그기 어디 될 말이어유!"

수열이 아버지가 산을 내려가자 두희 아버지가 버럭 소리를 지릅니다.

"아아, 남표가 군청에 갔으니께 가부간 무슨 말이 있을 테지. 오늘은 그만 가자구!"

그러나 수열 아부진 더 이상 나서고 싶지 않은 모양입니다. 냅다 소리를 지르며 휘적휘적 산을 내려갑니다.

"그럼 그렇게 하자구유! 당장 우뚱게 되는 거 아니니 오늘은 여기서 끝내구 내일 다시 오자구유."

"그래! 그럼 자네도 어서 짐 싸서 같이 내려가세."

"아니래유. 진 여 그만 있을 거구먼유. 내가 니리가믄 아는 어쩐되유"

"그럼 어쩌나? 여 이래 있으믄 안되지 않겠나. 차라리 아를 데리고 가세."

동네 아저씨들이 산을 내려가자 수열이 엄마가 용안 엄마의 손을 잡아끌며 재촉합니다.

"안 되유! 나야 그러구 싶지만서두. 지 어미가 여 맡긴 아를 우리가 우뚱게 그래 한데유. 큰 기와집 보기도 그렇구유!"

"그건 그렇지만서두. 아직 눈도 제대로 못 뜬 아를 우째 여서 키우겠나. 병이라두 옮기면 어쩌려구!"

"그건 걱정 마세유! 연신 쓸고, 닦고, 삶고, 그렇게 철저할 수가 없구먼유."

"아무리 그래도 그렇지. 용안이까지 데리고 우째 이런 일이 있나. 아보다도 우선 용안이부터 생각해라!"

"지는 괜찮아유. 여서 아저씨들에게 영어두 배우고 성경도 배우구 또 공부도 배우니 오히려 기성회비 못 내서 망신당하는 것보담 좋구먼유."

"그래유. 그람. 이 아줌니는 두고 일단 내리 가자구유."

"그려 그람! 여! 당신들 말이여! 내일 다시 올 테니 그때까진 무슨 일이 있어도 여길 떠나 알겠지?"

용안이 말에 무열이 삼촌까지 거들고 나서자 두희 아버진 더 이상 할 말이 없는 모양입니다. 험악한 얼굴로 동굴 아저씨들에게 으름장을 놓고는 수열 아버지를 따라 휘적휘적 산을 내려갑니다.

"딱 하루여 하루. 그때까진 무슨 일이 있어두 여길 떠나야 혀 알었지? 그리구 아줌니두 이젠 그만 가자구유. 저 아줌니 결심이 확고한 것을 보니 글렀구먼유!"

두희 아버지에 이어 무열이 삼촌과 진 씨까지 돌아서자. 덕삼 아재가 동굴 아저씨들을 향해 한바탕 으름장을 놓고는 수열 엄마의 손을 잡아끕니다.

"그려! 그럼 할 수 없지. 그러나 은제든 마음이 바뀌믄 내려오게. 여 이래 있다가 진짜 무슨 일 당하지 말구. 쯧쯧! 그동안 혼자서 울마나 외로웠으믄 저래 고집들을 부릴꼬!"

수열 엄마가 무명적삼으로 눈물을 찍어내며 덕삼이 삼촌 손에 이끌려 산을 내려갑니다.

동네 사람들이 사라지자 마자 숲 속은 금방 서늘한 적막감이 감돕니다.

"나 원 기가 막혀서 싸우자고 들면 한주먹거리도 되지 않는 것들이 거들먹거리긴."

그때 서늘한 적막을 깨고 누군가 투덜거립니다. 지난번 바위 위에서 걸망을 손질하던 아저씨입니다. 비록 깊숙이 둘러쓴 맥고자 아래로 뭉개진 코를 가지고는 있지만 날카로운 눈매로 보아 성깔 꽤나 있어 보이는 아저씨입니다.

"누가 아니래! 대체 우리들은 어디까지 이렇게 당해야 하는 거요?"

"맞소. 이제야 좀 편히 사는가 했더니, 이왕에 이렇게 된 거 우리 한번 피 터지게 싸워나 봅시다!"

"그럽시다!"

"그럽시다!"

코가 뭉개진 아저씨의 말에 이어 다시 장갑을 낀 아저씨가 말하자 여기저기서 불만의 목소리가 터져 나옵니다. 대체 그리도 순종적이던 아저씨들이 어찌하여 저리도 무섭게 변한 것인지 모르겠습니다.

"미안합니다. 그러나 하나님은 살아계십니다. 우리를 도우시고 인도해 주십니다. 원망이나 불평을 해서는 절대로 안 됩니다."

드디어 키 큰 아저씨가 지팡이에 온몸을 의지한 채 서서 아저씨들을 진정시킵니다.

"또 그놈의 소리요? 대체 당신이 말하는 그 하나님은 어디에 있소?"

"맞소. 병이 낫기는커녕, 언제까지 우리를 이렇게 떠돌게 놔두 겠단 거요?"

"맞소! 당신의 하나님은 대체 어디에 있소?"

키 큰 아저씨의 말에 또다시 불만의 목소리가 터져 나옵니다.

"제발 그만들 좀 하시오. 우린 이곳을 합법적인 우리의 터전으 로 만들고자 추진 중에 있소. 함께 마음을 합하고 힘을 합해야 할 때요. 원망이나 불평은 아무런 도움이 되지 않소."

"맞소. 조금만 더 참고 기다려 봅시다. 지금까지 우리를 인도해 주셨던 하나님께서 꼭 해결해 주실 것이오."

"맞소. 조금만 더 기다려 봅시다. 하나님께선 반드시 우리를 도 와주실 것이오."

"그럽시다."

"그럽시다."

한차례에 소란이 지나가고, 다시 키 큰 아저씨의 호소로 부서진 이곳저곳을 복원하기 위해 제각기 흩어집니다.

"한데 이기 대체 우뚱게 된 일이나?"

"……."

동네 사람들이 떠나고 토굴집 아저씨들이 제각기 일을 찾아 흩 어지자 길상이 비로소 용안에게 묻습니다. 그러나 용안인 대답 대 신 우거진 느릅나무 숲 사이로 보이는 푸른 하늘만 바라봅니다. 그동안 마음고생이 심하게 한 탓인지 툭 튀어나온 광대뼈 위로 퀭 한 두 눈이 몹시도 애처롭습니다.

"대체 우뚱게 된 일이냐고 물었다. 못 들었나?"

"모르겠다. 더 이상 알고 싶지도 않고……."

초췌한 모습으로 한동안 푸른 하늘을 바라보던 용안이 모든 것을 체념하기라도 한 듯 비로소 입을 엽니다.

"모르긴 뭐가 모르나. 끝까지 싸워 구청에 허락도 받고 해야지. 벌써 그렇게 포기하믄 우똫게 하나."

길상이가 용안이를 향해 버럭 화를 냅니다. 매사에 적극적이고 용감한 길상으로선 용안의 모습이 퍽이나 갑갑하게 느껴지나 봅니다.

"누가 그걸 몰라서 못하는 줄 아나. 동네 사람들이 저래 거세게 나오니 그렇지. 대체 우리 아부진 우똫게 알고 구청까지 찾아갔단 말이나."

나도 나무 등걸에서 나와 참담한 얼굴로 나무숲 사이로 바라보이는 하늘을 보며 구시렁거립니다. 우거진 나무숲 사이로 보이는 하늘은 오늘따라 유난히 맑고, 푸르고, 아름답기만 합니다.

"대체 자들은 또 무슨 쑥덕공론을 저래하나?"

구절초 꽃잎이 하늘거리는 초가을 해거름, 마을 뒷산에 서서 무언가 심각한 얘기들을 주고받는 사내아이들을 바라보던 경숙이 중얼거립니다. 보나마나 배나무골에서 있었던 일들에 대한 나름의 대비책을 세우고 있는 것일 테지요. 늘 싸움질만 하던 아이들이니 그냥 넘어갈 리 없다고는 생각은 했지만, 이리도 빨리 행동으로 옮길 줄은 몰랐습니다.

"한데 어제는 대체 우똫게 된 거나? 용안이 엄마가 바람이 났든기 아니라믄서?"

그러나 경숙의 관심은 어느새 용안이 엄마에게로 향한 모양입니다. 다시 두툼한 입술을 삐죽거리며 묻습니다.

"그래! 넌 대체……."

타박을 하려다가 그만둡니다. 한두 번도 아니고 말해봤자 듣지도 않을 것이고 공연히 입만 아플 테니 숫제 입을 닫아버리는 것이 속 편할 테니까요.

"아이구야! 그 아주머이 우쩰라구 그래 정이 헤픈지 모리겠다. 용안일 생각 해서라도 그러면 안 되는 거 아니나?"

그러나 경숙은 여전히 말을 하고 싶은 모양입니다. 나를 향해 입을 실룩거리며 수다를 떱니다. 그러고 보니 어제 동네 사람들이 이구동성으로 떠들던 말투와 똑같습니다. 마치 앵무새와 같이 어른들을 따라 하는 경숙이 참으로 어이가 없습니다.

"야! 기인이 너 이리 좀 와 봐라!"

그때 길상이 다시 손짓을 합니다. 아마도 어제 일을 의논하려는 모양입니다. 아무리 싸움 잘하고 의리 있는 길상이지만은 대체 어른들 상대로 무엇을 어떻게 하겠다는 건지 모르겠습니다.

"그래! 간다. 잠깐만 기다리라!"

경숙이 반가워 소리치며 달려갑니다. 분명 내 이름을 불렀건만 무엇이 저리도 반가운 건지 책보를 둘러매고 허겁지겁 달려가는 모습이 참으로 우스꽝스럽게 느껴집니다.

"아니, 니 말고, 기인이……, 기인이 말이다! 빨리 와 봐라!"

그러나 길상이는 다시 손을 휘휘, 내두르며 한사코 나를 부릅니다.

"흠마야! 아무나 가면 어떻나. 사람 차별하나!"

순간 경숙이 실망한 듯 멈추고 투덜거립니다. 그러나 나는 선뜻 내키지 않습니다. 분명 어제 일로 부를 텐데, 공연히 끼어들어 어른들에게 미움을 사지 않을까 걱정스럽기만 합니다.

"대체 빨리 오지 않고 뭘 하나. 얼릉 와라!"

그러나 길상이는 막무가내로 손을 흔듭니다. 뭔가 단단히 각오를 한 듯합니다.

"알았다! 쪼만한 아가 웬 고집은……."

마지못해 발걸음을 내디디며 투덜거립니다. 그러나 경숙은 부러운 것인지 한동안 투덜거리며 발을 내딛는 나를 바라봅니다.

쑥부쟁이꽃 하얗게 핀 묏등에 모여선 아이들은 표정은 마치 작전 모의를 하는 군사들처럼 진지하기만 합니다.

"다름이 아니라. 어제 그 아저씨들 말이다. 대체 뭘 우뜧게 했음 좋겠나?"

짐작대로 역시 배나무골 아저씨들 이야기입니다. 내가 다가서자 다짜고짜 묻는 길상이의 얼굴엔 근심이 가득합니다. 길상이, 문수, 광희, 경태, 두희, 경규에 이어 문섭이, 수열이까지. 겁먹은 눈동자가 일제히 나를 바라봅니다. 정의의 결사대인 길상이, 광희, 경태, 진희, 경규, 두희라면 모를까 싸움질 못하는 문섭이와 진이는 물론, 평소 겁이 많기로 소문난 수열이까지 모인 것을 보니 아마도 각오들을 단단히 한 모양입니다.

"그걸 내가 우뜧게 아나? 어른들을 상대로 대체 뭘 우뜧게 할 수 있겠나."

"그렇게 피하지만 말고 좀 더 생각해 봐라! 이 일은 해도 되고, 안 해도 되는 일이 아니라 반드시 해야만 하는 일이다."

그러나 길상은 막무가내로 나를 몰아세웁니다. 어쩌면 이 일에 어떤 사명감 같은 것을 느끼고 있는 것인지 모릅니다.

"글쎄, 그걸 누가 모르나. 뭘 우뜧게 해야 하는지 그걸 몰라서

안 그러나."

"⋯⋯."

내가 반박하고 나서자 길상이 또한 할 말이 없는 모양입니다. 한동안 내 얼굴만 뚫어지게 바라봅니다.

"뭘 그렇게 망설이나. 이참에 정의의 주먹이 얼마나 매운지 단단이 보여줘야 한다."

그때 두희가 두 주먹을 불끈 쥐며 소리칩니다. 쓸데없이 용감하고 단순무식해서 언제나 물의를 일으키는 아이입니다. 아무리 물색없이 덤비는 아이지만 감히 어른들을 상대로 어찌 그런 말을 하는 것인지 참 알 수가 없습니다.

"그건 안 된다. 그랬다간 동네 어른들한테 얻어맞아 뼈도 못 추린다."

그때 문수가 눈을 동그랗게 뜨며 말하곤 고개를 절레절레 흔들어댑니다.

"맞다! 나두 그건 반대다. 우린 그냥 모른 척하믄 안 되나? 문둥이들과 한동네 사는 건 사실 나도 좀 그렇다!"

"맞다! 나도다! 참꽃 줄게 와봐라! 해놓곤 아들 간을 빼 먹는다고 안 하드나."

"맞다. 무서워서 우째 한동네 살겠나. 그것도 한두 명도 아니고 떼거리로 말이다."

"맞다. 나두다."

수열이 겁먹은 얼굴로 말하자 진희와 문섭이는 물론, 경태와 경규까지 고개를 절레절레 흔들며 거들고 나섭니다. 수열이나 진희, 문섭이라면 모를까 매사에 깡으로 악으로 버티던 경태와 경규까지도 오늘만큼은 겁쟁이가 된 모양입니다.

"야! 니들은 그러고도 정의의 결사대라고 말할 수 있나. 문둥이가 아들 간을 빼 먹는 것도 병을 옮기는 것도 모두 새빨간 거짓말이다. 그러이 그래 겁먹지 마라!"

아이들의 반응에 화가 난 길상이 경태와 경규를 향해 버럭, 소리를 지릅니다. 문둥이가 아이들 간을 빼 먹는다는 말은 몰라도, 문둥병이 옮기는 병이 아니란 말은 대체 어디서 나온 말이기에 저리도 당당하게 말할 수 있는 것인지 참으로 모르겠습니다.

"니, 그 말 책임질 수 있나?"

그때 광희가 길상이를 바라보며 조심스럽게 묻습니다. 광희는 비록 공부는 못하지만 민첩하고 잔꾀가 많아 마치 약방의 감초처럼 반에서 일어나는 모두 사건 사고에 개입하지 않는 곳이 없는 아이입니다.

"가만 있어라! 우선 아저씨들부터 구해놓고 보자!"

그러나 길상인 광희를 향해 다시 눈을 찡긋하며 가만히 있으라는 신호를 보냅니다. 한번 마음먹은 일은 도무지 포기할 줄 모르는 길상입니다. 쉽지 않은 일을 어찌 감당하려는 것인지 참으로 걱정이 됩니다.

"이렇게 하면 어떻겠나?"

생각다 못해 내가 끼어듭니다. 불쌍하고 병들어 오갈 데 없는 아저씨들을 돕는 일은 나무랄 순 없지만, 없는 말까지 해가며 아이들을 윽박지르는 길상이를 도저히 가만히 지켜볼 수만은 없기 때문입니다.

"뭘 우뚷게 하는데?"

순간 초롱초롱한 아이들의 눈동자가 온통 나에게로 향합니다.

"다른 기 아니고 마을 사람들이 가장 두려워하는 기 뭐겠나. 지금 니들이 말했던 바로 문둥병이 옮기는 병이라는 것과, 어린 아들의 간을 빼먹어야 낫는다는 말이 아니나. 그러이 그 말이 참말인지 거짓말인지 우선 그것부터 좀 알아보자. 뭘 제대로 알아야 동네 아저씨들에게 떼를 쓰든지 사정을 하든지 할 거 아니나?"

"그걸 우리가 우뚱게 알아보나?"

"그건 간단하다! 문둥이가 되어보면 안다."

"뭐?"

순간 아이들의 얼굴이 동시에 찡그려집니다.

"아무리 그래도 그렇지. 우째 문둥이가 된단 말이나."

"맞다. 그건 나도 싫다."

"맞다. 나두다. 그러니 일단 이 일은 기인이한테 한번 맡겨보자. 기인인 똑똑하니까 아마도 좋은 생각을 해낼 수 있을 기다."

아이들의 말에 다시 광희가 눈빛을 빛내면서 말합니다. 나의 탁월함을 정말 믿는 것인지 아니면 은근슬쩍 떠넘기려는 수작인지 참으로 모르겠습니다.

"한시가 급하다. 우째 기인이에게만 맡기겠나. 일단 배나무골부터 가보자!"

그러나 길상은 한사코 광희의 말을 가로막습니다. 뭐든 그 자리에서 해결을 봐야 직성이 풀리는 길상이로서 넋 놓고 앉아 기다리는 일이란 참으로 마음에 들지 않는 모양입니다. 순간 나도 모르게 포옥, 한숨이 나옵니다. 비록 얼떨결에 말은 했지만, 나 또한 문둥이가 되는 건 죽기보다 싫기 때문입니다.

"그래! 우리가 언제 머리로 살았나! 몸으로 살았지. 가자!"

광희를 못마땅한 듯 바라보던 두희가 길상이의 말에 쌍수를 들고 나섭니다.

"지금?"

"그래! 쇠뿔도 단번에 빼랬다고 동네 사람들이 다 작살내기 전에 가서 뭐라도 해야 하지 않겠나."

길상이에 이어 두희까지 나서자 다들 더 이상 할 말이 없는 모양입니다. 길상이를 따라 묵묵히 배나무골로 향합니다.

길은 온갖 잡목과 칡넝쿨로 뒤덮여 발 디딜 틈이 없습니다. 아니, 꽉 들어찬 잡목 숲은 어디가 어딘지 분간조차 할 수가 없습니다. 지름길이라는 이유만으로 겁 없이 선택한 것이 문제를 일으킨 것 같습니다. 그러나 길상이와 두희는 이곳저곳에서 터져 나오는 아이들의 불만에도 우거진 수풀을 헤치며 성큼성큼 잘도 올라갑니다. 마치 익숙한 동네 뒷산을 오르듯 합니다. 도대체 이 험한 산길을 어떻게 그리도 잘 알고 가는 것인지요. 아니, 제대로 가고 있긴 한 것인지, 혹시 길을 잘못 들어선 것이나 아닌지 산을 오를수록 자꾸 불안해집니다.

"야! 니들 이길 맞긴 맞나? 혹시 잘못 가고 있는 것은 아니나?"

광희 또한 뭔가 이상하다고 느끼는 모양입니다. 헐떡거리며 앞서 오르는 길상이와 두희를 향해 버럭 지릅니다.

"맞다! 잔말 말고 따라오기나 해라!"

그러나 길상이는 도무지 생각할 필요조차 없다고 느끼는 모양입니다. 한걸음 성큼 올라서선 또다시 나뭇가지를 덥석 휘어잡습니다.

"맞다! 작년 겨울방학 내내 토끼몰이하러 이 산에 왔었다."

"맞다! 개울가에 가서 불 해놓고 구워 먹었다. 무지하게 맛있었다. 닌 몰랐제?"

두희 말에 경태 또한 신이 나서 떠들어댑니다.

"한데 우째 이래 갈수록 건조하나?"

"뭐……?"

나의 말에 길상이 비로소 휘어잡은 나뭇가지에서 손을 떼며 주위를 한 바퀴 휘이, 돌아봅니다. 건조하다는 말에 다소 신경이 쓰였던 모양입니다.

"맞다! 산 공기도 그렇고, 웬 구절초가 이렇게 많이 보이나. 구절초는 원래 반그늘이나 양지바른 곳에서 피는 꽃 아니나?"

나의 말에 광희 또한 사방을 둘러보며 중얼거립니다. 광희의 말대로 지난번 배나무골에서 보았던 비비추나, 잔대 싹은 보이지 않고 양지바른 곳에서나 볼 수 있었던 구절초가 군데군데 흐드러지게 피어 있습니다.

"맞다! 그쪽이 아니고 이쪽이다."

그때 헉헉거리며 나의 말에 맞장구를 치는 경숙의 목소리가 들립니다. 돌아보니 경숙이 긴 나무막대기를 어깨에 메고 올라옵니다. 순간 나는 "억!" 하는 소리와 함께 그만 그 자리에 주저앉습니다. 바로 붉은 혀를 날름거리는 살모사입니다. 한 번만 물려도 전신에 독이 퍼져 즉사한다는 살모사를 도대체 무슨 수로 잡아들고 나타난 것인지 참으로 알 수 없습니다. 긴 나무막대기에 머리를 칭칭 묶여서도 혀를 날름거리며 우리를 쏘아보는 매섭고 차가운 눈매가 참으로 섬뜩합니다.

"와! 뱀이다! 안 그래도 출출하던 차에 우리 저쪽 골짜기로 가서 구워 먹고 가자!"

그러나 두희는 몹시도 반가운 모양입니다. 장대 끝에 매달려 붉은 혀를 날름거리며 필사적으로 꿈틀거리는 살모사를 향해 환호성을 칩니다.

"안 된다! 병든 아저씨들 몸보신 시켜 드릴라고 잡아왔다!"

"뭐? 몸보신?"

순간 아이들이 놀라 일제히 눈을 동그랗게 치켜뜹니다. 대체 무슨 여자가 저렇게 생겨 먹은 것인지 참으로 어이가 없습니다.

"한데 니들 잘 올라가다 말고 왜 옆길로 새나? 그쪽은 양단리로 가는 길이다. 배나무골로 가는 길은 이쪽이 아니고 저쪽이다!"

"니 그걸 우똫게 아나?"

"배나무골로 가는 길은 땅이 기름지고 습도가 높아 산나물 뜯으러 많이 와 봤다!"

경숙은 마치 무슨 큰 비밀이라도 알고 있는 사람처럼 의기양양합니다. 그러나 경숙이 가리킨 곳은 각종 풀과 아름드리나무들로 꽉 들어차 있어서 산을 오르기가 참으로 만만치 않을 듯합니다.

"맞다! 나무도 그렇고 바위들도 그렇고 이 길이 아니다. 길상이 닌 대체 우똫게 된 거나?"

경숙의 말에 한동안 이리저리 주위를 살펴보던 수열이 드디어 코를 벌렁거리며 눈살을 찌푸립니다. 무엇을 알고 하는 말인지 아니면 그냥 속이 상해서 하는 말인지 통 알 수가 없습니다.

"괜찮다! 이제라도 바로 가면 된다. 가자!"

수열이의 타박에 경숙이 급히 칡넝쿨 우거진 숲을 헤집고 걸어갑니다. 경숙의 머리 위 장대 끝에선 여전히 살모사가 춤을 추듯 꿈틀거립니다. 참으로 못 말리는 아이입니다.

험한 산길을 쓰러지고 넘어지며 약 한 시간 남짓 올라오니 비로소 갈참나무 우거진 숲 사이로 굳게 닫힌 토담집 문이 보입니다. 어제 동네 사람들에 의해 사정없이 망가졌던 문입니다. 부서진 이곳저곳을 얼기설기 칡넝쿨로 엮어 임시방편으로 사용하고 있습니다. 출입문을 향해 한발 두발 발걸음을 옮깁니다.

"그러므로 형제 여러분! 우리는 결코 낙심하거나 좌절해서는 안됩니다. 다만 우리는 우리를 죄에서 용서해 주시고 구원해 주신 주님만 믿고 의지해야 합니다. 왜냐하면, 주님의 사랑이 반드시 우리를 질병의 고통에서 해결해 주실 것이기 때문입니다."

"……?"

그때 어디선가 열변을 토하는 한 남자의 목소리가 들립니다. 자세히 들어보니 삐죽이 열린 출입문 안으로부터 들려오는 소리입니다. 넓고 둥근 앞마당엔 출입문을 등지고 앉은 아저씨들의 모습이 보이고 아저씨들을 향해 열변을 토하는 키 큰 아저씨의 모습이 보입니다. 모두들 검고 두꺼운 성경책을 들고 있습니다.

"대체 저 사람들 지금 뭐하고 있는 거나?"

열린 문틈으로 집안을 유심히 살피던 길상이가 혼잣말처럼 중얼거립니다. 길상이의 말에 나 또한 문을 밀고 문안을 들여다봅니다.

"아마도 예배를 드리고 있는 모양이다."

"예배? 그기 뭐나?"

"서양 제사란다! "

"제사? 떡도 없고, 술도 없고, 돼지머리도 없이 무슨 제사가 저러나?"

"그건 잘 모른다. 다만 서양 제사는 하나님의 법을 배우고, 예수의 가르침을 배우는 거라 하드라!"

"무슨 제사가 그러나?"

나의 말에 아이들이 달려와 서로 보겠다고 밀치며 문틈으로 얼굴을 들이밉니다. 제사 하면 우선 고기와 떡과 과일을 풍성하게 차려놓고 절하는 것으로 알고 있는 아이들로선 너무도 당연한 반응일 테지요.

"야! 니들 여긴 또 왜 와서 얼쩡거리나. 썩 꺼지지 못하나!"

출입문 안의 소리에 귀를 기울이던 우리를 향해 누군가 고함을 칩니다. 돌아보니 갈참나무 숲을 헤치며 동네 사람들이 험악한 모습으로 산을 올라옵니다. 짐작대로 오늘은 단단히 벼르고 온 모양입니다. 모두들 손에 낫과 곡괭이를 들고 있습니다. 순간 아이들은 약속이라도 한 듯 모두들 길상이를 중심으로 좌악, 모여듭니다.

"야들아! 두희와 경태는 오른쪽, 진희와 광훤 왼쪽 출입문을 지키고 나머진 모두들 나를 따라와라!"

길상이 미리 준비하여 놓은 듯 몽둥이를 하나씩 나눠주며 다급하게 명령을 내립니다. 종종 동네 아이들끼리 패싸움을 벌일 때 하던 포즈입니다. 길상이의 말에 일사분란하게 움직이는 아이들은 마치 황산벌 전투에 나선 계백 장군과 그의 군사들만 같습니다.

"야! 니 뭐하나? 얼릉 따라가자."

경숙이 붉은 독사가 혓바닥을 날름거리는 장대를 흔들며 아이들을 따라 허겁지겁 달려가다가 휙, 나를 돌아보며 소리칩니다. 그러나 나는 통 마음이 내키지 않습니다. 손에 낫과 곡괭이를 들고 나타난 동네 사람들에 비해 너무도 초라하고 엉성한 나무막대기로 대체 무엇을 어찌하겠다는 건지 참으로 갑갑합니다. 해서 차마 발을 내딛지 못하고 한참을 서서 아이들이 하는 양을 지켜봅니다.

"야! 니들은 또 뭐야? 전쟁 놀이를 할라믄 동네서 할 것이지. 하필이믄 왜 이 깊은 산중에 와서 설쳐대나. 썩 꺼지지 못해!"

아이들의 느닷없는 행동에 동네 아저씨들이 잔뜩 눈살을 찌푸리며 소리칩니다.

"자아! 정의의 결사대가 나가신다! 내 칼을 받아라!"

순간 퍽, 하는 소리와 함께 한 아저씨가 앞으로 꼬꾸라집니다. 바로 진 씨 아저씨입니다. 아저씨들의 말이 끝나자마자 수열이 달려가 진 씨 아저씨를 향해 냅다 몽둥이를 휘둘러버린 것입니다. 공교롭게도 척추를 심하게 다친 모양입니다. 일어서기 위해 한동안 버둥거리다가 이내 벌러덩 누워 허리를 잡고는 고통을 호소합니다. 참으로 짐작도 못할 일이 벌어지고야 만 것입니다.

"그러길래 왜 약한 사람들을 괴롭힌대유. 저 사람들이라구 뭐 문데이가 되고 싶어서 된 거래유. 다 재수가 없어서……?"

그때 팍, 하는 소리와 함께 마치 자신이 한 짓을 변명이라도 하듯 중얼거리는 수열의 등짝 위로 무언가 빠르게 지나갑니다. 바로 수열이 아버지입니다. 아무 데서고 물색없이 덤비는 아들의 모습이 참으로 많이도 민망스러웠던 모양입니다. 짙은 눈썹에 허연 눈동자를 부라리며 수열을 바라보는 눈길이 참으로 무섭습니다.

"아, 아는 왜 그렇게 잡는 데유! 그럼 불쌍한 사람 괴롭히는데 그냥 보고만 있어야 바른 거래유? 그건 우리 정의의 결사대가 할 짓이 아니래유!"

"아구머니 이건 또 뭐여? 살무사 아니여!"

느닷없는 경숙의 고함 소리에 뒤를 돌아보던 동네 아줌마들이 놀라 소리칩니다. 그도 그럴 것이 장대 끝에 매달려 눈 가득 독기를 뽐고는 혀를 날름거리는 살무사의 존재는 참으로 위협적입니다.

"그러게 말이래유. 대체 이렇게 엉성하게 매달고 우뚱게 이 산꼭대기까지 왔데유. 금방 풀고 달아나게 생겼구먼. 야! 너 그거 이리줘. 어린 아가 겁두 없이……."

"그러게 말이여! 허허 그 눔 참 맛있게도 생겼다. 쩝쩝!"

동네 아줌마들의 호들갑에 무열이 삼촌이 쏜살같이 달려가 경숙에게서 장대를 낚아채며 중얼거리자, 두희 아버지가 허허 웃으며 군침을 삼킵니다. 대체 야만인도 아니고 어떻게 무서운 살모사를 보며 군침을 삼킬 수 있는 것인지 참으로 이해가 되질 않습니다.

"안 돼유! 이건 우리 아저씨들 몸보신 시키라고 가지 온 거래유. 절대 줄 수 없구먼유!"

순간 경숙이 손에 든 장대를 움켜쥐며 소리칩니다. 이곳 아저씨들과 특별한 인연이 있었던 것도 아니고 단지 아저씨들이 나쁜 병에 걸렸다는 이유만으로 이렇듯 마음을 쓴 것을 보면 과히 경숙의 오지랖도 보통은 넘는 것 같습니다.

"아닙니다. 우리 살람들 그거 못 먹습니다. 가지고 가십시오."

보다 못한 키 큰 아저씨가 경숙을 향해 팔을 휘휘 내두르며 인상을 찌푸립니다.

"그려! 잘 생각했어. 이런 독이 있는 짐승은 함부로 먹으믄 큰일나. 이것두 먹어 본 눔이나 먹지 아무나 먹을 수 있남. 그러니게 이리줘!"

중얼거리며 경숙에게 냉큼 장대를 빼앗아 드는 두희 아버지의 얼굴이 순식간에 환해집니다.

"좌우지간! 두희 아부진 못 말린다니까. 이 경황에 꼭 저러고 싶으실까?"

"맞어유! 우째문 저렇게 나대는지. 이거야 원 면구스러워서……."

한동안 지켜보던 순선 엄마가 입을 삐죽거리며 타박하자 두희 엄마가 난색을 표하며 중얼거립니다.

"그저 그러려니 해야지……? 그런데 대체 뭐래유?"

느닷없는 남편의 행동에 난색을 표하던 두희 엄마를 향해 중얼거리던 수열 엄마가 키 큰 아저씨를 향해 묻습니다. 마치 요람처럼 긴 막대기에 칡덩쿨로 엮어 만든 그것은 분명 진 씨 아저씨를 위해 내놓는 모양입니다. 비록 먼지가 뽀얗게 묻어 있긴 하지만 한 번도 사용한 흔적이 보이지 않은 새것으로 진 씨 아저씨를 태워 산을 내려가기엔 손색이 없을 듯합니다.

"에이! 무신 소리여! 께름직해서 그걸 우똏게 탄데. 저리 치워!"

그러나 동네 사람들의 반응은 냉랭합니다. 아니, 손을 홰홰 돌리며 눈살을 찌푸립니다. 혹시라도 병균이 옮을까 걱정이 되는 모양입니다.

"난 괜찮으니 우선 그거라도 좀 태워서 날 병원으로 데려가 줬으면 하네유. 아무래도 허리가 부러진 것 같은데유!"

순간, "아이구구!" 신음 소리를 내며 버둥거리던 진 씨 아저씨가 괴로운 듯 소리칩니다.

"그려유! 우선 사람부터 살려야지 않겠어유. 이거라두 태워서 산을 내려가자구유! 야! 니들은 여기 꼼짝두 말구 있어. 아저씨 병원에 모시다 놓고 보자구! 네 이눔들을 확, 다리 몽둥이라도 부러뜨려놓을 테니께."

무열이 삼촌이 말하며 우리를 향해 꽥, 소리를 지릅니다. 순간 잔뜩 겁먹은 아이들이 쏜살같이 달려 산을 내려갑니다. 진 씨 아저씨 말대로 정말 허리가 부러졌으면 큰일입니다.

들기름과 초로 반질반질 닦아진 복도를 지나 교실 문을 열고 들어서자 밝고 투명한 아침 햇살이 와락 몰려듭니다. 교실 한쪽에 옹기종기 모여앉아 이야기를 나누고 있는 몇몇 아이들이 보입니다. 바로 정의의 결사대 아이들입니다. 내가 문을 열고 들어서는데도 통 관심은 보이지 않는 것이 무엇인가 심각한 이야기를 나누고 있는 것 같습니다. 이야기 중간 중간에 진 씨 아저씨가 튀어나오는 걸 보니 아마도 어제 배나무골에서 일어났던 사고에 대한 이야기를 하고 있는 모양입니다. 하늘을 찌를 듯 의기충천하던 모습은 다 어디를 가고, 잔뜩 풀이 죽어 한숨을 들이쉬고 내쉬곤 합니다. 책걸상에 묵묵히 앉아 아이들의 말에 귀를 기울이는 길상이 또한 편찮은 모양입니다. 유난히 축, 처진 어깨와 눈꼬리는 보기에도 안타깝습니다. 어쩌다가 일을 벌여 하지 않아도 될 걱정을 하는 것인지 참으로 갑갑합니다.

아이들의 무관심을 뒤로 한 채 나는 사 분단을 지나고 삼 분단을 지나 이 분단 나의 책상인 가장 앞자리에 책보를 내려놓고 앉습니다.

"한데 닌 대체 어제 우뚷게 된 거나?"

그때까지 이야기에 열중하던 경숙이 비로소 나를 돌아보며 묻습니다. 그러나 나는 마땅히 대답할 말이 없습니다. 아무리 이런저런 이유를 들어 어제 배나무골에서의 내 행동을 정당화하려 해도 적당한 말이 떠오르지 않습니다. 아니, 어쩌면 죽을 각오로 어른들과 맞서는 아이들을 피해 비겁하게 나무 뒤에 숨어서 모든 광경을 지켜봤단 말을 차마 할 수가 없는 것인지도 모릅니다.

"한데 야가 왜 대답을 못하나? 무슨 죄라도 졌나?"

그러나 경숙은 집요합니다. 마치 나에게서 자백이라도 받아 내려는 듯 두툼한 눈두덩을 치켜뜨며 또다시 다그칩니다.

"닌 뭘 그렇게 물어보나. 벌써 이런 일이 벌어질 줄 알고 피했든 기 아니겠나. 기인이 말만 들었어도 이 난리는 나지 않았을 텐데. 아무래도 우리가 좀 경솔했던 것 같다."

순간 진희가 경숙의 말을 가로채며 핀잔을 줍니다. 별로 잘해준 것도 없는데 어째서 번번이 나의 편을 드는 것일까요. 원래 말이 없고 무뚝뚝해서 좀체 남의 일엔 끼어드는 법이 없는 진희가 유독 나의 일만큼은 민감한 반응을 보이니 도대체 무슨 일인지 모르겠습니다.

"맞다! 경숙이 니는 잘 알지도 못하면서 왜 아를 잡나?"

"그래 말이다. 이미 지나간 일 따져서 뭐하나. 그만 둬라!"

"옴마야! 누가 뭐랬다고 그러나?"

진희에 이어 경태와 문섭이까지 나서자 경숙이 치켜올렸던 눈꺼풀을 내려 깔며 투덜거립니다. 그때 다시 드르륵 교실 문이 열립니다. 바로 수열이입니다. 정의의 결사대 아이들이 모두 약속이라도 한 듯 수열에게로 다가갑니다. 척추 부상을 심하게 입은 진 씨 아저씨를 들것에 싣고 병원으로 달려간 수열 아버지에게서 혹여 무슨 소식이라도 없나 궁금했던 까닭입니다. 그러나 나의 얼굴은 이내 찡그려집니다. 수열이 까만 반바지 아래로 선명한 회초리 자국이 눈에 들어오는 까닭입니다.

"아이구야! 니 다리가 이기 뭐나?"

역시 입 빠른 경숙이 먼저 호들갑을 떱니다. 어제 배나무골에서 병원으로 달려간 수열 아버지가 어느새 돌아와 아들을 이 모양으로 만들어 놓은 것인지 모르겠습니다.

"미, 미안하다! 공연히 일을 벌여서……"

한동안 붉은 줄이 선명한 수열의 종아리를 내려다보던 길상이 입을 엽니다. 아무리 좋은 뜻에서 한 일이지만 결과가 이렇게 되고 보니 마음이 몹시도 참참한 모양입니다. 근심 가득한 얼굴 위론 후회의 빛이 역력합니다.

"미안하긴 니 뭐가 그래 미안하나. 다 좋은 일 하자고 했던 거 아니나?"

"맞다! 우리 정의의 결사대가 어디 틀린 일 하는 거 봤나?"

"맞다! 말 그대로 정의를 위해서 싸우는 우리들 아니나. 힘내자!"

두희가 두 주먹을 불끈 쥐고 말하자 이곳저곳에서 이구동성으로 '힘내자'를 외칩니다.

"근데, 진 씨 아저씨는 우뚱게 됐나?"

이구동성으로 외치는 아이들의 목소리를 비집고 넌지시 물어봅니다. 아이들의 눈빛이 다시 초롱초롱 빛납니다. 그러나 수열이는 잠시 좌, 우로 고개를 흔들 뿐 말이 없습니다.

"그기 무슨 뜻이나? 괜찮다는 거나, 안 괜찮다는 거나?"

"아직 모른다! 울 아부지 아직 집에 안 오셨다!"

"뭐? 그럼 이 다리는 대체 뭐나? 누가 이렇게 만들었나?"

"어, 어머이……"

"뭐? 니 어머이가?"

순간 나는 나의 귀를 의심합니다. 다소 무뚝뚝하기는 하지만 본성이 순하고 착해서 화라고는 낼 줄 모르던 수열이 엄마가 어째서 아이를 이리도 모질게 때린 것일까 쉽게 믿어지지 않습니다.

"아이구야! 니 어머이같이 착한 분이 우뚷게 아를 이렇게 만들었나. 믿을 수 없다!"

경숙이 또한 믿어지지 않는 모양입니다. 유난히 좁은 이마 위로 주름이 자글자글 잡힙니다.

"맞다! 나도 믿어지지 않는다. 혹시 진 씨 아저씨가 잘못된 기 아니나? 다른 사람도 아닌 니 어머이가 너를 이래 만들었을 땐 다 그만한 이유가 있는 기 아니겠나?"

"잘못되다니 그 무슨 말이나?"

"아니, 닌 대체 말을 우뚷게 듣나. 혹시 돌아가신 기 아닌가 해서 말이다. 맞제?"

"그건 아니다. 우리 아부지가 그러시는데 뼈에 금이 갔을 뿐 괜찮다고 하드라."

"니 아부지가 그걸 우뚷게 아는데?"

"울 아부지도 병원에 갔다 왔다. 병원에서 의사가 그렇게 말했단다. 한 일주일 치료하믄 난다고 니는 잘 알지도 못하믄서."

경숙의 말에 광희가 고개를 절레절레 흔들며 대꾸를 합니다. 순간 술렁거리던 교실 안이 금방 환호성으로 가득 찹니다. 밤새 죄책감으로 시달렸을 아이들입니다. 진 씨 아저씨가 크게 다치지 않았다니 비로소 안심이 되는 모양입니다.

"자-아 모두들 제자리로……."

그때 탁탁, 교탁을 치는 소리와 함께 담임 선생님의 목소리가 들립니다. 시끄럽던 교실 안이 다시 잠잠해집니다. 교실 안이 잠잠해지자 선생님께서는 비로소 교실 안을 한 바퀴 휘-이, 둘러봅니다.

둘러보시더니 나를 향해 턱짓을 합니다. 반장 용안이 없으니 어서 일어나 경례 구령을 붙이라는 신호일 테지요. 나의 구령 소리에 맞춰 아이들이 일제히 일어나 경례를 합니다.

"한데 용안인 대체 어떻게 된 거나?"

경례가 끝나고 아이들이 자리에 앉기가 바쁘게 담임 선생님께서 묻습니다. 그러나 누구 하나 입을 열 생각을 하지 않습니다. 나 또한 어제 산속에서 일어난 불미한 사건을 말할 자신이 없습니다. 선생님께서 어찌 나올지 모르기 때문입니다. 전체 기합으로 엎드려뻗쳐를 하거나 책걸상을 들고 한 시간쯤 벌을 서는 일을 자초할 수는 없으니까요.

"왜 대답이 없나? 기인이 네가 한번 대답해 봐라!"

그러나 담임 선생님께서는 통 물러설 생각이 없는 모양입니다. 한동안 아이들을 둘러보시다가 결국 나를 지목합니다.

"용안인 지금 문둥이 아저씨들과 배나무골에 있어유!"

그때 경숙이 벌떡 일어서며 말참견을 합니다. 담임 선생님의 눈이 왕방울만 하게 커집니다.

"문둥이 아저씨들?"

"야! 요즘 문둥이들이 배나무골서 진을 치고 있거든유!"

"그래서? 용안이가 지금 그곳에 있단 말이지?"

"야!"

"……?"

경숙이의 말에 담임 선생님께선 할 말을 잊은 듯합니다. 한동안 눈을 동그랗게 뜨고는 경숙이 얼굴만 뚫어지게 바라봅니다.

"대체 왜?"

"네?"

"용안이처럼 공부 잘하고 착한 모범생이 왜 그런 곳에 갔다는 거나? 대체 무슨 이유로……?"

한동안 말이 없던 선생님이 다시 눈주름을 자글자글 만들며 묻습니다. 담임 선생님 또한 갑작스런 경숙이의 말이 쉽게 이해가 되지 않는 모양입니다. 다른 아이도 아닌 착하고 공부 잘하고 성실한 용안이 어떻게 수업을 빼먹고 그런 곳에 갔단 것인지 참으로 납득하기 어려운 모양입니다.

"이기 다. 수열이 자 때문입니다. 수열이가 자가 아저씨를 그렇게 작대기로 때려눕히지만 않았어도 용안일 무사히 구해낼 수 있었을 텐데 참말로 아쉽습니다."

그때 다시 경숙이 일어나 수열이를 향하여 눈을 부라리며 소리칩니다.

"그기 우뚱게 수열이 탓이나. 어디까지나 우리 비밀 결사대는 정의를 위해서 싸운 것이다. 그럼 힘 없고 병든 사람들을 괴롭히는데 가만히 구경만 하는 기 옳은 일이나?"

"맞다! 우린 응당 우리가 할 일을 했을 뿐이다."

"맞다! 어디까지나 우린 정의를 위해서 싸운 것이다. 말도 안 된다."

잠시 조용하던 교실 안이 다시 소란합니다. 경숙의 말대로 수열이가 진 씨 아저씨를 때린 건 사실이지만 그렇다고 용안의 결석을 수열이 탓이라고는 할 수는 없는 것인데 대체 무슨 생각으로 저런 말을 하는 것인지 알 수 없습니다.

"자! 그만 그만하고 국어책 펼쳐라! 그리고 기인인 수업 끝나고 교무실로 좀 오고……."

아이들의 반응에 담임 선생님이 비로소 목소리를 높이며 교탁을 탁탁, 칩니다. 술렁거리던 교실 안이 다시 잠잠해집니다.

배나무골로 가는 길은 여전히 높고 가파릅니다. 아니, 그 길이 그 길 같아서 도대체 종잡을 수가 없습니다. 담임 선생님 또한 헷갈리기는 마찬가지인 모양입니다. 시간이 지날수록 숨을 헐떡거리며 고개를 갸웃거립니다. 도대체 용안인 무슨 생각으로 학교도 빼먹고 이런 깊은 산중에 머물러 있는 것일까요? 아니, 용안이는 아직 철이 없어 그렇다 하더라도 용안이 엄만 대체 무슨 생각으로 아들을 이 깊은 산중에 방치하고 있는 것일까요. 참으로 이해할 수가 없습니다.

"기인아! 아이들과 함께 온 길이 어째서 이렇게 사람의 흔적이 없을까? 혹시 길을 잘못 든 것은 아닐까?"

"……?"

묵묵히 따라 걷던 담임 선생님께서 드디어 멈춰 서며 묻습니다. 그러나 나는 적당히 할 말이 없습니다. 분명 어제 왔던 길인 줄 알고 올라왔건만 가도 가도 낯선 길, 마치 마법에 걸린 것만 같습니다.

"아무래도 안 되겠다! 내가 앞장 설 테니 기인이 넌 내 뒤를 따라오너라!"

생각다 못한 담임 선생님께서 나를 앞지르며 끈적끈적하고 축축한 손을 내밉니다. 우거진 숲을 헤치며 담임 선생님의 손을 잡고 올라가는 산길은 여전히 높고 가파릅니다.

"아! 저기, 바로 저기래유!"

담임 선생님의 손에 이끌려 산을 오르던 나의 입에서 갑자기 탄성이 터져 나옵니다. 바로 어제 우리들이 잡고 올랐던 나뭇가지가

보인 까닭입니다. 한 발짝 발을 내디딜 때마다 휘어잡고 안간힘을
다해 오른 까닭으로 나무는 형편없이 휘어지고 찢어져 거의가 소
생이 불가능해 보입니다. 형편없이 짓밟히고 망가진 숲을 따라 다
시 한참을 오르다 보니 비로소 갈참나무 숲이 보입니다.

"미안합니다. 지금으로선 어쩔 수가 없습니다. 죄송합니다."

그때 갈참나무 숲 속에서 희미한 목소리가 들립니다. 바로 키 큰
아저씨입니다. 여전히 지치고 힘없는 모습입니다. 대체 저토록 힘
없는 모습으로 며칠을 더 버틸 수 있을까요?

"그럼 대체 어쩌겠다는 거여! 이렇게 부정한 몸으로 언제까지 이
곳에 머물겠다는 거여! 엉?"

그러나 키 큰 아저씨와 맞선 두희 아버지의 목소리는 크고 우렁
찹니다. 마치 기차화통을 삶아 먹은 것 같습니다. 힘없는 모습으
로 서서 간신히 사과의 말을 반복하는 키 큰 아저씨에게 어찌 저
토록 패악을 떠는 것인지 참으로 야속합니다.

"아, 뭘 또 물어 본대유! 이곳에 수용소를 짓고 아예 눌러살겠다
고 수작을 벌이는 거잖아유! 남표 성님을 통해서 이미 다 드러난
사실을 왜 자꾸만 반복한대유! 당장 쫓아 버리자구유."

두희 아버지의 말에 무열이 삼촌이 다시 언성을 높이며 땅바닥
에 내려놓았던 연장을 치켜듭니다. 참는 김에 조금만 더 참아주면
좋겠는데 왜들 저렇게 냉정하게 구는 것인지 정말 모르겠습니다.

"떠, 떠나겠습니다. 일주일만 말미를 주십시오."

순간, 키 큰 아저씨가 두희 아버지 앞을 가로막으며 애원을 합니
다. 두희 아버지의 위협적인 태도에 더 이상 버틸 힘이 없다고 판
단된 모양입니다.

"갑자기 그게 무슨 소리요? 왜 지키지도 못할 약속을 하는 것이요?"

그때까지 무표정한 얼굴로 사태를 관망하던 문둥 아저씨 하나가 놀라 소리칩니다. 나 또한 어째서 지키지도 못할 약속을 하는 것인지 이해할 수가 없습니다.

"아닙니다. 주님께선 반드시 거할 처소를 만들어 주실 것입니다. 믿으십시오."

"아니, 지금까지 없던 집이 일주일 만에 어떻게 생긴단 말이오. 정신이 있소?"

"우리 인간들의 힘으론 어렵겠지만 주님께선 가능하십니다. 믿으십시오."

그러나 키 큰 아저씨는 주저하지 않습니다. 갑자기 어디서 그런 확신이 생겨난 것인지 참으로 놀랍습니다.

"주님이 뭐여?"

금방이라도 무슨 일을 낼 것처럼 흥분하던 두희 아버지가 비로소 부리부리한 눈망울을 껌뻑거리며 무열이 삼촌을 향해 묻습니다. 하나님이나 예수님이라면 모를까 주님이라는 말은 나 또한 생소합니다.

"아, 그 예순가 뭔가 하는 서양 귀신을 말하는 거잖어유! 그 서양 귀신이 자기 주인님이란 뜻이구먼유."

"언제는 아버지라고 하더니 오늘은 또 주인이래?"

"그러게 말이지유. 그렇게 영험한 신이 왜 사람들을 저 모양으로 놔둔대유. 다 거짓뿌렁이지 싶네유!"

"아닙니다. 죽은 자도 살리신 주님이십니다. 못 고치시는 것이 아니라, 다만 선을 이루실 준비를 하고 계신 겁니다. 믿으십시오."

"선을 이룬다니 그건 또 무신 소리여?"

"아, 무신 소리는 뭣이 무신 소리래유! 다 귀신 씨나락 까먹는 소리지. 더 두고 볼 것도 없이 당장 쫓아 버리자구유."

"맞소! 당장 떠나시오! 더 이상 지체하면 그냥 두지 않겠소."

키 큰 아저씨의 말에 한동안 수군거리던 동네 아저씨들이 다시 소리칩니다. 내가 봐도 죽은 자를 살린다는 말은 과장이 좀 심한 것 같습니다.

"좋소! 어차피 병든 몸뚱어리 죽는다고 한들 뭣이 아깝겠소. 그러나 우리 한번 원 없이 싸우고나 죽읍시다!"

"맞습니다. 죽기밖에 더 하겠습니까. 한 번 피가 터지게 싸워봅시다."

"그럽시다!"

"그럽시다!"

동네 아저씨들의 말에 격분한 문둥 아저씨들이 다시 이곳저곳에서 소리칩니다. 참으로 대격돌이 예상되는 순간입니다.

"안 돼유! 더 이상 싸워서는 안 돼유!"

그때 누군가 소리를 지르며 문둥이 아저씨들 앞을 가로막습니다. 바로 용안이입니다. 깎지 않아 텁수룩한 머리에 잔뜩 팔을 걷어 올린 헐렁한 티셔츠와 낡은 바지, 마치 지난겨울 동네를 떠돌며 구걸하던 거지 아이의 모습 같습니다.

"아니, 넌 또 왜 나서는 거여! 대체 학교는 갔다 온 거여?"

"그걸 뭘 물어 봐유! 학교에 갔으면 저렇게 선생님이 오셨겠어유!"

어느새 보았는지 무열이 삼촌이 턱짓으로 우리 쪽을 가리킵니다. 무열이 삼촌 말에 비로소 담임 선생님께서 갈참나무 숲을 헤치며 동네 사람들을 향해 나아갑니다.

"맞습니다. 벌써 이틀이나 학교에 나오지 않아 이렇게 찾아왔습니다. 그런데 무슨 일인지 모르겠지만 대화로 풀어 보시는 것이 어떨런지요."

담임 선생님께서 몹시도 당황한 눈빛으로 동네 사람들과 키 큰 아저씨와 번갈아 바라보며 입을 엽니다. 준비 없이 당하는 일이라 무척이나 당혹스러운 모양입니다.

"그래유! 그건 담임 선생님 말씀이 맞구먼유. 옛날 말에, 쥐도 달아날 구멍을 보고 쫓으라고 했는데 무작정 이러면 되겠어유! 그러니 우리 한 번만 더 속아 보자구유! 지금껏 참았는데 일주일 더 못 참겠어유!"

"맞네유! 나도 그렇게 생각하네유! 누군들 그런 고약한 병에 걸리고 싶어서 그랬겠어유. 조금만 더 참아 보는 기 좋겠네유!"

"맞어유! 그기 좋겠네유."

용안이의 눈물겨운 호소에 감동된 것인지 아니면 담임 선생님의 말에 뒤늦게 깨닫기라도 한 것인지 잠잠히 지켜보던 동네 아줌마들이 비로소 이곳 저곳에서 참견을 합니다.

"그래유! 그람. 그렇게 하자구유! 야! 당신들 말이여! 단 일주일만이여 일주일? 알았지?"

담임 선생님에 이어 동네 아줌마들까지 나서자 두희 아버지도 별수 없는 모양입니다. 문둥 아저씨들을 향해 두 주먹을 불끈 쥐며 으름장을 놓습니다.

"닌 대체 우뚷게 된 일이나? 학교는 아예 때리치울 거나?"

동네 사람들이 슬금슬금 산을 내려가자, 나는 비로소 용안이를 향해 타박을 합니다. 어린 것이 뭘 안다고 저리도 고집을 부리는지 도무지 모르겠습니다.

"그래! 어서 짐 싸라! 병들고 불쌍한 사람들을 생각하는 네 마음은 백번 이해하겠다. 그러나 어쩐지 이건 아니지 싶다!"

나의 말에 담임 선생님 또한 조용한 말로 타이릅니다. 그러나 용안인 도무지 들을 생각을 않습니다. 다만 까맣고 깡마른 얼굴 위로 흘러내리는 눈물을 소매 끝으로 자꾸만 닦습니다. 대체 무엇이 용안일 저토록 고집불통으로 만드는 것인지 참으로 이해할 수가 없습니다.

"아농하세요. 스티븐이라고 합니다. 참말로 죄송합니다."

한동안 넋을 잃고 용안일 바라보는 담임 선생님을 향해 비로소 키 큰 아저씨가 손을 내밉니다. 키 큰 아저씨 또한 용안이의 그런 모습이 퍽이나 안쓰러운 모양입니다. 깡마른 얼굴 가득 슬픔의 빛이 완연합니다. 용안이도 용안이지만 키 큰 아저씨 또한 무엇이 부족해서 그 좋은 환경을 버리고 고생을 자초하는 것인지 참으로 모르겠습니다.

"아, 네 수고 하십니다……."

키 큰 아저씨의 말에 비로소 담임 선생님께서 키 큰 아저씨가 내민 손을 잡습니다. 그러나 눈은 여전히 울고 있는 용안이에게서 떠나질 않고 있습니다. 그도 그럴 것이 평소 용안이를 향한 담임 선생님의 사랑과 기대는 참으로 특별했던 것이었습니다.

아름드리나무를 잘라 만든 둥근 테이블에 마주 보고 앉은, 키 큰 아저씨와 담임 선생님의 대화는 끝도 없습니다. 비록 어눌한 말솜씨지만 고국에서의 풍성했던 삶을 마다하고 오직 이 땅에 예수님의 말씀을 전파하려고 살아온 이 십여 년의 세월이 마치 한편에 무성영화를 보는 것만큼이나 생생합니다. 대체 예수는 무엇이고 하나님은 무엇이기에 이토록 힘든 고난의 길을 자초하고 나선 것인지, 아직 성경책을 제대로 읽어보지 않은 나로썬 도무지 이해할 수가 없습니다.

"그래서, 그래서 선생님께서도 선친의 뒤를 이어 이 일을 하고 계신단 말씀입니다. 이렇게 고약한 병까지 얻어 가면서?"

담임 선생님 또한 나와 다르지 않은 모양입니다. 연신 고개를 갸웃거리며 눈을 동그랗게 뜨고는 묻습니다.

"그렇습니다. 이 길만이 내가 살길입니다."

"살길이오?"

"네! 그렇습니다. 어릴 날 선친을 따라 부산항에 도착했을 때 이미 보아버렸습니다. 전쟁과 기근으로 허덕이는 아이들의 퀭한 눈망울을 바라보시며 피눈물을 흘리시는 주님의 마음을 말입니다. 울긋불긋 온 산을 물들이고도 모자라 바다 속 깊은 곳까지 붉게 물들이시는 주님의 눈물은 정말 아름다웠습니다."

"아아! 울긋불긋 물든 가을 산을 보면서 주님의 마음을 떠올리셨군요. 참으로 귀한 경험을 하셨습니다. 그, 그러나, 그렇게 살아온 세월이 마음에 드십니까? 호, 혹시 후회는 안 되십니까?"

"후회요? 아아, 모릅니다. 다만 예수님의 생애와 가르침을 전하는 일은 값지고 복된 일이지요. 사망의 법에서 생명의 법으로 나아가는 길을 안내하는 일이니까요."

"복이요?"

"네! 예수님께 의지하며 그분의 말씀을 믿고 순종하는 일은 복된 일이지요. 인간이란 본디 어리석어 한 치 앞도 내다볼 수 없는 존재니까요. 부디 선생님께서도 구원받고 참된 기쁨을 회복하십시오. 기도해 드리겠습니다."

"……?"

너무도 어이없는 말에 담임 선생님은 한동안 말을 잇지 못하고 키 큰 아저씨를 바라봅니다. 병도 병이려니와 동네 사람들에게 내쫓겨 이 동네 저 동네를 떠돌면서도 복된 삶이라니 나 또한 도무지 이해가 가질 않습니다.

"한데, 저 아인 대체 어떻게 된 겁니까? 이미 방학도 끝났는데 언제까지 두고만 보십니까?"

한동안 키 큰 아저씨의 얼굴을 바라다보던 담임 선생님께서 비로소 생각난 듯 묻습니다. 아니, 단순히 묻는 것이 아니라 어쩌면 책망을 하고 있는 것인지 모릅니다. 짙은 눈썹 아래로 부리부리한 두 눈에 다소의 힘이 들어가 있는 듯 보입니다.

"안 돼유! 저도 몇 번 말해 봤는데 통 말을 듣지 않어유! 영어 말도 배우고 이곳에 있는 게 좋대유!"

순간 나도 모르게 불쑥 끼어듭니다. 용안이도 안됐지만, 용안이로 인해 까닭 없이 시달리는 키 큰 아저씨가 자꾸만 마음이 걸리는 까닭입니다.

"맞습니다. 공부도 공부지만 혹시라도 병이 옮을까 그것이 더 걱정이 됩니다. 재발 좀 데리고 가십시오."

나의 말에 문둥 아저씨 하나 기다렸다는 듯 부탁 말을 합니다. 그러나 용안인 우리들의 대화 따윈 안중에도 모양입니다. 어느새 출입문 앞으로 다가가 쓰러진 문을 일으켜 세우느라 정신이 없습니다.

바로 어제 동네 사람들에 의해 산산이 부서졌던 문입니다. 부서진 문을 칡넝쿨로 얽어매어 간신히 세워둔 것이 오늘 동네 사람들에 의해 또다시 망가뜨려진 것입니다. 산을 내려갈 준비를 하라는 담임 선생님의 말씀에도 아랑곳 않고 온통 부서진 문에만 집착하는 용안이의 행동은 내가 보기에도 정상이 아닌 것 같습니다.

"아이그마! 험하다! 우째 이래 험하나. 마 두 번 다시 올 곳이 못 되는구만!"

그때 누군가 출입문을 밖에 서서 호들갑을 떱니다. 놀랍게도 파란 할머니입니다. 여전히 파란 블라우스에 파란 보따리를 이고 있습니다.

"아휴, 뭐하나? 저리 좀 비켜라! 들어가야 안 되겠나."

한동안 호들갑스럽게 숨을 몰아쉬던 파란 할머니가 드디어 용안일 밀치며 출입문 안으로 들어섭니다.

"할머이 왜?"

조르르 출입문 앞으로 달려가선 묻습니다. 설마 옷을 팔려 온 것은 아닐 테고, 대체 이 깊은 산중엔 또 웬일인지 참으로 궁금합니다. 그러나 나의 물음엔 대답할 겨를도 없이 이고 온 보따리를 토담집 바닥에 털썩, 내려놓습니다. 그 바람에 묶었던 보따리가 풀려지고 팥, 콩, 조, 보리 등, 각종 곡식들이 우르르 쏟아집니다.

"아휴! 대체 이게 뭡니까? 웬 곡식을……."

순간 소리에 놀라 뒤를 돌아보던 키 큰 아저씨가 벌떡 일어서며 연신 감탄사를 쏟아냅니다.

"어차피 죽을 목숨 양식은 축내서 뭐합니까?"

그때 누군가 밖에서 토굴 안을 힐끔거리며 투덜거립니다. 좀 전 동네 사람들을 상대로 피 터지게 한번 싸워나 보고 죽자던 아저씨입니다. 사람들이 산을 내려간 지 이미 한 시간이 지났건만 아직도 분이 풀리지 않는지 병으로 뭉그러진 얼굴은 분노로 한없이 일그러져 있습니다.

"아따! 남은 쐬 빠지게 갖고 왔더이만, 그 무슨 공 없는 소리는 그래 합니까?"

한동안 거친 숨을 몰아쉬던 할머니가 드디어 아저씨를 향해 화를 냅니다. 힘들고 지친 마음은 이해하겠지만 무거운 짐을 이고 산을 올라오신 할머니를 상대로 화풀이를 하는 것은 내가 보기에도 좀 그렇습니다.

"동네 부정 탄다고 하루가 멀다 않고 와서 난동을 부리니 하는 말이지요. 글쎄 일주일 만에 떠나라니 이 무슨……."

퉁명스럽게 대답을 하던 문둥 아저씨가 드디어 말꼬리를 흐리며 눈가에 그렁그렁 눈물을 맺힙니다. 슬픈 아저씨의 얼굴을 보니 나 또한 안타까워 눈물이 납니다.

"아이고야! 무시라! 시상 인심이 와 이렇게까지 됐노……?"

"왜긴요. 다 우리가 병든 탓이지요. 그러니 그만들 하시고 이리 들어와 이 산딸기나 드십시오. 새콤 달콤 아주 맛있습니다."

"아니다! 이왕지사 이렇게 된 거 미련 부려 뭐 하겠노. 어여 짐 싸라!"

한동안 생각에 잠기던 파란 할머니가 드디어 결심한 듯 주의를 둘러보며 말합니다. 갑자기 짐을 싸라니 대체 무슨 생각에서 하는 말인지 알 수 없습니다. 둘러섰던 아저씨들 또한 이해할 수 없는 모양입니다. 한동안 눈을 동그랗게 뜨고는 서로의 눈치를 살핍니다.

"내 비록 서방 잃고 금쪽같던 자석 앞세웠어도 집 하나는 남부

럽지 않게 큰 걸 장만해 두었다. 우리 집으로 가자!"

"아, 집이 있음 뭐합니까? 동네에서 허락을 해 주질 않는데 공연히 힘 뺄 거 없습니다. 그만 칵, 죽어버리는 기 낫지 싶습니다."

그러나 코가 문드러진 아저씬 막무가내로 억지를 부립니다. 다소 야속하긴 해도 아저씨의 뭉그러진 몰골을 보니 이해할 수 있을 것 같습니다.

"아, 무신 그런 약해 빠진 소리들을 합니까? 죽고 사는 문젠 하늘에 달려 있지 우리 인간이 하는 것이 아입니더. 약해빠진 소리 말고 어여 짐이나 사소!"

"맞습니다. 하나님께서 하실 일이지 우리 인간의 힘으론 할 수도 없고 해서도 안 됩니다. 가십시다."

파란 할머니의 말에 문둥 아저씨 하나가 일어나 파란 할머니의 말을 거들고 나섭니다.

"맞습니다. 주님께선 아무것도 염려하지 말고 오직 기도와 간구에 힘쓰라 하셨습니다. 어쩜 주님께서 우리들의 기도를 들어 주신 것인지도 모릅니다."

파란 할머니에 이어 문둥 아저씨까지 나서자 키 큰 아저씨가 비로소 결심한 듯 아저씨들을 둘러보며 말합니다.

"하면 용안이 닌 우뜩게 하나? 아저씨들이 떠나믄 닌 아무래도 집으로 돌아 가야겠제?"

갑자기 궁금해져 묻습니다. 아무리 아저씨들이 좋고, 이 산이 좋다고 해도 이젠 별수 없을 거란 생각을 하니 비로소 마음이 놓입니다. 학교도 때려치우고 무작정 이곳에 머물겠다는 용안이의 고집엔 확실히 문제가 있으니까요.

"글쎄다! 우리 어머이만 허락하믄 나도 따라갔으믄 싶다!"

"어머이? 그리고 보니 우째 니 어므이가 안 보인다. 설마 널 두고 혼자서 집으로 가신 건 아니겠제?"

"아니다! 산에 나물 뜯으러 가싰다. 워낙 먹성이 좋은 아저씨들이라……."

어쩌면 엄마와 아들이 그렇게도 닮은 것인지, 아무리 불쌍한 사람들을 지나치지 못하는 성격이라 해도 이쯤 되면 포기해야 하는 거 아닐까요.

"아이구야! 니 지금 무신 소릴 하나. 쪼깐한 기 가길 어딜 간다고, 그리고 닌 가 봐야 짐밖에 안 된다. 조신하게 학교나 다녀라!"

어느새 들었는지 파란 할머니가 손을 홰홰, 흔들며 말을 막습니다. 내가 보기에도 파란 할머니 말이 맞는 것 같습니다. 그러나 용안이는 끝끝내 미련을 버리지 못하는 모양입니다. 가늘게 눈을 떠 푸른 하늘만 바라봅니다.

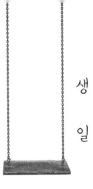

생
일

　동구 밖을 길게 돌아 넘어가던 햇살이 어느새 바깥마당을 가로질러 광산집 지붕 위로 걸려 있습니다. 해가 넘어가는 것을 보니 가을도 어느덧 막바지에 이른 모양입니다. 벼메뚜기를 찾아 온종일 노란 주전자를 들고 이리 뛰고 저리 뛰며 논밭을 헤매던 석호는 어느새 잠이 든 모양입니다. 툇마루 기둥에 비스듬히 몸을 기대고 앉아 기척이 없습니다.

　"아이구야! 이 쌀쌀한 날씨에⋯⋯. 이불이라도 덮어주지 않고 뭘 했나?"

　부엌에서 분주하게 음식을 장만하던 엄마가 삐죽이 고개를 내밀다가 석호를 발견하곤 놀라 달려가며 구시렁댑니다. 석호라면 죽고 못 사는 엄마니 어련하시겠습니까만 공휴일임에도 불구하고 진종일 엄마와 큰언니를 도와 우물에서 부엌으로 돌아다니며 잔심부름을 하던 나는 보이지 않는 것인지 참으로 야속합니다.

　시집간 지 겨우 일 년 만에 큰 언니가 친정 나들이를 한 건 바로 내일이 쉰다섯 번째 맞는 아버지 생신이기 때문입니다. 날마다 눈물로 시집간 딸을 그리워하던 엄마는 느르티재를 넘어 팔랑거리며 걸어오는 언니를 보자 한걸음에 달려가 얼싸안고 눈물을 흘렸습니다. 엄마를 떠나 살아온 일 년여간의 시간이 그리 편하진 않았던 것인지 언니 또한 수척해진 얼굴로 엄마를 보자마자 펑펑 눈물을 쏟았습니다.

"내가 아무리 방에 가서 자라고 해도 말을 듣지 않던걸?"

"……."

엄마의 부당한 처사에 마음이 상해 나는 기어코 한마디합니다. 아무리 성격 좋은 나이지만 사사건건 동생 석호의 편을 드는 엄마를 보아 넘기기는 참으로 힘이 듭니다. 그러나 엄만 나의 말 따위 안중에도 없습니다. 다짜고짜 달려가 석호를 안고는 안방으로 들어갑니다.

"엄마 이번 아부지 생신엔 녹두부침개 안 해? 난 그기 젤 좋더라!"

어색해진 분위기를 없애려 말을 걸어봅니다. 그러나 엄만 대답 대신, '아이구구! 누가 지 아부지 딸 아니랄까 봐!'

하면서 혀만 끌끌 찹니다. 내가 녹두부침개 먹고 싶단 것과 아버지와 대체 무슨 상관이 있는 것인지 모르겠습니다.

"아이구! 이 집 큰딸 왔다믄서? 그래 잘 지내다가 왔나?"

한동안 무색해진 마음을 수습하기 위해 안간힘을 쓰는 나의 등 뒤로 수열이 엄마의 목소리가 들립니다. 소반 가득 뭔가를 들고 오는 것을 보니 아마도 내일 아버지 생신상에 차려 놓을 음식을 만들어 온 모양입니다. 대체 무슨 음식을 만들어 왔기에 저리도 무거워 보일까요.

"아이구! 이건 녹두부침개 아니여? 대체 이 손 많이 가는 걸……."

석호를 뉘이고 방을 나오던 엄마가 반갑게 소쿠리를 덮어씌운 삼배 보자기를 열며 중얼거립니다. 놀랍게도 녹두부침개입니다. 마치 나의 속을 들여다보기라도 한 듯합니다.

"기인이 아부지가 워낙 좋아하는 음식이라, 맛이 있을라나 모르겠네."

"아이고, 맛있다마다 노릇노릇하니 우째 이래 잘 구웠나!"

"잘 굽기는……. 녹두부침개야 원래 용안이네가 잘 굽제."

"그건 그렇다! 그나저나 그 여편넨 몸 성히 잘 있기나 하는지 모르겠다! 우뚱게 된 일인지 거둠이나 끝나면 일간 한번 찾아가 봐야지 안 되겠다."

"아이고, 그래 쫓아내 놓곤 무슨 염치루 그 동넬 가나. 쯧쯧!"

들고 온 부침개를 맛볼 생각도 않고 어느새 이야기가 용안 엄마에게로 향합니다. 마을을 떠난 지 벌써 석 달이나 지났건만 아직도 모이기만 하면 용안 엄마 얘기로 여념이 없으니 인간의 정이란 참으로 질기고 독한 것인가 봅니다.

"그건 그렇구. 대체 이 집 딸들은 어디 갔나? 어딜 갔기에 안 보이나?"

용안 엄마에 대한 그리움 때문인지 한동안 말을 못하고 초점 잃은 시선으로 동구 밖을 바라보는 엄마를 향해 수열 엄마가 다시 묻습니다. 딸들이라면 입시 문제로 벌써 달포째 돌아오지 못하는 셋째 언니나, 언니를 뒷바라지하는 둘째 언니를 두고 하는 말은 아닐 테고, 아마도 큰언니를 두고 하는 말이지 싶습니다.

"글쎄, 고단한지 아침나절 잠깐 움직이다가 저래 잠만 잔다!"

"혹시, 아 들어선 거 아니나?"

"아이고 시집간 지 얼마나 됐다고."

"아이고 무슨 말을 그래 하나 벌써 일 년째다! 아를 낳았어도 낳았을 기다!"

엄마의 말에 수열 엄마가 다시 팔을 휘휘, 저으며 말합니다. 그러고 보니 언니 배가 볼록하니 아이를 가진 것도 같습니다.

"아이고! 일들 안 하고 뭐 한다고 이래 모여서 잡담들이래유. 그만 얘기하고 이거나 받으세유! 팔 떨어지겠어유!"

엄마의 근심 어린 눈빛 넘어 순선 엄마의 목소리가 들립니다. 역시 작은 소쿠리에 무엇인가를 가득 담아 들고 서 있습니다. 그리 무겁지도 않은 것 같은데 호들갑을 떠는 것을 보니 다소 어이가 없습니다.

"아이고, 이건 또 뭐나? 더덕구이 아니나? 우리 집 양반이 더덕구이 좋아하는 건 또 우뜨게 알고?"

"아이고, 늘 아저씨께 폐만 끼치구! 생신인데 가만히 있을 수가 있어야지유!"

수선이 엄마가 웃으며 집 안을 기웃거립니다. 혹시나 집 안 어딘가에서 아버지가 나타나 반겨주지나 않을까 은근히 기대를 하고 모양입니다. 수선이 아버지에게는 그리도 쌀쌀맞게 구는 순선이 엄마가 어째서 우리 아버지에겐 그리도 살갑게 구는 것인지 참으로 모르겠습니다.

"기인아! 그만 자고 일어나라! 곧 있음 동네 사람들 몰리 오겠다!"

잠결에 어렴풋이 나를 깨우는 둘째 언니의 목소리가 들립니다. 언니의 목소리에 눈을 뜨니 집안은 온통 동네 아줌마들 떠드는 소리와 먹음직스런 음식 냄새로 가득합니다. 어제 오후부터 동네 아줌마들의 음식 부조가 끝이 않더니 과연 상다리가 부서질 것만 같습니다. 대체 이 많은 음식을 어찌 다 먹어야 좋을까요.

"아이구! 오는구나! 그래 어른들께는 다 알리 드린나?"

엄마의 반가운 목소리에 대문 쪽을 바라봅니다. 추위 때문인지 오빠가 잔뜩 몸을 웅크리며 대문을 들어서는 것이 보입니다.

"야! 갯가 종일이네서부터 흰드기제 노인댁까지 싹 다 다녀 왔어유! 얼마나 추운지 이러다가 서리 내리겠어유."

"그래! 고생 많았다! 역시 우리 장남이 최고다! 들어와 불 쬐라!"

과도한 칭찬을 하며 얼른 오빠의 손을 잡아끌어 아궁이 앞으로 데려가는 엄마의 얼굴엔 시종일관 미소가 흘러넘칩니다. 아침 일찍 일어나 집집마다 돌아다니며 사람들을 초대하는 일이 다소 번거로운 건 사실이지만 벌써 열다섯이나 먹은 오빠에게 어쩌면 저리도 유난을 떠는 것인지 모르겠습니다.

"아이구구! 저 입 쪼개지는 것 좀 봐라! 누군 없는 아들 가졌나. 웬 수선이나?"

"아이구! 왜 안 그렇겠어유. 우뚱게 얻은 자석인데유."

큰 가마솥을 열어 펄펄 끓는 미역국을 국자에 떠 맛을 보던 수열 엄마가 빙그레 웃으며 참견을 하자, 순선 엄마가 맞장구를 칩니다.

"맞다! 이 집 시어머이 아침저녁으로 물 떠놓고 천지신명께 빌어서 얻은 자석 아니나! 줄줄이 딸만 셋을 낳아 대가 끊어질 판이니 왜 안 그렇겠나!"

"맞다! 그러고 보니 기인이 자가 복덩인 복덩인가 보다! 오빠에 남동생까지."

"맞어유! 그래서 그렇게 이 집 아저씨가 챙기는 모양이네유!"

"아이구! 기인이 자 어릴 때 지 오래비 땜에 젖도 제대로 못 먹고 자랐다! 그기 맘이 걸려서 그러는 기 아니겠나."

"젖을 못 먹다니 왜유?"

"왜긴! 간난아 두고 온통 아들한테만 젖을 물렸으이……."

진 씨 댁의 말에 수열 엄마가 너스레를 떨다가 엄마를 의식한 듯 갑자기 말문을 닫습니다. 보나 마나 오빠에게 엄마 젖을 물리고 나는 미음만으로 키웠단 그렇구 그런 전설 같은 얘기를 하려는 것일 테지요. 그러나 나는 개의치 않습니다. 그 얘기라면 이미 귀가 따갑도록 들었으니 새삼 억울할 것도 서운할 것도 없습니다. 아니, 그래서 이렇게 키가 덜 자랐나? 조금 쓸쓸하기도 하지만 신경 쓰지 않기로 했습니다. 왜냐하면, 공연히 억울하게 생각해 심통을 부려봤자 골머리만 아플 뿐 오빠나 동생한테 푹 빠져있는 엄마의 마음을 되돌릴 수는 없을 테니까요.

"한데 이 집 셋째 딸은 공일인데도 못 오나?"

"시험이 코앞이라……."

"아이고! 가시나가 뭔 공부는 한다고 그래 난리나. 그만 조신하이 집에 있다 시집이나 가면 오죽 좋겠나?"

"누가 아니래! 자식 겉 낳지, 속 못 낳는다드니 가처럼 욕심 많은 아는 또 처음이여."

"좀 다부지게 나무라지. 부모가 그래 물렁하니 만만히 보고 안 그러나!"

"아이고 무신 소리래유! 여자두 배울 수 있음 배워야지유!"

순간 진 씨 댁이 눈을 동그랗게 뜨며 엄마와 수열 엄마의 말에 타박을 합니다. 언제나 맘씨 좋고 착한 줄만 알았는데 참으로 의외의 모습입니다.

"아이고! 무시라! 누가 뭐랬다고 이 난리나?"

그러나 수열 엄마는 그 같은 진 씨 댁의 행동이 이해가 되지 않는 모양입니다. 눈을 동그랗게 뜨며 따져 묻습니다.

"아휴, 형님들이 이해하셔유! 진 씨 댁 말두 일리가 아주 없는 건 아니네유!"

듣고 있는 순선 엄마가 말참견을 합니다. 늘 쓸데없는 말만 하는 순선 엄만 줄 알았더니 모처럼 바른말을 하는 것 같습니다. 육이오 동란으로 겨우 소학교 이 학년을 다니다가 그만두는 바람에 한글도 제대로 못 읽어 끙끙대는 순선 엄마로써는 학교 문턱에도 못 간 진 씨 댁의 마음을 너무도 잘 이해한 까닭일 테지요.

"아이구! 그만들 하구 어서 서둘러야겠네! 벌써들 오시는구만! 기인이 넌 얼릉 가서 주전자 좀 받아오고……."

마치 순선 엄마의 말을 가로막기라도 하듯 엄마가 눈을 가늘게 뜨고는 대문 밖을 바라보며 중얼거립니다. 엄마의 눈길을 따라 나도 대문 밖을 바라봅니다. 그러나 아무것도 보이지 않습니다. 다만 바깥마당 빨랫줄에 앉아 지절대던 참새 몇 마리가 포르르, 꽁지 깃털을 흔들며 날아갑니다.

"아니, 거기 말고. 저기 저, 기순이 할머니 오시는 거 안 보이나?"

비로소 엄마가 가리키는 손가락 끝을 바라봅니다. 아니나 다를까 엄마의 손끝 넘어 언덕길엔 노란 주전자를 들고 꼬부랑거리며 내려오는 기순 할머니의 모습이 보입니다. 아마도 생신 축하 선물로 막걸리를 받아오는 듯합니다. 금방이라도 주전자를 쏟을 듯 아슬아슬하게 언덕을 내려오는 기순 할머니의 허리는 어제보다 오도 쯤은 더 굽어 보입니다. 순간 나는 기순 할머니를 향해 쏜살같이 달려갑니다.

"아이구구! 마중 왔나! 이쁘기도 하지. 우째 이래 이쁘나?"

꼬부랑거리며 언덕을 내려오던 기순 할머니가 얼굴 가득 미소를 띠며 연신 칭찬을 해댑니다. 이미 마흔 살부터 하나씩 빠지기 시작했다는 치아는 오십줄에 들어서기가 무섭게 몽창 빠져, 이야기를 할 때나 음식을 먹을 때면 언제나 혀를 주체하지 못해 날름거립니다.

"아이구! 오시는 것만두 고마운데 무슨 이런 걸 들고 오신데유! 어여 들어가세유!"

대문간을 들어서자 비로소 엄마가 부엌에서 달려 나와 반기며 인사치레를 합니다.

"아이구! 바쁜 철에 웬 아침은 먹으러 오라고 하는지. 먹는 우리야 고맙지만 서두……."

기순이 할머니에 이어 큰기와집 할머니가 들어오고 또 그 뒤로 수열 아부지와 진 씨 아저씨 그리고 무열이 삼촌과 덕삼이 아재가 차례로 들어오며 떠들어댑니다. 모두들 손에 하나씩 선물이 들려져 있습니다. 각종 음식에서부터 비누나 치약 그리고 양말이나 속옷까지, 참으로 다양하기도 합니다.

"한데 자네 어제 장에 갔다 왔담서. 혹시 무슨 소문 못 들었나?"

분주하게 상을 보던 엄마가 별안간 일손을 멈추고 순선 엄마를 향해 묻습니다. 소문이라니, 대체 뜬금없이 무슨 말을 하는 건지 참으로 모르겠습니다.

"아니유! 한데 왜 그러세유?"

순선 엄마 또한 몹시도 의아한 모양입니다. 작은 입술을 동그랗게 열고는 묻습니다.

"아니 그냥…… 혹시 용안이네 소식 들었나 해서……."

엄마가 말을 하려다가 끝내 입을 닫습니다. 해마다 이때면 누구보다 먼저 와서 일손을 거들던 용안이 엄마가 보이지 않으니 그리운 모양입니다. 말을 하곤 돌아서는 눈가엔 어느새 촉촉이 눈물이 맺혀 있습니다.

"아이고, 형님두! 싫다구 떠난 사람 왜 그렇게 신경 쓰세유. 대체 아들까지 데리구 무신 짓이래유. 돌지 않구서야 원……."

"아니, 자네 무신 말을 그래 하나? 돌긴 누가 돌았다는 거냐. 정많은 기 무신 죄냐?"

마치 작정이라도 한 듯 비방의 말을 쏟아놓는 순선 엄마의 말에 드디어 수열이 엄마가 화를 벌컥, 냅니다. 대체 형님이라는 칭호는 어디다가 두고 번번이 용안이네 어쩔구! 버르장머리 없이 구는 것인지 나 또한 몹시도 귀에 거슬립니다.

"그러게 말이지. 불쌍하고 병든 사람들 그래 보내는 기 아닌데……."

"그렇다구 문둥이들과 함께 살 순 없잖어유, 안 그래유?"

하지만 순선 엄마는 엄마의 말에 끝까지 대거리를 합니다. 마치 작정이라도 한 듯합니다.

"아, 뭘 가지구들 그러신데유. 용안이네 집 아주머이 일이라면 더 이상 신경 쓰실 거 없어유. 벌써 미국으루 떠난 지 달포나 지났다는 걸유!"

그때 부엌에서 안방으로 열심히 국그릇을 나르던 무열이 삼촌이 말참견을 합니다. 오늘따라 머리에 번들번들 찌구를 바른 것을 보니 아마도 읍내라도 나갈 모양입니다.

"미국?"

"야! 어제 장에 갔다 우연히 대구서 올라온 친구 놈을 만났는데 그러더라구유. 동네 사람들이 사흘 도리루다가 쳐들어가서 때리고 부수고 난리를 쳐서 할 수 없이 스티븐인가 뭔가 하는 사람이 미국으로 데리고 갔다구유!"

"싹 다?"

"야! 용안이네는 물론, 그 옷장사 아주머이까지도……."

순간 나의 몸에서 힘이 쪽 빠져나가는 것을 느낍니다. 비록 동네를 떠나기는 했지만 언젠가는 만날 수 있으리라 굳게 믿고 있었는데 이젠 어렵겠구나! 생각을 하니 마치 추녀 끝 고드름처럼 마음이 마구 흘러내리는 것 같습니다.

"어디든 문데이들 좋다는데 없을 틴데 도대체 우쩔라구?"

"아니래유! 그 나라는 좀 다른 모양이래유. 워낙 부자나라라 병원두 많구. 복지 정책인가 뭔가가 잘 돼 있어서 불쌍한 사람들이 살긴 편하다네유!"

"그걸 자네가 봤는가? 대체 물설고 낯설고 말도 안 통하는 곳에 가서 우뚱게 할라구……."

무열이 삼촌 말에 엄마가 다시 앞치마를 걷어 눈물을 훔치며 말 끝을 흐립니다. 엄마 또한 다시는 볼 수 없단 생각을 하니 가슴이 미어지는 모양입니다.